閨香

下

文創 風 245

陶蘇 著

目錄

第三十一章　姚舒蓉之恥

蕊兒忙帶著元香等人將西牆梳妝檯前的幾張椅子都搬過來，又臨時將場地清理了一番，請雲臻、雲璐、嚴秀貞、楊常氏和楊燕甯坐了。

幾位女眷坐得近，雲臻這個大男人卻是離得遠遠的，一副看好戲的姿態。

姚舒蓉見李安然如此鄭重其事，不由得也打起了十二分的精神。

不多時，黃鸝回來了，將一只深青色的錦盒交到李安然手裡。

李安然將錦盒往姚舒蓉面前一遞。「請。」

「這是什麼？」姚舒蓉問。

李安然冷冷地吐出兩個字。「休書！」

休書?!這二字一出，人群發出一聲輕微的譁然。

姚舒蓉以為自己聽錯了，不敢置信地重複道：「休書？」

李安然點頭。「正是休書。請程夫人轉告程老爺，李安然從未做過程彥博的妻子，程家宗譜上從未有過李安然的名字。既非夫妻，何來休書，原物奉還，男婚女嫁，各不相干。」

姚舒蓉這才算是聽明白了，卻仍然不接那盒子，只是大聲地笑了起來，彷彿聽到了最荒唐的笑話。

「李姐姐這是做什麼，人人都知道妳是我們程家休掉的女人，奉還休書？莫非妳還想再重回程家大門？」她又哈哈了兩聲，才用力說道：「李安然，妳可聽說過世上有寫了休書還收回去的道理？妳是被我夫君休掉的棄婦，這個身分永遠也不會改變！」

她的話斬釘截鐵，彷彿要把棄婦兩個字釘在李安然的身上。

李安然卻冷冷道：「程夫人，妳沒聽明白我的意思。我從來都不是程家的人，程彥博有什麼資格給我寫休書。」

「妳說什麼？妳從來不是程家的人？」姚舒蓉張大眼睛，用手一指圍觀群眾。「妳問問他們，靈州城裡的人，誰不知道妳曾是程家的當家夫人，只是拜堂當天就被我夫君拋棄在花堂之上！是了，當時還是這位紀師師小姐引誘了我夫君，如今妳倒跟她成了朋友，世上竟有妳這樣有眼無珠的人！」

她這番話雖然難聽，卻也是實情。靈州城百姓都知道四年前程家大婚，程彥博拋棄新婦李安然於花堂之上，追隨紀師師去了京城。今日李安然卻說自己從來不是程家的人，又跟紀師師來往親密，的確惹人猜疑。

就是坐在椅子上的雲璐、嚴秀貞、楊常氏、楊燕甯等人，也是不明所以，一頭霧水。

紀師師從旁邊走過來，當著眾人的面對姚舒蓉道：「程夫人，我不否認，當初程彥博是因為我的緣故將安然拋棄在花堂之上，但我卻從未引誘過程彥博。當年我剛成為靈州花魁，多的是王孫公子捧場，程彥博不過一介商人，文不成武不就，除了兜裡有兩個錢，也不過是紈褲廢物一個，我紀師師還從未把這種貨色放在眼裡。」

姚舒蓉聽她貶低自己丈夫，自然不快，冷冷道：「妳現在說這些漂亮話，妳們這種女人從來都是認錢不認人，一雙玉臂萬人枕，裝什麼清高。」

人群立刻又是一片騷動。

雖然紀師師的確出身風塵，也並非只賣藝不賣身的清倌人，但若她只是普通的青樓女子，姚舒蓉這話倒也罷了；如今她是靈州花魁，早已跳出風月煙花女子的範疇，擁有了超然的身分，姚舒蓉再說這種話，那就是揭人短、打人臉了。

李安然第一個便大怒起來，捏起了拳頭。

紀師師卻伸手按住她肩膀，示意她稍安勿躁，才又對姚舒蓉道：「程夫人，妳說話太難聽，今日的主題不是我紀師師的過往，我只告訴妳，程彥博當初未跟安然拜堂，既不是安然的過錯，也不是我紀師師引誘。他本身便是個只知吃喝玩樂，不知男兒擔當為何的廢物。他拋棄安然，將會是他今生最大的遺憾。至於我跟安然……」

她伸手握住了李安然的手。「我們倆性情相投，是知己、是姐妹。我們的友情，與程彥博無干，與妳更無干，天王老子也管不了我們交朋友，何況是妳！」

「好！」

人群中有好事者，為紀師師這幾句擲地有聲的硬話喝了一聲采。

紀師師可是靈州許多男人心目中神仙妃子一般的人物，姚舒蓉這樣刻薄地說她，只會給大家留下一個惡毒的壞印象。

姚舒蓉自然也察覺到這一點，抿著嘴唇，只是冷笑。

李安然上前兩步。

「程夫人既然方才也提到程彥博當日將我棄在花堂之上，可見妳也清楚，我與他，一沒有拜過天地，二沒有拜過高堂，更沒有三媒六證。」她側了一下身，用手掌示意楊常氏。「楊夫人是刺史夫人，最清楚大乾婚律，請問如此條件之下，我與程彥博之間可算得是夫妻？」

楊常氏方才雖然也對李安然的棄婦身分頗有微詞，但那並不是針對李安然，而是為了提升自己的存在感，加上她對李安然本人倒談不上有惡感，當下便表態。「大乾戶婚律所載，男婚女嫁，雖憑父母之命媒妁之言，卻有兩樣不可缺少，一是聘禮，二是婚書。聘禮者，男方送彩禮予女方，女方一接受便不可退還，否則即是悔婚；婚書者，男方以書禮請，女方答書許訖，如此婚約達成。請問李娘子，妳可曾收下程家的聘禮？」

李安然當時為程老夫人收養，吃住用都在程家，程老夫人只說一聲讓她嫁給程彥博，她便得嫁了，哪裡有聘禮之說，她自然答道：「並無聘禮。」

「那可曾有過婚書？」楊常氏又問。

連聘禮都沒有，婚書自然更不可能。

「也無婚書。」李安然又答。

姚舒蓉忍不住插嘴道：「當年妳不過是我們程家收養的一個丫鬟，婚嫁全由老夫人作主，哪裡配收婚書聘禮。」

聞言楊常氏再問：「妳可有身契在程家？」

「並無身契。」李安然回道。

她當年被程老夫人收養，因為從小在程家長大，程老夫人把她當女兒一般，也沒像其他丫鬟那樣寫賣身契。

楊常氏便點頭道：「如此，李娘子乃是自由身，既非程家妻妾，更非程家婢僕，程老夫人作不得她的主，指婚一說自然不算數。李娘子和程彥博既非夫妻，又何必有多此一舉的休書，真是荒謬！」

姚舒蓉簡直傻了眼。

刺史夫人的話，她當然聽得很清楚，也不敢反駁，但她實在難以理解，怎麼幾句話的工夫，李安然跟程彥博就沒夫妻關係了。那麼這休書算什麼？她的處心積慮又算什麼？

「啪！啪！啪！」紀師師拍著手走過來，她拍得很慢，卻很用力，每一下都像拍在姚舒蓉的臉上。

「程夫人，既然安然從來不曾進過程家門，棄婦二字可是無從談起了。」她故意揶揄著姚舒蓉。

姚舒蓉哼了一聲。

李安然將那錦盒遞給紀師師，讓紀師師用手端著，然後從裡面取出了休書，當著姚舒蓉的面，晃了一晃。「既非夫妻，何來休書。」

說完，雙手捏住休書，用力一撕，緊跟著又唰唰幾下，將休書撕得粉碎，抬手一揚，漫天碎紙飛舞。

姚舒蓉只覺臉上火辣辣的，這些紛紛灑灑的紙片，每一片都像是對她的一個諷刺。

「李——安——然，妳、敢、羞、辱、我！」

她一字一字，說得咬牙切齒。

李安然卻只是冷冷地看著她，目光充滿嘲諷。

「好！好！」姚舒蓉慢慢地在所有人臉上掃視一圈，彷彿每個人都在嘲笑她，最終她的目光還是落回李安然臉上。

「今日之恥，我記下了！」

她猛地一扭頭，大步朝外頭走去。

春櫻忙不迭地伸手去扶，卻被一把甩開。她回頭看了一眼，見李安然看她的目光同樣是冷冰冰的，莫名地覺得心頭一寒，慌張地跟在姚舒蓉屁股後頭，也跑了。

她們主僕二人一出門，一品天香的店鋪裡便轟然一聲，一下子炸開了鍋。

真是大開眼界！

這一連串的轉變，簡直就跟話本小說一般精彩離奇。

靈州城的百姓們又多了一則大新聞，想來用不了半日工夫，李安然和一品天香的名字就得傳遍整個靈州城。

而不管如何，一品天香今日也是開門紅了。

第三十二章　各有心思

轟走了姚舒蓉，李安然同樣也是心裡一陣輕鬆。

從今天開始，她再也不必頂著棄婦的名頭，忍受世人異樣的目光。她的名字，不會再跟「程家被休掉的夫人」聯繫在一起。她跟程家的關係，從此清清楚楚，再沒有半分糾纏。

「多謝楊夫人仗義執言。」李安然向楊常氏深深地施了一禮。

楊常氏淡淡道：「我不過是按照大乾戶婚律所說，並沒有特意偏袒誰。不過……」她微微一笑。「此前對李姑娘言語衝突，倒是我的不是了。」

她既然知道李安然跟程彥博既無夫妻之名，更無夫妻之實，便也改了稱呼，不再稱李娘子，而是稱李姑娘了。

李安然忙道：「哪裡，我感激夫人還來不及，若非夫人出言相助，只怕安然今日真要被那姚氏羞辱了。」

嚴秀貞哈哈一笑。「今日是李姑娘開業大吉的日子，別讓那些殺風景的人壞了我們的興致。李姑娘，我可是特意來長見識的，妳可不許藏私，有什麼好東西，快快拿來。」

「幾位都是貴客，安然哪敢怠慢。樓下人多眼雜，不如至樓上雅間就座。」李安然笑道。

嚴秀貞和楊氏母女應好，於是便由紀師師打頭，領著她們先上樓。

雲璐落後一步，正要上樓之時，腳下卻突然微微一晃，雲臻就在她身後，忙伸出手將她扶住，靠在自己身上。

李安然見狀上前扶住她胳膊問道：「可是不舒服？」

雲璐只覺身子發軟，腳下虛飄。她如今懷孕已經三個多月了，正是反應最嚴重的一段時日。今天在店鋪裡待了這麼久，店內人多，空氣混濁，時間一長，便有些暈眩起來。

「小姐必是累了，得先找個地方歇息。」紅歌道。

李安然便道：「後頭就是我的宅子。」

雲臻當機立斷。「立刻帶路。」

李安然讓蕊兒照料著店鋪，自己則去開了後門，雲臻和紅歌扶著雲璐，雲家的護衛和下人們都簇擁在後頭，一群人穿過窄巷，進了李宅。

自打雲璐懷孕，雲臻便請了女大夫養在府裡，只要雲璐出行，大夫都是隨行的，此時立即叫過來替她診治。好在大夫說，雲璐不過是累著了，脈象倒是穩定，給她吃了一顆安神丸，囑咐至清靜地歇息一會兒即可。

雲璐便在李安然房裡暫且睡了，雲臻和李安然不敢打擾她，都從房裡退了出來。

這時，青柳領著紀師師、嚴秀貞和楊氏母女過來。

嚴秀貞和楊氏母女走在前面，不知道後頭雲璐出了狀況，等聽了紀師師的話才曉得，便也過來後宅看望。

「舍妹正在休息，此時不便探視。」雲臻客氣地回絕。

嚴秀貞倒也不勉強。「這也罷，我還要在前頭店裡逗留一些時間，侯爺走時請告知一聲，我只望望大小姐便可。」

雲臻點頭。

楊常氏也道：「那我們也不便打擾了，日後再過府探望。」

楊燕甯在袖子底下輕輕拉了一下楊常氏的衣裳，卻被楊常氏不動聲色地撥開，只得無奈地跟著走了。

嚴秀貞回到店裡二樓雅間，與紀師師繼續研討起一品天香的胭脂妝粉來。

楊氏母女則是直接出了店鋪，上了馬車。

車門一關，楊燕甯便急切地道：「母親怎不多留一會兒？」

楊常氏舒服地靠在一個軟枕上，似笑非笑地道：「怎麼，妳著急了？」

楊氏母女今日來一品天香，當然不是為了給李安然捧場。一間小小的店鋪，什麼時候放在刺史夫人的眼裡了？她們之所以來，是衝著護國侯府雲臻、雲璐兄妹。

那日落水之後，楊燕甯稱病臥床，實際上她不過是有一點輕微的風寒，兩日工夫便已經大好了。若她想入京參選，隨時都可以啟程，那點微恙根本不會造成困難。

「甯兒，妳的心思，爹和娘都已經知道。我們不是非要賣女求榮的人，妳不入京便也罷了。但妳若要進護國侯府，卻不能這麼著急。」楊常氏倚著軟枕，每一句話都說得誠懇有力。

楊燕甯不自覺地沈靜下來。「但今日母親帶我過來，難道不是為了雲侯嗎？」

「是，也不是。」楊常氏微微一笑。

「何解？」

楊常氏坐正了身子，正色道：「護國侯府不比別家，雲侯父母都已經早逝。婚姻大事，素來是父母之命媒妁之言，若是別的人家，娘只管先遞個話頭，試探對方家中長輩的意思，到時候成與不成，都不至於尷尬。

「但雲侯家中卻沒有長輩，婚姻大事是由他自己作主，這就不能像別家那樣了。若是我們貿然地去試探，對方也有意，自然是你好我好；但若對方回絕了，妳的面子且不說，妳爹的面子又往哪裡放？」

「以我的才貌，難道還配不上雲侯嗎？」

楊燕甯話雖這麼說，但想到雲臻素來有面黑心冷的「惡名」，他那樣強勢霸道的主兒，她也沒有完全的把握。

「雲侯心思深沈，不是一般人能夠揣測。他素來喜怒難辨，要說妳的品貌，放在任何一個男人面前都足以令對方動心；可妳想想，雲侯在面對妳的時候，可曾有過一絲的失態？」

楊常氏細細分析著。

楊燕甯咬住了下唇，她不相信雲臻對她真的沒有好感。

楊常氏知道自家女兒性子高傲，可做母親的卻不敢冒險。

她探過身去，拉住了楊燕甯的手，柔聲道：「甯兒，妳聽娘的，這事兒不能急，得慢慢來。以妳的人品才貌，還怕不能打動他嗎？如今我們只是不能確定，只消多一些機會和時間，總能看出雲侯的心思。娘只是想著，總得要雲侯自己有意，爹娘才能放心將妳交給他。」

「娘……」楊燕甯臉頰泛紅，露出一絲羞意。「可是今天……」

楊常氏搖頭道：「今天實在不是好機會。那店鋪裡的情形妳也瞧見了，人多眼雜，況且先有那程門姚氏的事情，之後雲大小姐又身體不適，實在不便做試探。」

楊燕甯還是有點不甘心，她今日特意打扮，但雲臻卻幾乎連正眼都不曾瞧過她。那李安然怎麼就有那麼多事，真是被她搶盡了風頭。

楊常氏知道她在想什麼，安撫道：「妳放心，娘總會把妳的事情放在心上。清明那日，忠靖侯府的趙大公子遍邀城中勛貴出城春獵，妳爹已然答應去了，屆時娘自會帶著妳。」

楊燕甯驚喜道：「雲侯也會去嗎？」

「那是自然。雲趙兩家如今都快結親了，這種盛會怎能不參加。到時候只消製造個機會，試探一下雲侯，總能看出他的心思來。若他有意，爹娘自會替妳安排。」

楊燕甯這才高興起來，挨著楊常氏的身子，盡顯小兒女姿態。

李宅。

雲璐吃了安神丸，在李安然房裡睡得正香，紅歌就在屋裡守著。李安然叫了小丫頭青柳在門口看著，若有事，及時稟報。

「裴媽媽和少爺呢？」她想起進來之後，裴氏和李墨都沒出現，便問了一聲。

「裴媽媽說今日開張大吉，晚上要做一桌酒席慶賀，外出採買食材，墨兒少爺愛玩，非要跟著去，媽媽只得帶著去了。不過小姐放心，還有福生和青桐跟著呢，不會有事的。」青柳回道。

李安然點點頭，再次囑咐她在屋外好生看著。

從西跨院出來，她原準備直接去店鋪裡，卻見雲臻正背著手，仰頭看院中的一棵梨樹，梨花還未落，雪白雪白一片。

他穿著黑色的錦袍，英氣勃勃的側臉，線條堪稱完美。一片梨花瓣落在他肩頭，純黑托著純白，強烈的視覺對比有種驚心動魄的美。

李安然不得不承認，這個男人的相貌實在是極為出色的。

雲臻毫無徵兆地轉過頭，正好將她欣賞的目光收進眼底。

李安然忙神色一整，屈身道：「雲侯。」

雲臻定定地看著她，也不回答。

李安然被他看得心虛，以為自己臉上沾了什麼東西，正要抬手去摸。

「妳果然是一如既往的牙尖嘴利。」

雲臻面對李安然的時候，不曾像別人一樣稱呼她李娘子、李姑娘，而是從來就不用稱呼，都是你你我我直來直往。若在常人之間，這是十分失禮的，但由他嘴裡說出，卻讓人生不出無禮之感。人家是天潢貴胄，肯跟你說話，都是給面子了。

李安然知道他是說方才姚舒蓉的事情，便直接說了句。「多謝雲侯誇獎。」

「這不是誇獎。」雲臻淡淡道。

這個人！

李安然真想翻個白眼給他，好不容易控制住情緒，擠出一個笑容。「是，那就多謝雲侯教訓。」

雲臻搖頭。「本侯沒空教訓妳。」

李安然覺得自己腦中有根神經快要繃斷了。

雲臻這時候卻又來了一句。「牙尖嘴利的女人，並不討人喜歡。」

李安然終於知道人家就是在耍她，便冷下臉，面無表情地道：「我從未想過要討雲侯喜歡，雲侯喜歡也罷不喜歡也罷，李安然做事只講究問心無愧。」

「哦？」雲臻微微挑了一下眉尾。「本侯說過不喜歡妳嗎？」

李安然像看瘋子一樣看著他。

她已經不知道該說什麼了。

這男人是怎麼把話題扯到「喜歡」二字上的？她又是發了什麼瘋，竟然跟一個男人談論「喜歡」二字？

她的目光毫不遮掩，雲臻準確地捕捉到她眼神背後的訊息。他雙臂抱胸，瞇起了眼睛。

「從來沒有女人，敢這樣看著本侯。」他的聲音略沈，充滿了威懾力。

李安然忙眨了一下眼睛，收起了過於直接的眼神，低頭道：「前頭店鋪還需照料，恕安然不能招待雲侯，家中並無閒雜人等，雲侯請自便。」

她說完這些話，抬腳便往外頭走。

這院子的路面是青石板鋪就，有些年頭了。她們一家搬進來之前，別的地方都已經重修過，只有院子的地面，因為看著尚可，還未整飭。正院這邊，有一、兩塊青石板因為年頭久，已經斷裂，微微有點翹起，平時走路本也是無礙的。

但李安然腳下走得太急，以至於明明已經看見了那微微凸起的石板，卻來不及減速，眼睜睜看著自己的鞋尖正踢在石板的凸起上。

女子的繡鞋素來都是軟面，李安然的鞋子也是如此，這一踢之下，只覺指甲蓋都差點翻過來，鑽心的疼痛，讓她如同被打了一拳似的彎了腰。

「嘶……」

她倒抽著冷氣，偷偷往後一看。

卻見雲臻抱著胳膊，似笑非笑地看著她，也不知嘴角那絲弧度是不是對她的嘲諷。

李安然只覺自己這一刻傻到透頂，那男人也可惡到透頂，她脹紅了臉，強忍著腳趾頭的痛楚，一瘸一拐，頭也不回，落荒而逃。

直到繞過影壁牆，她才停下來靠在影壁上，彎腰下去握住鞋尖揉起來。

這時候，就聽到身後安靜的院子裡，傳來嗤地一聲輕笑。

丟死人了！

李安然恨不得捂住臉，腳尖那點疼痛早已被羞惱蓋過，也顧不得揉腳，就這麼一瘸一拐地出了門。

院中的雲臻越想越覺得好笑。

好端端走路，竟也能把腳給踢了。

這個女人，聰明的時候很聰明，牙尖嘴利半點不吃虧；怎麼笨起來的時候，也笨得跟三歲小孩兒似的。

雲臻只覺平生沒見過這麼傻的人，竟忍不住哈哈大笑起來。

第三十三章　春獵遇險

清明當天，李安然一家子早早地起來，剛用罷早飯，護國侯府的馬車便來接了。早晨還有些涼意，李安然將李墨裹得嚴嚴實實，帶了黃鸝、青柳、福生、泰生一起出門。裴氏很不放心他們出去，雖然不過十里路，但也是千叮嚀萬囑咐。

好不容易出了琉璃街，沿著玄武大街一路向西，到了與太康大街交會的十字路口，先和護國侯府的車馬會合。一路再向西城門前進，不斷地有其他家的車馬隊伍匯集過來。等到出了城門，前後綿延幾里，全都是去蒼耳山春獵的隊伍。

因為是去打獵，各家的男子們都是騎馬，挎著弓箭等武器；就連女眷之中，也有棄車騎馬的，同樣收拾得緊身俐落，英姿颯爽。

本來雲臻不同意雲璐參加今天的春獵，她肚子都已經突出來了。不過雲璐近日在家養胎實在太悶，難得能到外頭玩一天，堅持要來；雲臻想著快四個月，胎也該穩了，便勉強同意，饒是如此，也是奴僕、婢女、大夫、嬤嬤帶了一大群。

一路向西，隊伍綿長，馬蹄踏香，鶯飛蝶舞，鳥鳴長空，春光實在令人心醉。

李墨小小的身體趴在車窗上，兩隻眼睛都不夠看了。李安然在後面握著他的身子，直擔心他從窗戶掉出去。

蒼耳山離城十里，山勢平緩，草木茂盛，雖然沒有虎豹狼獅等凶惡的猛獸，但獐子、野鹿、兔子、山雞等小動物卻不少，很適合這些勛貴們遊玩打獵。

到了山上一處平坦地，春獵召集人趙承早已經等候著了。

各家到了之後，僕役們都忙著搭帳篷、鋪氈毯；女眷們都商議著等會兒要做什麼遊戲，打雙陸、投壺等；男子們則早已呼朋喚友，舞刀弄槍，一派蓄勢待發之象。

李安然牽著李墨從車上下來，只覺滿眼都是綠色，不遠處便是樹林，頭頂是碧藍碧藍的天空，腳下是軟綿綿的草地，花香陣陣，人們衣著鮮明，笑語聲聲，一片生機勃勃。

小孩兒最容易被這種氣氛感染，李墨走路都像兔子似的蹦蹦跳跳。

母子倆走到雲家的帳篷處，紅歌正帶著人在帳篷外面鋪設氈墊，方便等會兒女眷們席地而坐。

山風輕柔，李安然攏著被吹起的髮絲，問道：「妳家大小姐呢？」

帳篷的簾子被一撩而起，雲璐慢慢地走出來，滿臉笑容道：「我在這兒。」

她今日穿著寬鬆的高腰裙，手習慣性地搭在小腹上。

李安然握住了她的手，感嘆道：「沒想到竟有這麼多人！」

放眼望去，各家都在忙忙碌碌。

嚴秀貞帶著丫鬟，遠遠地走過來，招呼道：「雲大小姐，李姑娘，狩獵就要開始了，我們一起過去吧。」

雲璐和李安然自然答應。

所有人都聚攏在一起，就在樹林邊緣。各家的男子都已經騎上馬，帶著護衛。

李安然遠遠看去，見人群中還是雲臻最為顯眼。今日他穿的竟不是平日最常穿的黑色，而是一件寶藍色的勁裝，長髮一如當日去軍營那樣高高紮起，像個天兵神將。他胯下的白蹄烏似乎已經感覺到了打獵的氣氛，不停地刨動著蹄子。

此時雲臻正跟旁邊一名男子說話，這男子年紀比他大得多，國字臉，寬肩膀，雖然也是一身勁裝，但馬上並無任何武器，顯然只是來參與盛會，並不打算真正上場。

雲璐察覺了李安然的視線，便道：「那是楊小姐的父親，楊刺史。」

李安然點點頭，原來那位就是楊刺史，遠遠看著，頗有威嚴之相。

領先雲臻半個馬頭的地方，趙承一身紫色勁裝，騎著高頭大馬，胳膊高高舉起，手裡握著一枚上好的羊脂玉玦，大喝道：「今日英雄聚會，看誰拔得頭籌，本公子這枚玉玦，便作為第一的彩頭！」

他扭過頭，邀道：「楊刺史請做裁判！」

楊刺史坐在馬上，微笑點頭。

「好！」

一大群人喝采起來，個個都躍躍欲試。

趙承哈哈大笑，高喊道：「正所謂英雄美人！爺兒們都是英雄好漢，理該請個美人來發號施令！」

嚴秀貞把手拍在額頭上，無奈道：「又來了！」

旁邊女眷們紛紛捂嘴偷笑。

大家都知道趙大公子是個不折不扣的紈袴，最是放縱不羈的。不過今日這樣興高采烈的日子，人人都想拋開那些古板的規矩禮教，只求盡興歡愉，便也都大聲附和起來。

在場的女眷眾多，但既然是要美人，已婚的婦人自是先被排除在外了。原本各家倒都有些姿色不俗的年輕女孩兒，但也都入京選秀去了，剩下的女孩兒中，公認的第一美人，當之無愧地便是楊燕甯了。

楊燕甯今日穿了一身鮮亮的桃紅色胡服，緊身俐落，越發顯得她身材修長、纖腰一握，真正的人比花嬌。

她騎了一匹紅色的小母馬，從容不迫地穿過人群。

趙承手一揮，一大群護衛先呼啦啦地衝入樹林之中，他們是負責驚山的，沿著樹林周邊將動物往裡頭趕，這樣等下才能順利狩獵。

楊燕甯走到隊伍最前頭，高高舉起了手裡的馬鞭。

所有人都望著她那隻纖白如玉的手。

她笑吟吟地回頭看了一眼，山風吹起她肩上的長髮，恍如要凌空飛去。

即便同是女子，李安然也忍不住讚嘆道：「美人如斯！」

就在她話音落下的同時，楊燕甯的馬鞭子猛地向下一揮。

早已迫不及待的狩獵者們，便如脫韁的野馬一般衝了出去，樹林上空頓時飛起一大群驚鳥。

女眷們都在後頭揮舞著手絹跳躍歡呼，要求自己的夫君、兄弟多獵一些獵物回來。

李墨在李安然身邊看得心潮澎湃，像顆炒豆一樣地蹦起來。「我也要騎馬！我也要騎馬！」

李安然實在忍不住了，大笑起來，在他腦門上彈了一指。

「你一個小屁孩還想騎馬，跳起來都沒有馬背高，馬兒騎你還差不多！」

旁邊不少女眷早已覺得這個小孩子玉雪可愛，此時也都忍不住笑了起來，笑聲如同清脆的鈴鐺一般，灑滿整個山坡。

男人們的狩獵，不是一時三刻便能出結果的，等大部隊都撲進樹林，女眷們也就各自散開，三五成群，分頭消遣。

李安然和雲璐、嚴秀貞一起，坐在厚厚的氈墊之上，丫鬟們擺上茶水、點心、水果等。雖則因為清明節有寒食的規矩，都是涼的，但今日天朗氣清，日頭也大，吃著倒也不覺得太涼。

嚴秀貞與李安然閒聊，說起那日在一品天香買的胭脂和妝粉，用著都極為不錯，臉上原本有幾點斑，這幾日看著竟似乎也淡了一些。

「就是那些胰子，也做得真可愛。上次我娘家妹子過來，見了那胰子，還被她強要了好幾塊。」嚴秀貞說到好笑處，自己先笑個不停。

「那胰子除我家的模子之外，大少夫人若有想要的形狀，也可以同我說了，或者畫了圖樣，可以照樣訂製。」李安然道。

嚴秀貞點頭。「逢年過節，倒是要訂製一些，送人極是便宜。」

兩人說話之時，雲璐卻是一直左顧右盼。

今日來的各家女眷坐得都不太遠，就在她們的左右便有幾撥女孩兒正在玩耍。

李安然見雲璐總盯著人家看，笑道：「還真替妳哥哥操心起來了？」

雲璐便笑。

「說的什麼？大小姐可是在找人？」嚴秀貞問。

李安然好笑地指著雲璐。「雲大小姐正替她兄長操心終身大事，今兒過來，我們是為著賞春踏青，她可是為了相看未來嫂子。」

「若不是家中沒個長輩，哪裡輪到我來操心這事兒。」雲璐紅著臉道。

「這也稀奇了，就是沒有長輩，雲侯若要娶妻，只管叫了官媒，那官媒最知道哪家有合適的姑娘。」嚴秀貞提議。

「若是這樣自然便宜，只是我哥哥眼光苛刻得很，若不是他自己中意，就是姑娘再好也不成。況且我到底是個女孩兒家，私下悄悄地物色倒也罷了，若大張旗鼓地請官媒來，說不定反倒教別人笑話。」雲璐無奈道。

嚴秀貞贊同地點頭。

李安然眼珠子轉了轉，突然道：「妳是做妹妹的，自然有諸多不便。但眼前不正有個合適人選，怎麼倒不去求一求？」

雲璐一聽便知道她說的是嚴秀貞，失笑道：「是了，我倒忘記了。」她拉住嚴秀貞的手。「好嫂子，妳見多識廣，這哪家的女孩子好，可得幫著我看看。」

嚴秀貞莫名得了這個差事，哭笑不得，但她心底倒也有意幫忙。不說別的，若能藉此緩和忠靖侯府與護國侯府的關係，對二弟趙焉和雲璐來說，便是第一等的好事。她對雲璐，還是真心喜歡的。

三人正說說笑笑，一直在旁邊玩耍的李墨忽然間衝過來。

「娘親，我要去樹林子裡瞧瞧！」

李安然抱住他。「大人們是去打獵，你一個小孩去做什麼？」

李墨便用手比劃著道：「福生說，林子裡有這麼大的兔子，還有這麼大的小鹿，我就想去看看。」

他自從見大人們策馬馳騁的樣子，心裡便一直癢癢的，方才福生、泰生又給他形容樹林子的好玩之處，四歲小孩正是貓煩狗厭的年紀，哪裡還能忍住貪玩之心。

李安然瞪了福生和泰生一眼。

兩個小廝都嘿嘿笑著。畢竟他們兩人也才十幾歲，正是好玩的時候，說是攛掇李墨，自己又未嘗不想去樹林裡看看。

李墨纏著李安然求個不停，李安然沒辦法，只得說道：「去可以，但福生、泰生必須跟著，絕不可任由你一人，且不許進得太深，只能在樹林邊上看看。」

福生和泰生知道輕重，許諾道：「小姐放心，我們曉得分寸，一切以少爺安全為要。」

李安然這才點頭，又拉著李墨囑咐了半天。

李墨早就急不可耐，但不聽的話，又怕李安然反悔，只得耐著性子聽著，心思卻早已經跑進樹林裡去了。

這時，一個陌生的丫頭從遠處走了過來，先向李安然三人行禮問安，然後道：「奴婢是刺史府的，我家小姐請李姑娘過去說話。」

李安然有些意外，她跟楊燕甯之間並無太多交集，有什麼話可說？

不過對方是刺史千金，她是做生意的，總不能一口回絕，便問道：「不知楊小姐有何吩咐？」

「小姐只叫我來請李姑娘，並未說別的，還請李姑娘跟奴婢走一趟吧。」丫頭回道。

李安然想了想，對嚴秀貞和雲璐交代道：「那我去去就來。」

她先打發福生、泰生領著李墨去玩，然後起身跟著那丫頭去了。

丫頭在前面帶路，領著她穿過草地，越走越偏。

李安然見左右都沒了人，不由問道：「妳家小姐在哪裡？」

丫頭道：「小姐就在前面，請姑娘跟奴婢走就是。」

李安然只得繼續跟著。

那丫頭帶著她繞了個大彎子，最終在一處岩石疊嶂處停下，楊燕甯桃紅色的身影果然就在此處。

「小姐，李姑娘來了。」

丫頭稟報了一聲，原本背對著她們的楊燕甯轉過身來，擺了擺手，丫頭便默默地退到了遠處。

李安然先看了看楊燕甯的神色，只見她臉上神情淡然，看不出什麼來。

楊燕甯上下掃了她一眼，微微一笑。「我有幾句話，一直想跟李姑娘說，李姑娘可別怪我唐突。」

「不敢，小姐有話，請吩咐便是。」李安然應道。

楊燕甯並不急著說，只先望了望四周的風景，輕風拂起她的髮絲，她抬手攏了一下，這才慢悠悠地道：「李姑娘，可還在怪我上次的事？」

李安然不明所以。「不知小姐是指什麼？」

「花朝節那日，我不慎落水，無意中將姑娘也帶入了水中。剛被雲侯救起時我還有些糊塗，竟以為是被姑娘拉下去的，說了誤會姑娘的話，還請姑娘不要見怪。」楊燕甯解釋。

李安然這才知道她說的是那件事，回道：「那日的事情原是巧合，小姐受了驚，一時誤會了也是有的，安然哪敢怪責小姐，小姐不必擔心。」

楊燕甯點點頭。

李安然等了一會兒，見她沒有再說別的，便忍不住問道：「小姐喚我過來，只是為了這一件事嗎？」

楊燕甯定定地看著她，突然展顏一笑。「我還有一件事，想問問李姑娘。」

「請說。」

楊燕甯漂亮的鳳眼微微瞇起。

「我聽說，李姑娘與雲侯十分相熟，雲侯對李姑娘，似乎格外關照。」

李安然心頭一跳，猛地張大了眼睛。「楊小姐，何出此言？」

楊燕甯默默地看著她，臉上帶著微笑，眼神卻似乎充滿了探究。

女人的神經，是世上最敏感的。

李安然從來不認為自己跟雲臻之間有什麼特別的關係，但是落在楊燕甯眼中，卻絕非這麼簡單。

花朝節那日，她們兩人一起落水，雲臻入水相救。明明距離相當，他卻先救了李安然，這在楊燕甯看來，就是一個信號——在雲臻心裡，李安然比她更重要。後來又見雲臻為李安然施救，將自己的衣裳給她披著，這遠遠超出了一個民女和一個侯爺之間應有的關係。

還有一品天香開張那日，不僅雲璐跟李安然稱姐道妹，連雲臻也出現在一品天香，要說他跟李安然沒有交情，實在不能令她信服。

「李姑娘不必多想，我只是看著，以李姑娘的身分能夠與雲大小姐結識，雲侯對李姑娘似乎也頗為關照，不免教人驚奇，是以有此一問。」楊燕甯淡淡地笑著。

李安然眨了一下眼睛，片刻的時間內，心裡已經轉了七、八個彎。

她早已有猜測，楊燕甯那日的落水很有蹊蹺，分明是要把她當作一塊墊腳石。而現在，楊燕甯又問出這樣的問題，話裡又有貶低她身分的意思，難不成是將她當作了假想敵？

李安然的身分比起楊燕甯來，固然是天差地別，但她的內心卻比楊燕甯還要驕傲。

當下，她也回以淡淡一笑。「楊小姐說的不錯，我的身分原是不配與雲大小姐相交的，更何況是雲侯，小姐如此問我，實在令我不得其解。」

楊燕甯似乎沒有料到她會打起了太極，眼神微微一閃，再笑道：「是我問得唐突，李姑娘想必是誤會了我的意思，我並沒有看不起姑娘之意。雲大小姐原是親切之人，既然她與李姑娘結交，自然是李姑娘有值得她欣賞之處。」

「謝小姐美言。」李安然淡道。

「不過……」楊燕甯話鋒一轉。「李姑娘畢竟是單身女子，又與那程家老爺有些因果，難免容易惹上流言。雲大小姐與姑娘結交，原是姑娘的福分，想來也因著雲大小姐與妳的這一份交情，雲侯才會對姑娘另眼相看，但若因為姑娘之故，反而給雲侯惹來什麼不必要的煩惱，姑娘也不會心安吧？」

她的聲音雖然溫柔，話裡卻很有警告的意思。

李安然心中有些反感。

她微微一笑。「楊小姐說我給雲侯惹了不必要的麻煩，請問小姐，是什麼麻煩？」

楊燕甯側了一下頭。「怎麼，李姑娘還不知道嗎？」

李安然搖頭。

楊燕甯略做沈吟，才道：「李姑娘不知道也好，不過是點捕風捉影的流言罷了。」

「小姐這話，恕我不能認同。」李安然不卑不亢。「小姐既然提醒我，總該讓我知道自己哪裡做得不妥當，才能有所改正。小姐如此含糊其辭，安然又如何能夠明白呢？」

她沒給楊燕甯接話的機會，緊接著又道：「再者，既然小姐說有些不好的流言，想來也是有損雲侯聲譽的，那麼也應該提醒雲侯才對。不若這樣，請小姐與我一起去見雲大小姐，將這些話也告知雲大小姐，妳看如何？」

楊燕甯眼神一緊。「這倒不必……」

李安然卻不等她說完，直接一把握住了她的手。

「來，我們這就過去。」她攥著楊燕甯便要走。

楊燕甯站定了腳，反手抓住她胳膊。

「李姑娘！」她聲音頓時拔高。

李安然回過頭來，似笑非笑地看著她。

楊燕甯便知道，自己的用意已經被對方給看穿了，既然如此，她也不必再裝下去，當即冷冷一笑。

「李姑娘果然是聰明人。」

她用手一撥李安然的手背，李安然放開抓著她手腕的手。

「既然如此，我也就直說了。李姑娘能夠與雲大小姐相交，那是李姑娘的榮幸和福氣，但雲侯卻不同，雲侯是天潢貴胄，天子堂弟，他的身分、名譽都是不可侵犯的。李姑娘既然如此聰明，應該知道，妳跟雲侯乃是兩個世界的人，有些關係不是妳可以肖想，有些交情也不是妳能夠高攀。」楊燕甯的聲音很冷，眼神很傲。

李安然直視她雙眼，默默地看了片刻，慢慢地說道：「請問楊小姐，妳與雲侯是什麼關係？」

楊燕甯眼睛微微瞇起。

李安然突然發現，她跟雲臻有一個相似之處，兩人在覺得受到別人質疑或侵犯的時候，都會有個瞇眼睛的動作。

楊燕甯的臉色不僅更冷，而且眼神裡已經出現了煞氣。

「李姑娘，有些事情，不該問的就別問，知道太多，對妳並沒有好處。」

這句話，已經是赤裸裸的威脅了。

李安然卻冷笑起來。「既然如此，我也奉勸楊小姐一句，妳身分雖貴重，卻也管不到我李安然。」

楊燕甯惡狠狠地瞪著她，一字一字道：「李姑娘，我今日可是好意。」

李安然欠身行了一禮。「多謝小姐好意，安然心領，若無別的事情，請恕安然告退。」

她毫不避諱地看了一下楊燕甯的眼睛，轉身便走。

楊燕甯並未阻攔，但眼神卻變得陰沈，一直看著李安然的背影，直到她完全消失在視野之外。

山風輕拂，本來清秀美麗的景色，竟也失去了令人欣賞的魅力。

李安然越走，心裡卻越來越生氣。

她跟雲臻有什麼關係，楊燕甯憑什麼對她做出警告！

別說她跟雲臻什麼也沒有，就是有什麼，又關楊燕甯什麼事！

越是這麼想著，她便越是委屈了起來。

雲臻——這個男人，每次見到他都沒好事，倒楣不說，還無緣無故惹來了別人的敵意。

這算什麼！

李安然惡狠狠地從樹上揪下一片樹葉，在兩隻手裡絞得稀爛。

她一路生著悶氣回到了雲璐的帳篷前，卻見原本應該陪著李墨的福生和泰生正滿臉焦急地站在氈毯旁邊，而雲璐和嚴秀貞都是一臉的嚴肅。

李安然心裡頓時浮起一絲不祥的預感。

嚴秀貞見她回來，隨即從氈毯上站起，走過來，沈聲道：「安然，李墨不見了。」

李安然嚇了一跳。「怎麼會？福生、泰生不是一直跟著嗎？」

福生和泰生滿臉羞愧地將事情陳述了一遍。

原來李墨一進了林子，興致高漲，四處奔跑撒歡。開始的時候，福生和泰生都還看得住，直到李墨見到了一隻野兔，竟一直追著跑，福生和泰生怕他跑進林子深處，萬一碰到打獵的那些人，誤傷了就不好，便想著不如快速地抓住兔子，哄著李墨回來。

於是，兩人合力圍捕那兔子，不料那兔子十分靈活，兩人累得氣喘吁吁竟也沒抓到，等回頭再看，李墨卻不見了。

兩人這才著急起來，先是找了一圈，一無所獲之後，感覺到事態嚴重，這才跑回來報信。

「這可怎麼好，他一個小孩子，必是迷失在林子裡了！」李安然急得直跺腳。

嚴秀貞和雲璐都圍上來。

「妳先別急，這林子雖大，但好在今日是封山了的，墨兒必定不至於跑到外頭去，只要還在林子裡，我們多派一些人手總能夠找到。」雲璐先安慰著，替她出主意。

嚴秀貞也忙附和道：「大小姐說的不錯，我們趕緊多派一些人進去尋找。」

當下，兩人便吩咐雲、趙兩家的下人，分派著他們進入林子尋找李墨。

今日來到蒼耳山的小孩子只有李墨一個，即便不用形容相貌，人人也都有數。

雲璐看李安然滿臉焦急之色，便安撫道：「放心吧，今日林子裡人很多，碰見墨兒的機會很大，不論是誰碰見了，總能將他帶回來。」

李安然皺眉搖頭。「我擔心的正是這一點，今日大家是來狩獵的，人人帶著弓箭武器，墨兒還是孩子，身形幼小，若是有人射獵之時不慎將他射傷了，那可怎麼辦？」

說到這裡，她站起來道：「不成！我得進去找他。」

嚴秀貞和雲璐忙拉住她。「妳就別去啦，我們已經派了人進去，妳在外頭聽信兒就是。」

李安然急道：「若不親自去找，我總不能安心，坐也坐不住的。這樣吧，就煩勞璐兒和大少夫人替我在外頭坐鎮，若是有了墨兒的消息，打發人進來尋我便是。」

嚴秀貞和雲璐攔她不住，只得由著她進了林子。

李安然身邊帶著黃鸝和青柳，進了林子之後，一面叫著李墨的名字，一面往林子深處走。

路上不時也碰見雲趙兩家的人，大家便分頭朝不同方向搜索。

外面看著這林子只是樹木繁密，但進到裡頭才能感覺到，高聳的巨木，茂密的枝葉將林子遮蔽得蔭涼而幽暗。

雖然進林子狩獵的人很多，但一路走來，只能偶然聽見樹木後頭有馬蹄聲和呼喝聲，實際上卻隔得很遠，看不見人。

李安然心裡實在著急擔憂，又怕李墨迷路，又怕他遇到野獸，更怕他被狩獵的人誤傷。她讓黃鸝和青柳都散開了去找，隨著越來越深入樹林，三人的距離不知不覺也拉得越來越大。

「墨兒！墨兒！」

也不知走了多久，搜尋了多少地方，站住腳朝四周望去，入目都是蒼天大樹，草木一片青翠，鳥鳴山幽，除了她竟然再也看不到別人。

「黃鸝？青柳？」

她喚了兩聲，見沒有應答，便知道三人走散了。她試圖尋找自己來時的道路，卻發現腳下都是長長的野草，將她行走過的痕跡都遮蓋得嚴嚴實實，完全分不清東西南北。

原地轉了一圈，她不得不承認，她迷路了。

「有人嗎？有人嗎？」

她大聲地叫著，卻只能聽見自己的回聲飄蕩在樹林上方。

李安然苦笑了一聲，墨兒沒找到，反倒把她自己也給丟了。

此時不遠處似乎傳來一些聲響。她忙站住腳，仔細地聽了聽。

好像是馬蹄聲。

說不定是狩獵的人。

「有人嗎？」

她一面呼叫著，一面撥開草叢，朝馬蹄聲的方向走去。

窸窸窣窣——前方的草叢發出磨擦的聲音，草尖像波浪一般晃動。

李安然猛地站住了腳，驚恐地張大了眼睛，臉色一瞬間變得非常難看。

在她的正前方，赫然有一條深棕色的眼鏡蛇，花紋妖異的身體盤起，頭部高高直立，頸腹部擴張成圓扇狀，冰冷的兩隻眼睛正森森地盯著她。

這條蛇，顯然將她視作威脅到它的敵人，擺出了非常明顯的攻擊姿態。

李安然一動也不敢動。

眼鏡蛇劇毒無比，一旦被咬中，在這種前後都看不見人的情形下，絕對是凶多吉少。

她不動，對面的蛇也不動。

安靜的林子裡，只能聽見眼鏡蛇發出的「嘶嘶」之聲，這是它在恐嚇面前的敵人。

李安然覺得自己的雙腿正不住地顫抖，恐慌讓她身體裡的力氣迅速地流失，她快要支撐不住了。

彷彿是印證了她內心的害怕，虛弱的雙腿不自覺地動了一下，草叢發出一聲輕響。

她這一動，頓時被對面的眼鏡蛇視作攻擊信號，蛇頭猛然竄起，整個身體瞬間在空中拉成了一條直線。

李安然只覺眼前一花，大腿靠近膝蓋處便是一陣尖銳的劇痛。

絲。

「啊！」

她發出一聲驚叫，身體隨之倒了下去。

與此同時，一絲極細的破風聲穿破虛空，一支利箭就從她耳邊掠過，削掉了她的一綹髮絲。

砰一聲，李安然倒在地上。

而半空中的眼鏡蛇也猛然墜落，正好掉在她小腿上，冰涼滑膩的蛇身讓她又是一驚。

只見那眼鏡蛇的七寸之處，正好被那支利箭穿過，巨大的貫穿力將它死死地釘在了地上，粗大的蛇身劇烈掙扎，蛇尾猛地甩起，朝著李安然臉上抽來。

大腿的劇痛和透骨的驚恐讓李安然渾身猶如被釘住一般，根本沒法移動。

眼鏡蛇臨死前的一抽，若是抽中了，她這張臉非腫起來不可。

她幾乎都已經聞到了蛇尾上的腥味。

千鈞一髮之際，一陣急促的馬蹄聲飛奔而至，未等到達事發地，馬上的人已經高高躍起，手中的大弓猛力揮動，重重地擊在蛇身上。

眼鏡蛇如同被從中折斷，蛇身頹然墜落，重重跌在草地上，最後再掙扎幾下，終於沒了動靜。

男人也終於站到了李安然跟前，手持大弓蹲了下來。

當看清他臉的時候，李安然內心只有一個聲音——

果然又是他！

第三十四章　災星？救星？

看著眼前剛被蛇咬了的女人，雲臻只覺有種想抬手揉眉心的衝動。

他每次遇見這個女人，她總是麻煩纏身。

殊不知，雲臻大侯爺在李安然眼裡，卻也同樣是個災星。

果然是這個男人！想來如果他不在這附近，她也不會被蛇咬了。

「哪裡被咬了？」

雲臻蹲在她身前，上下先掃了一眼，因李安然此時倒地，長裙綴起，正好將被咬到的部位給蓋住。

李安然咬了咬下唇，她的傷在大腿上，有點難以啟齒，但此時她感覺原本疼痛的傷口，似乎已經變得麻木起來，心裡頓時暗叫一聲不好。

這正是眼鏡蛇毒發作的初期症狀。

性命要緊，顧不得男女大防，她還是指了指自己右邊大腿。

雲臻眉頭一皺，掀起她的裙襬推到腰間，果然看見她右側大腿靠近膝蓋處，中褲上有兩個被蛇咬出的牙痕，牙痕咬破的兩個小洞已經泛起了紫黑色。

「痛嗎？」

李安然輕輕搖頭。「剛才痛，現在，有點麻了。」

雲臻眉心一跳，抬頭看她。「除了麻木，還有什麼症狀？」

「有點、有點冷……」

李安然只覺他的眼神灼人，銳利得像是能穿透她的軀殼直達她心底。

眼鏡蛇是劇毒，被它咬中後，若傷口不疼反而發麻，就說明蛇毒已經開始發作；半個時辰之內，患者還會出現呼吸困難、胸悶、嘔吐、眩暈眼花等症狀，此時若再不救治，便是九死一生了。

今日春獵，自然也考慮到可能會有受傷的情況發生，各家都有帶傷藥、大夫過來。護國侯府只有帶一位女大夫，是照顧雲璐的。不過雲臻知道，忠靖侯府有帶大夫來，跌打損傷、蛇蟲螫咬等必定都能醫治。

但那也得先出了林子。

眼前的情形，即便是正常地走出這林子也要半個時辰，李安然決計等不到那時候。

雲臻腦中迅速地考慮了一遍，心中便有了決斷，看著李安然的眼睛，沈聲問道：「妳要死要活？」

李安然只覺身上有股寒意，腦袋也似乎有點開始發暈。

這問的不是廢話嘛！

「當然、當然要活。」她恨恨地看著雲臻，彷彿咬了她的不是那條蛇，倒是他似的。

「要活，那便得罪了。」

說完這話，雲臻直接上前，張開雙腿蹲在她身側，用右腿頂在她背後，同時雙手抓住了她裙子下面的中褲。

「你幹什麼?!」

李安然大驚，一把按住他的手。

「傷口必須馬上處理，妳若要活，就必須脫掉。」

兩人的姿勢，此時十分親暱，李安然等於就是靠在他懷裡，雲臻說話的時候，熱氣便噴在她耳朵上。

不知道是他的氣息噴得她發癢，還是蛇毒的發作讓她更加眩暈，李安然按在他手背上的手，慢慢地變軟，終於撤了下來。

雲臻便直接將她的中褲用力往下一褪，一直褪到膝蓋以下。

月白色的褻褲，兩條柔嫩白皙的大腿，修長筆直，讓人忍不住想捏一把。

李安然的身形在女子當中不算矮，人高自然腿長。若是放在別的時候，雲臻說不定還會欣賞一下春色，他畢竟也是正常的男人。

但此時，他眼中卻只有她大腿上那兩個小小的紫黑色牙印，牙印周圍的肌肉明顯腫脹起來，並已經開始泛起青紫色的瘀斑。

他抬手在頭頂一扯，原本用來束髮的寶藍色髮帶便解了下來。好在替他梳頭的丫頭十分心細，用了兩根髮帶，他的頭髮不至於因此而散落。

雲臻將髮帶繞著李安然的大腿一圈，打上結，兩邊一拉，李安然的身子便是一挺。髮帶紮在那牙印上方，距離牙印約莫四指寬的距離，紮得有些緊，勒住了她大腿的肌肉，這是避免毒氣上行，攻入心臟。

緊接著，雲臻從身上取下一個荷包，自裡面取了一顆藥丸出來，直接塞入李安然嘴裡，順手在她下巴一托，李安然還沒來得及反應，已經不由自主地咽了下去。

「這是什麼？」

雲臻看著她，只淡淡說了三個字。「解毒丸。」

李安然被他的雙眸看著，有點想移開視線。早就知道這個男人的目光深邃灼人，每次視線相觸都有種無法抵擋的感覺，但心裡明明想要移開，眼神卻被黏住了一般不聽使喚。

在李安然糾結於自己的眼睛不受控制之時，雲臻掌中已經多了一柄精巧至極的匕首，不及他巴掌長的刀鋒，泛著幽藍色的暗光。刀本身無色，是因為太過鋒利才會給人近似藍色這種視覺上的錯覺。

小刀掌中輕，翻動無聲，刀尖對準李安然大腿上的牙印，輕輕一送，便刺破了肌膚。

「啊唔……」

李安然剛被劇痛刺激得要叫出來，嘴巴便被堵上了，剩下的半聲驚呼都隱沒在雲臻的掌中。

雲臻出手如電，飛快地兩下，已經將她腿上的兩個牙印都用刀尖劃破，紫黑色的血珠瞬間冒了出來。

他這才放開手，李安然的嘴獲得自由，立刻大口大口地呼吸起來，同時眼神惡狠狠地瞪著他。

雖然知道他是在救她的命，但如此粗暴直接的手段，還是讓她腹誹不已。

雲臻對她滿含怨念的眼神視若無睹，將匕首放在旁邊，張開雙手，貼在了她大腿兩側。

李安然渾身一僵。

男人溫熱有力的手掌貼著她大腿的嫩肉，陌生的觸感讓她很不適應，說不上是羞是憤，兩頰已經不由自主地紅了。

雲臻視線的角度位於她頸項側上方，正好可以看到她充血的耳珠，像一顆紅豆一般圓潤可愛。

這女人，害羞起來，居然是這樣的。

他雙手握著她的大腿，兩個大拇指貼在牙印兩邊，用力一擠，紫黑色的血水便從劃破的傷痕裡流出來。

好痛！

李安然感覺傷口上不僅劇痛，而且充滿了壓迫感，可又不能推開雲臻，難以忍受之下，扭頭一口咬在他肩頭。

「嘶……」雲臻肩頭肌肉一緊，擰起眉毛，低吼道：「妳屬狗的嗎？」

「嗚嗚……」

李安然咬著他肩頭的肌肉不鬆口，眼淚橫流，嘴裡發出嗚嗚的聲音，恍若被欺負了的幼獸，可憐至極。

雲臻只覺心房的一角突然坍塌了……

微微搖了下頭，擺脫心底那種陌生的感覺，他開始很有規律地擠著李安然的傷口。

第一次的劇痛過後，李安然已經有點適應這種被擠壓的痛楚，但她的牙齒卻還是咬在雲臻的肩頭。

不是不想鬆口，是不好意思。

人家救她性命，她卻像狼崽子似的咬了人家一口。而現在鬆口，又實在不知道該怎麼面對他，索性繼續咬著算了。

擠了一會兒之後，流出來的污血顏色似乎淡了一點，雲臻暫時放開了雙手。

李安然低著頭，一動不動。

「乖，鬆口。」

頭頂的聲音，溫柔得不像話。

她身子猛地往後一挺，受了巨大驚嚇一般瞪著他。

男人的神情，完全不同於平時的高傲冷酷，雙眸比月光還要柔軟。

「你、你……」李安然簡直被嚇到了，這個男人怎麼突然間變得這麼溫柔！

然而下一刻，雲臻的臉又變回了原來的冰山面孔，那片刻的柔情，彷彿只是她的錯覺。

「等下我還會再擠壓妳的傷口，不要再咬我了。」雲臻撇開了視線，淡淡地說道。

他的聲音還是如平時一般，但語氣卻不再強勢了。

李安然覺得腦袋有點暈，低低地嗯了一聲，不再說話。

接下來的時間，兩人都像嘴上貼了封條似的，一言不發，雲臻每隔半刻鐘左右就會擠壓她的傷口，而李安然不再咬他，若覺得疼痛，也只是自己捏緊了拳頭忍著。

如此擠壓三、四次之後，解毒丸的藥性發作，流出來的血液終於不再紫黑，而是恢復了正常的鮮紅色。

雲臻便從荷包裡又取出一個小瓶，倒了一些淡黃色的粉末在她的傷口上。

然後他抓起了最一開始從她腿上脫下來的中褲，做了一件李安然萬萬想不到的事情——他把她的中褲用匕首劃破，割成一條一條的布條，並在她目瞪口呆之下，將布條當做繃帶，包紮住她的傷口。

那中褲原本還好端端的掛在李安然小腿上，此時她一抬腿，散碎的布料便窸窸窣窣地落在了地上，她的兩條腿，直接就是光著了。

「你……你怎麼用我的褲子……」太過震驚的李安然，說話都有點結巴起來。

「不然呢？難道用我的。」雲臻滿臉的理所當然。

李安然看了看他身上。

雲臻今日是來狩獵的，穿的是勁裝，在救李安然之前又做了大量的運動，內衣都已經浸了汗水，當然不能用來包紮傷口了。

李安然不得不閉上嘴，無奈地將自己的裙襬拉下來，好歹遮住了光裸的雙腿。

完成救治的雲臻，這才放開了李安然，一屁股坐在她旁邊的草地上，舒展雙腿，休息起來。

林子裡寂寂無聲，只有偶爾響起的清脆鳥鳴。

李安然只覺氣氛尷尬，醞釀了好久，終於忍不住說道：「你、你的護衛呢？」
雲臻進林子之前，可是帶著劉高、李虎等好幾個護衛的。
「找李墨去了。」
雲臻一句話，又讓她閉了嘴。
原來雲臻等人本來的確是在狩獵，卻碰到了雲璐派出來尋找李墨的下人。得知李墨在林中走失，雲臻便命劉高、李虎帶著護衛們四散開尋找，他自己也參與了搜索行動。
卻不料，李墨沒找到，倒是先救了李安然一命。
李安然越發地感到不好意思。
原來人家不僅救了她，還在幫她找孩子，她方才卻又是瞪他又是咬他的，實在有點以怨報德了。
她正要張嘴道個謝，雲臻卻正好一句話將她堵了回來。
「妳這女人實在麻煩，每次見到，都是非生即死，玩命很有趣嗎？」
李安然只覺頭頂三昧真火大冒，剛剛興起的那一點不好意思，瞬間就煙消雲散了。
「我倒要問問雲侯，為什麼每次雲侯一出現，我就非死即傷，難道不是雲侯替我帶來的災難嗎？」她瞪著眼睛，控訴起來。
雲臻雙眉高高挑起，一副不敢置信的樣子。「妳的意思，我倒成了妳的災星？」
「不是災星，難道還是救星不成！」李安然憤憤道。
雲臻原本深邃的眼神，因為眼睛張大的緣故，倒失去了平時的壓迫感，如此一來，倒給李安然平添了許多勇氣。

兩人大眼瞪小眼地看了半天。

「呵——」

雲臻忽然笑了一聲。

他終於明白自己的心思了，身為堂堂侯爺，怎麼就喜歡上了這樣一個平民女子？

當初第一次見面，即是兵荒馬亂的一個場面，依著他的性子，李安然在他心目中留下的印象應該是麻煩二字才對。而後來接二連三的相遇，沒有一次是正常情況，總要鬧些雞飛狗跳的事故，讓他不得不對這個女人印象深刻。

一開始，他的確將她視作一個麻煩纏身的女人，只是不知不覺間，卻也對她感到好奇。人們不是常說，若一個男人，對一個女人起了好奇之心，那麼這點好奇，遲早會變成興趣，甚至於愛慕之情。

李安然與他，正是如此。

在別人面前，她總是冷靜自持；在他面前，卻每每張牙舞爪失去分寸。這樣一個麻煩不斷卻獨立自強的女人；這樣一個人前聰慧機警，私下卻有些敏感粗心的女人；這樣一個不斷與他發生肌膚之親，在他面前總是露出真性情的女人，的的確確是他生活中獨一無二的存在。

此刻他明悟，最初所謂的「麻煩」，在轉為「好奇」之後，果然已經變成了「愛憐」，變成了「在意」，否則他又怎會每次都用言語去激她，非要她氣急敗壞了才滿意？實實在在是他早已喜歡上了這種感覺。

這發現讓他此時忍不住笑了出來。

對峙的氣氛，隨著這一笑，頓時蕩然無存。

「救星也好，災星也好，妳這女人，是準備賴上本侯了嗎？」

許是平日總板著臉的緣故，雲臻一笑起來，臉部的肌肉變化特別大，原本英挺硬朗的線條變得十分柔和，連微微彎起的眼睛裡都充滿笑意，還帶著一絲小得意。

李安然完全沒想到他還有這樣的一面，竟是看呆了，紅潤的嘴唇微微張開，露出乾淨潔白的牙齒輪廓。

雲臻忽然欺上身來，伸手捏住了她的下巴，大拇指按在她柔嫩的嘴唇上。

「女人，其實妳……長得挺耐看。」

他的聲音，暗啞而華麗，如同一疋頂級的黑色絲綢。

他的雙眸，深邃而有穿透力，彷彿一直看到了她心底……

李安然像受了蠱惑，呆呆地看著他；又像是受驚的小鹿，眼裡全是震驚。

她忽然抬起雙手，在他胸膛上猛地一推，氣急敗壞地道：「誰賴上你了！我又不是楊小姐！」

這三個字，如同兜頭澆下來的一盆冷水，將剛剛浮起的一點曖昧氣氛沖刷得無影無蹤。

雲臻濃黑的雙眉，慢慢地皺了起來，在眉間形成一個川字。

「楊燕甯？」他緩緩地咀嚼著這個名字，每一個字眼都像在他的唇舌之間滾動了好幾遍。

李安然心裡忽然生出一種好像是嫉妒的感覺，嫉妒楊燕甯的名字被他說得這樣富有韻味。

我這是怎麼了？

她忙用雙手捧住臉，低下頭去，試圖將自己埋起來。而這時候——

「楊燕甯，對妳說了什麼？」

她抬起頭，雲臻定定地注視著她，深邃的雙眸，如同夜空下的大海。

如果是情場老手，或者至少經歷過男女感情的人，絕不會在對方表露出曖昧的時候提起另外一個人的名字。但李安然，顯然對感情一途懵懂生澀。

「雲侯，難道不知道楊小姐的心意嗎？」

第三十五章　共乘而歸

李安然很想看看，這個無所畏懼、無所在意的男人，知道自己被楊燕甯看上的時候，會有什麼樣的反應。

可惜，讓她失望了，雲臻的表情沒有出現一絲的波動。

他只是淡淡地反問：「莫非妳知道？」

李安然沈默了一下，思考該怎麼說才好，總不能直接說楊燕甯特意來警告過她，提醒她不要跟他走得太近。

「看來楊小姐果然跟妳說了什麼。」

雲臻卻從她的沈默中看出了端倪。

「這倒奇怪，楊小姐與妳毫無關聯，怎麼會與妳說起這樣的私事？」他微微瞇起眼睛，似笑非笑。「或者，是妳有揣測別人內心隱秘的癖好？」

李安然沒好氣地白了他一眼。「在雲侯心裡，我是如此下作的人嗎？」

雲臻眨了一下眼睛，臉上的表情有點古怪。

李安然便覺得自己這話問得似乎有點唐突了，他是她什麼人，她怎麼倒問出這種問題來了呢。

難道是蛇毒未清嗎？似乎從被蛇咬之後，她便一直沒頭沒腦的，說的話做的事都傻裡傻氣，自己都不知道自己在做什麼。

懊惱的李安然抬手在自己腦袋上拍了一下。

咦？

似乎有聽到什麼聲音。

她挺起身子，朝四周顧盼。

「小姐！」

「小姐！」

果然有人在呼喚她，聽聲音應該是黃鸝和青柳。

她立刻高聲回應。「我在這裡！」

那呼喚聲停了片刻，然後便是一陣行走於草叢的窸窣聲，越來越近。

「小姐，是妳嗎？」

先從草叢中露面的是黃鸝，一看見李安然的身影便歡呼了一聲，朝後招手，叫了青柳一起奔過來。

「小姐，擔心死我們了，妳怎麼走著走著就不見了呀！」

雖然也看見了雲臻，黃鸝和青柳還是先撲到了李安然身邊，握住她的胳膊，又是擔憂又是驚喜。

「咦，小姐妳怎麼了？可是受傷了？」

黃鸝先發現李安然似乎坐著不能動，又看見地上散落的布片，認出是李安然的中褲，再發現草叢中點點的血跡，立刻便想到了什麼，忙向對面的雲臻看去，臉上一時驚疑不定。

緊跟著青柳也覺得不對勁起來，眼神也一個勁兒地在李安然和雲臻之間游移。

深山野林，孤男寡女，破碎的中褲，滴落的血跡，在在都指向一個可疑的猜測。

該不會……

「小姐妳……」小丫頭青柳到底比黃鸝沈不住氣，俯首就在李安然耳邊問了起來。小丫頭年紀雖小，但有些事情，卻也不是一無所知。

李安然的臉頓時忽紅忽白，抬手在她腦門上敲了一個鑿栗，羞惱道：「胡說什麼！」

「那不是……」青柳用眼神示意著地上的碎布和血跡。

黃鸝也是一臉的疑問。

李安然只好低聲跟兩個丫鬟簡單解釋了一下。

「啊？被蛇咬了？」青柳登時就急了，抓著她的裙襬就要檢查。

黃鸝忙一把按住她，壓著聲音道：「妳這毛躁的妮子，也不看看這是什麼地方。」她用眼神往對面瞟了瞟。

青柳瞬間醒悟，忙點頭道：「是是是。」

雲侯爺還在對面坐著呢，怎麼好掀起小姐的裙子來。

「雖是毒蛇，不過雲侯已經替我處理過傷口，也吃了解毒丸，現在感覺並無大礙了。」李安然解釋。

「那也不能大意，我們還是趕快回去，請大夫看看才好。」黃鸝道。

李安然點頭。

黃鸝想了想，站起來向雲臻走了幾步，福了一福。「奴婢替小姐多謝雲侯救命之恩。」

雲臻此時盤腿坐在地上，一隻手支在膝蓋上，托著臉，另一隻手捏著一根草莖把玩著，似笑非笑道：「本侯救妳家小姐的性命不止一次，若要道謝，一句話可謝不完。」

他的眼神往李安然臉上瞟了瞟。

黃鸝是花朝節之後才到李安然身邊的，不知道從前的緣由，自然不明白雲臻的意思。只是十四歲的女孩子已經是大姑娘，對於男女感情方面早有了足夠的敏感，此時看著雲侯和自家小姐，總覺得有點說不清道不明的關係。

青柳此時用肩膀扛著李安然的胳膊，試圖將她扶起來。

但她還不到十歲，身量不足，力氣也不夠，李安然身體的分量相對她來說，還是有點重了，沒扶起來，倒把自己摔了一屁股。

「哎喲！」小姑娘一屁股坐倒在地上，臀部正好磕到一塊小石子，頓時瘦溜溜地疼，忍不住叫喚起來，一張臉皺得跟十八個褶的包子一般。

雲臻覺得好笑，嘴角抽動，搖搖頭，扔掉手裡的草莖站了起來。

黃鸝頓時往後退了一步，仰頭看著他。

雲侯可真高啊！

雲臻大步走過來，看了一眼小丫頭青柳，後者也正睜大眼睛無辜地看他。

他微微一笑，彎下腰，一手托住李安然的背，一手架在她膝彎下，起身一站，李安然整個人便被他凌空抱了起來。

騰空的感覺讓李安然發出一聲小小的驚呼，下意識地用胳膊攀住了他的脖子。

「你做什麼？」她張大了眼睛，發現自己跟對方的臉距離過近了，還刻意地往後仰了一下。

雲臻瞥了她一眼，懶得說話，直接大步流星地走到了白蹄烏旁邊。

他方才出現的時候就是騎著白蹄烏，這馬兒已經通人性了，從頭到尾都安靜地站在一旁。

雲臻先將李安然托上馬背，因她大腿上有傷，不能跨坐，只能側坐。

然後他自己也翻身上馬，坐在她身後，兩手拉住韁繩，正好將她圈在懷中。

李安然剛抬了一下頭，就撞到了他的下巴。

「嗯——」雲臻沈聲發出一聲提醒。

她忙低下頭去，只覺渾身熱得很，臉頰再一次地紅了起來。

黃鸝拉起青柳，青柳背著手揉著自己的屁股，兩人並肩仰頭，看著馬背上的兩個人。

青柳的少女心還未開化，看著李安然和雲臻同騎一匹馬的姿勢，覺得有點怪怪的，只是說不清楚。

黃鸝卻是心中敞亮，不禁懷疑自家小姐跟雲侯，該不會真的……

只是她到底是心思細密的，心裡雖然有了猜測，面上卻一點都不顯，只仰著頭對雲臻道：「我家小姐行動不便，煩勞雲侯帶我家小姐先回去，我和青柳隨後跟來。」

雲臻並不說話，只點了一下頭，驕矜得很。

李安然忙道：「妳們不必跟著我，先去找墨兒。」

黃鸝便笑道：「是我忘了跟小姐說，少爺已然找到了。此前我和青柳同小姐走散，四處尋找，正好碰見護國侯府劉、李兩位護衛，少爺就跟他們在一起。」

李安然心下一喜，忙問道：「他可有受傷？」

「哪有受傷呀！少爺還逮著了一隻大兔子，高興得很，倒是把我們這些人累得夠嗆。」青柳快人快語，連珠炮似的吐槽了幾句。

黃鸝笑著拍了她一下，繼續對李安然道：「小姐放心，少爺很好，一點也不曾傷到，我託了劉、李兩位護衛送少爺先回去，我和青柳則過來找小姐，想來這會兒，少爺應該已經在雲大小姐那裡了。」

李安然這才放下心來。

這時候就聽耳後一個聲音低低道：「我救了妳，我的護衛救了妳義子，兩條性命，妳該如何謝我？」

李安然只覺耳朵上熱呼呼酥癢得厲害，這種感覺還順著耳朵一直蔓延到全身，連手腳都酥麻了。

她有點羞又有點惱，覺得這男人是故意在調戲她，一賭氣脫口道：「怎麼謝？難道要我以身相許不成。」

她不過是隨口說的氣話，哪知雲臻竟然認真地點了點頭。

「唔，這個提議倒是不錯。」
李安然頓時扭頭，惡狠狠地瞪他一眼。
雲臻卻哈哈一笑，眉宇之間的傲氣一掃而淨。
兩人的這番對話，聲音很低，黃鸝和青柳都是聽不清楚的；不過他們的動作落在兩個丫頭眼裡，卻實實在在像情人間的耳鬢廝磨，忍不住教人臉紅。
黃鸝垂下眼，見青柳還張大眼睛看得稀奇，便伸手將她的腦袋按下去。
「啊！」
兩個丫頭這一低頭，卻是嚇得花容失色，差點跳起來。
原來就在她們腳底下，躺著那條死掉的眼鏡蛇屍體。這一片草叢又長又密，蛇身躺在裡面很難發現，兩人之前一直沒看見，此時見了，不由臉都白了。
人大抵都對蛇這種冷血動物有天生的害怕，兩個丫頭趕忙退後好幾步，離那蛇屍遠遠的。
馬蹄聲起，兩人再抬頭，白蹄烏已經帶著雲臻和李安然小跑離去，不一會兒就沒了蹤影。
不過馬背上兩個人，吃重之下，馬蹄踩過的草面都有明顯的壓痕，兩人只消順著這些壓痕，一路跟著，便可以出了林子。
黃鸝手裡拿著一根長長的樹枝，一面走，一面不住拍打前面的草叢。既然知道這林子裡有蛇，便得打草驚蛇，這樣她們走過來，就算有蛇，也早都跑掉了。

「姐姐，妳說雲侯對我們小姐是不是太好了呀？」充滿好奇心的青柳，雖然年紀小，對男女之事還懵懂著，不過到底也是看出了一些端倪。

黃鸝笑了笑，囑咐道：「今天的事情，妳看見了，只記在自己心裡，不要告訴別人。」

「為什麼？」青柳不解。

「我們小姐是民女商婦，雲侯卻是貴族，如果妳把今天的事情說出去，孤男寡女，很容易招人閒話，到時候小姐的名聲就不好聽了。」黃鸝耐心解釋。

青柳很忠心，一聽會對李安然不利，立刻點頭如搗蒜。「我知道了，我一定不說。」

頓了一頓，她又問道：「那如果是裴媽媽問呢，我也不說嗎？」

黃鸝用手指點了一下她的額頭。「妳不說，裴媽媽怎麼會知道，又怎麼會來問妳？如果小姐想讓裴媽媽知道，自己就會說了，輪不著妳。」

青柳這才放心下來。「好，那我什麼也不說就對了。」

她一把挽住了黃鸝的胳膊，親熱得不行。

黃鸝搖搖頭，任由她掛在自己身上。

李墨鼓著一張包子臉，小小的人，臉上一副無奈。

雲璐已經將他從頭到腳檢查了好幾遍，直到最終確認真的沒事之後，才捏了捏他的臉蛋，訓道：「你這個皮猴子，差點害你娘擔心死，明明兩個人跟著你，怎麼還能走丟呢！」

李墨捏著小拳頭。「那是福生、泰生跑太慢啦，又不怪我！」

「還頂嘴！」雲璐拍了一下他的小腦袋。「等你娘回來了，看她怎麼教訓你！」

李墨顯然也想到了這一點，鬱悶地噘起嘴。

福生和泰生就站在他旁邊，眼睛眨都不眨一下，兩人都下了決心，絕不能再把少爺給弄丟了。

雲璐這才轉過身，對劉高和李虎道：「多虧了你們找到他，等李姑娘回來，自有她來謝你們。」

劉高笑道：「舉手之勞罷了，我們與李姑娘也是熟識的，哪有不幫忙的道理。」

雲璐點點頭，問道：「侯爺呢？」

「侯爺與我們分頭尋找，應該也快回來了。」劉高道。

他話音剛落，身後便響起急促的馬蹄聲，趙承騎著一匹高頭大馬，呼啦啦地衝過來，一個急煞停下，馬蹄子翻起的草屑幾乎都噴到李墨臉上。

「哈哈哈，雲臻呢？是不是沒打著獵物，不敢出來呀！」

趙承的馬屁股旁邊掛著一隻四腳綁起的幼鹿，滿臉的耀武揚威。別人打到獵物，若是野雞、兔子、山鷹之類小型的，倒會自己隨身帶著，若是獐子、鹿之類，都是給下人們抬著，這趙大公子為了炫耀，這麼重的一頭鹿竟然掛在自己馬上。

此時他當著雲家人的面，笑得滿臉燦爛，一口大白牙亮閃閃，一臉的目中無人，騷情得很。

雲璐也不理他，只轉過頭對嚴秀貞笑咪咪道：「嚴姐姐，妳瞧大公子，哥哥不在，倒衝我抖威風呢。」

嚴秀貞仰著頭，陽光刺得她雙眼眯起，用手指了指趙承。「你怎麼不坐馬頭上呢，狂得你！跟女人家抖起威風來了，真夠長本事啊！」

旁邊的人們都捂嘴笑起來。

趙承頓時鼻子不是鼻子，眼睛不是眼睛，只得從馬上跳下來，一臉的沒滋沒味。

這時，輕快的馬蹄聲噠噠噠地傳來，趙承回頭看去，兩隻眼睛一下子張得銅鈴那麼大。

「呵！我打著一頭鹿，他這是打著一美人啊！」

眾人都迎著陽光看過去，見格外高大的一匹駿馬，毛色油黑發亮，四蹄雪白，雲臻端坐在馬背上，英氣逼人，懷裡圈著李安然。

這兩人一騎，背著陽光朝眾人走來，衣袂翩翩，周身都是金色的光暈，簡直猶如神仙中人。

所有人都看呆了。

原本坐在一群女孩子中間的楊燕甯，噌地一下站起，眸中一片驚怒。

第三十六章　男人的獨佔慾

拜姚舒蓉所賜，李安然的名字在靈州城已幾乎街知巷聞，但在今日來蒼耳山的各位貴人眼中，她的身分還是不值一提。孤兒、平民、一介商賈——在貴人們看來，這樣平凡低微的一個女人，跟他們的生活圈子是格格不入的。

然而現在，這個平庸到極致的女人，竟然堂而皇之地坐在了靈州第一權貴護國侯雲臻的馬背上，甚至還被雲侯抱在懷裡?!

李安然本來不願意這樣張揚地暴露在眾人的視線中，快要走出林子的時候，她曾要求下馬步行，但雲臻沒有同意。

「受傷的人，就不要亂折騰。」

這就是他的答覆。

眾人的注目讓李安然渾身不自在，感覺自己就像被剝光了扔在案板上的白斬雞一樣無所遁形。

而人群中，最為灼熱的一道目光，正是來自楊燕甯。

李安然，怎麼可以！

楊燕甯只覺自己的心肺快要炸開了。

就在不到兩個時辰之前，她還鄭重其事地提醒李安然，不得與雲臻走得太近。而現在，這個女人居然堂而皇之地跟雲臻出雙入對，光天化日之下如此地親密無間。

這好比是在她臉上甩了火辣辣的一記耳光，被愚弄的恥辱和憤怒在她胸中升騰翻湧。

她猛地邁出一步。

「甯兒。」

一聲低喝就在背後響起。

她回過頭去，見父親正看著她，目光之中暗含警示。

楊常氏輕輕地握住了她的胳膊。「甯兒，不要衝動。」

「娘！」楊燕甯十分不甘。

楊刺史和楊常氏的心情一點也不比她好。

楊燕甯的心思，楊常氏已經告訴了丈夫，本想藉著今日春獵的機會，由楊刺史試探一下雲臻，看是否能促成這段婚姻。但沒想到，話尚未問出口，雲臻卻跟另一個女人做出這樣親密的舉動。

「服了服了！我以為我打著一頭鹿，必能拔了今日的頭籌，沒想到你雲侯爺竟然獵了個美人回來，哈哈，雲侯素來道貌岸然，原來也有風流荒唐的時候！」

趙承看著雲臻近前，哈哈大笑著調侃嘲諷起來。

雲臻照例是看都沒看他一眼，自顧自地從馬上躍下，然後將李安然也抱了下來。

這一個舉動，又讓所有人都吃了一驚。

李安然已經恨不得把頭埋進他胸膛裡去。

雲璐和嚴秀貞也是面面相覷，完全不明白這是弄哪一齣。

雲臻將李安然橫抱著，也不放下，對嚴秀貞道：「大少夫人可有帶大夫來，李姑娘被毒蛇咬傷，需要讓大夫診治。」

「什麼？被毒蛇咬傷？」嚴秀貞吃驚，趕忙指揮丫鬟。「去，快把大夫叫來！」丫鬟趕緊地小跑去了。

雲璐便問道：「蛇毒發作快，哥哥是否已經處理過傷口了？」

「已經吃了解毒丸。」雲臻道。

雲璐見李安然一直埋著頭，一動也不動，以為是蛇毒發作的緣故，不由叫道：「李姐姐？李姐姐感覺如何？」

李安然也不回頭，甕聲甕氣道：「沒、沒什麼。」

雲璐聽她聲音不對，忙道：「哥哥還是快將李姐姐抱進帳篷裡去吧。」

說話間，趙家的大夫已經拎著藥箱，一路小跑著過來了。

雲臻抱著李安然進了帳篷，一堆人都跟著進去。

帳篷內支著一張小床，原是給雲璐休息預備的，此時雲臻便將李安然放在床上。

「妳傷在何處？」大夫問。

李安然看著一圈的人，咬著嘴唇。

雲臻轉頭道：「你們都出去。」

眾人便都想到，李安然是個姑娘家，處理傷口必然要露出肌膚，大家不便圍觀，旋即退了出去。
雲璐走在最後，見雲臻沒動，問道：「哥哥怎不出去？」
李安然抬頭看了雲臻一眼。「雲侯也請出去。」
雲臻冠冕堂皇地道：「妳的傷口是本侯處理的，本侯最清楚傷勢，自然得留下。」
聞言李安然有點臉紅，知道自己奈何不了對方，乾脆低下頭不管了。
雲璐看看自家哥哥，又看看李安然，似乎明白了什麼，也不說話，只是抿嘴一笑，直接退了出去。
帳篷內除了李安然、雲臻和大夫之外，只剩下李墨。
雲臻低頭對李墨道：「你也出去。」
李墨張大眼睛，義正言辭。「娘受傷了，我要守著娘。」
「不行，你娘的傷口不能被男人看見，就算是你也不行。」雲臻惡狠狠地瞪著他。
李墨扭頭問李安然。「娘，為什麼妳的傷口不能被男人看？」
李安然只覺一張臉都快燒起來了，大夫還在跟前站著呢，這個男人能不能更幼稚一點。
她拉住李墨的手。「別理他，你就留下陪著娘。」
「嗯！我陪著娘，哪裡也不去。」李墨用力地答應著，還故意示威性地看了雲臻一眼。
雲臻的臉有點黑。
一旁的大夫卻有點無奈了。
「李姑娘請告知傷在何處。毒蛇咬傷，發作很快，若不趕緊處理，毒入肺腑便神仙無救了。」

李安然慚愧不已，趕緊指了指右腿，告訴大夫傷口的位置。

大夫伸手去掀她的裙襬。

「慢著！」

大夫手還沒碰到裙襬，便被雲臻喊停。

「我來。」

他坐到床沿，擋在李安然和大夫中間，捏著李安然的裙襬，一直拉到她膝蓋上方，將將好把傷口露出來，總共只露出傷口以下的小腿部位，而另一條腿仍舊被他遮得嚴嚴實實。

李安然覺得大夫已經快要翻白眼了。

她又是好笑又是好氣。這男人，之前在樹林裡替她處理傷口的時候，大剌剌地將她雙腿看了個遍，現在輪到人家大夫看診，他卻像個吝嗇的守財奴保護財寶一樣，一分一毫都不肯給對方多看了。

好在大夫不跟雲臻計較，作為一個盡職盡責的醫者，病患在他眼裡，並沒有男女之分。他拆開傷口的布條，仔細檢查，又給李安然把脈，翻眼皮、看舌頭，還問雲臻要了一顆解毒丸來看了。

「雲侯的處理很及時，解毒丸也很有效，李姑娘並未遭到毒性入侵，此時仍然頭腦清醒就是最好的明證。在下再開幾副清熱祛毒的藥，吃上兩天，也就可以了。」

大夫取出藥箱裡的繃帶，要為李安然重新包紮。

雲臻伸手取走他手裡的繃帶。「你去開藥，本侯替她包紮。」

大夫微微一愕，意識到對方是不願意他在包紮時碰觸李安然的肌膚，終於忍不住大大地翻了兩個白眼，拂袖自去寫藥方了。

李安然臊得慌，低聲道：「人家是大夫，醫者父母心，難道還能乘機輕薄我不成。」

雲臻調整了身體方向，抬起她的腿放在自己的大腿上，一面替她包紮，一面道：「人心隔肚皮，外表道貌岸然，內心齷齪下流的人多了。」

他的聲音沒有刻意降低，那邊大夫自然聽個正著，氣得手都發抖了，好不容易寫完藥方，往雲臻懷裡一扔，搶過藥箱，怒氣沖沖地出了帳篷。

一直很安靜的李墨這時候才開口說道：「雲侯叔叔，你把大夫氣走了！」

雲臻將繃帶最後固定好，抬起眼皮掃了他一眼。

「他若不走，就是想占你娘便宜，你肯嗎？」

李安然抬手在他肩頭捶了一拳。「別瞎說！」

李墨張著大眼睛，脆聲問：「為什麼？他怎麼占我娘便宜了？」

雲臻指了指李安然還露在外面的小腿。「你娘是個女兒家，被人看了身體，就是被占了便宜。」

李墨小手一伸，抓住李安然的裙子擼下來蓋住她的腿，看著雲臻道：「那你也在占我娘便宜！」

雲臻一窒。

李安然卻已經樂不可支，抱住了李墨用力親了一下。「好孩子！娘真是沒白疼你！」
雲臻咳咳了一聲，反駁。「我不算。」
李墨無知無畏地道：「你怎麼不算？你不是男人嗎？」
李安然翹著下巴看雲臻，一副看你怎麼回答的挑釁樣。
「你娘的身體，我早已看了個遍，現在看，當然不算占便宜。」
李墨眨了一下眼睛，然後又眨了一下，顯然被雲臻的話給弄糊塗了。有點對，又好像有點不對，四歲的小孩子第一次遭遇到，無恥也是一種智慧。
李安然卻早已經目瞪口呆，忍不住叫道：「你胡說什麼，我什麼時候被你看遍了！」
雲臻抱著胳膊，用眼神瞟了一下她的胸口，又瞟了一下大腿。
「上面，下面，我哪裡沒看過。」
李安然簡直話都說不出來了。
這個男人真是太可惡了，第一次見面，趁她替他搽藥，看了她領口的春光；這次又趁著替她處理傷口，看了她的雙腿。居然因為這兩次，就說什麼上面下面都看遍了。
而雲臻居然又火上添油地說了一句。「不僅看過，摸也都摸過。」
「你……」李安然剛想反問他什麼時候摸過，突然想起花朝節那日她落水，也是雲臻救她上來，又是抱又是拉，還給她壓胸施救，要說摸過了，竟然也是事實。
可是……可是……這怎麼能一樣呢！
「你……你真是……真是……」她又氣又急，又羞又惱，捏著拳頭掙扎了半天，終於罵出兩個字。「流氓！」

雲臻仍舊抱著胳膊，挑了一下雙眉。

「娘，什麼是流氓？」

李墨天真的問話，就像壓在駱駝上的最後一根稻草，終於讓李安然洩氣到底，連說話的力氣都沒有了。

她垂著雙手，胸脯起伏，喘著氣，恨恨地瞪著雲臻。

「雲侯到底什麼意思？我李安然，難道就真的這麼好欺負？」

她的臉色很鄭重，一點也不像在開玩笑。

雲臻的神情也變得認真起來，原本抱著的胳膊也放了下來。

「李墨，你先出去。」

他給了李墨一個眼神。

李墨看了看李安然，李安然還在瞪著雲臻。

小孩兒感覺到兩個大人似乎要說很重要的事情，懂事地站起來，慢慢地走出了帳篷。

帳篷外面，趙承已經被嚴秀貞給拖走了，只有雲璐和雲家的下人在。

雲璐見他出來，招手道：「墨兒過來。」

李墨走過去，乖巧地讓她摸著腦袋。

「雲侯叔叔呢？」雲璐笑咪咪道。

「在跟我娘說話。」

「你怎麼出來了？」

「雲侯叔叔叫我出來，不許我偷聽。」

雲璐眼珠子一轉，笑道：「雲侯叔叔一定是有要緊話跟你娘說。」

這時，黃鸝和青柳終於走出林子，趕了回來，兩個人臉頰都是紅撲撲的。

雲璐吩咐道：「妳家小姐在帳篷裡，正同侯爺說話，妳們兩個在外面守著，別讓人進去打擾他們。」

黃鸝和青柳對視一眼，答應了，分別站在帳篷門口兩側。

帳篷裡面，李安然正跟雲臻大眼瞪小眼地對視著。

雲臻的臉上已經沒有平日的冷酷，更沒有調戲她時的漫不經心。

李安然很迷惑，她不明白雲臻為什麼這樣對她。

從三月初一，一品天香開張那日起，他就似乎有點不對勁，每次看她的眼神都讓她心裡毛毛的。今日更是過分，替她處理傷口的時候，時而霸道時而溫柔，弄得她心裡慌慌的；他還總是拿話撩撥她，故意在人前做出親密舉動，故意讓楊燕甯看見；現在甚至將她視作私有物一般，不許別的男人看一眼，還無恥地說什麼看過摸過的話。

「你，到底想做什麼？」

她再次重複了這句話，很用力，很認真。

雲臻的眼睛，又一次微微瞇起。

「妳當真不知道我想做什麼？」

又來了，又用這般深邃的目光看她。李安然想避開，可是眼神卻像被對方黏住了似的。心有點慌，跳得有點快，她突然不想讓他回答了，她怕他說出令她不能承受的話。

「做我的女人。」

心彷彿跳漏了一拍，李安然以為自己聽錯了。

「你說什麼？」

第三十七章　他怎麼會看上她

「做我的女人。」

雲臻將這句話重複了一遍。

李安然先是張大了眼睛，滿臉驚愕，繼而眼神便冷了下來，臉色也隨之下沈。

「雲侯這是什麼意思？」她冷笑了一聲。「做你的女人？呵，敢問是妻室？小妾？情人？或者只是一個暖床的賤婢？」

雲臻皺起眉頭，不明白她為何變得尖銳起來。

「李安然雖然身分低微，但也有一分骨氣，靠自己的雙手發家立業。雲侯若是把安然當做輕賤女子，那就大錯特錯了！」

李安然冷冷地說完這句話，抬腿便要下床，不慎牽動腿上的傷口，疼得皺了一下眉。

「妳急什麼，本侯何曾輕賤過妳？」雲臻不滿地拉住她的胳膊。

李安然卻一把甩開，瞪著他道：「雲侯三番兩次救命之恩，李安然唯有一個謝字，雲侯若是君子，就不該挾恩圖報。」

雲臻眼神一厲。「妳認為本侯在挾恩圖報？」

李安然卻不肯再回答他，哼了一聲，撐著床鋪站起來，拖著傷腿一跛一跛地走出帳篷。

雲臻看著她的背影消失在門簾外面，突然捏著拳頭在床鋪上捶了一下。

麻煩的女人，他哪句話不對了，突然變得這麼尖銳。做他雲臻的女人，難道還辱沒了她不成？什麼挾恩圖報？什麼輕踐？一副受了凌辱委屈的樣子，真是莫名其妙！

殊不知此時，李安然卻是心肺都快要氣炸了。

混蛋！

什麼叫做他的女人？嫖客對青樓女子才說這種話！

她從來不會肖想，以自己平庸的身分能夠嫁入高門大戶，更別提是護國侯府。雲臻這樣高高在上的男人，也決計不會娶一介平民。

那麼他說做他的女人，無非就是妾、婢，甚至於外室。無論哪一種，都是對她的侮辱。

她李安然，難道不配讓好男兒明媒正娶嗎？

越想越生氣的李安然，滿臉堅毅地走出帳篷。

「小姐。」

黃鸝和青柳迎上來，見她臉色鐵青，像是受了巨大的委屈似的，都不由愣然。

「小姐怎麼了？」黃鸝扶著她，關切地問。

李安然硬邦邦地道：「叫上墨兒，我們這就回家。」

「啊？」黃鸝愣了一下。「現在？」

「對，就是現在！」

「可是……」黃鸝跟青柳對視一眼。「可是春獵還沒結束呢。」

李安然氣呼呼道：「春獵跟我們有什麼干係？都是貴人們的玩耍，妳以為人家跟妳說過幾句話，就真當自己是跟他們一樣的上等人物了！」

黃鸝和青柳被她罵得一懵，都不明所以。

李安然也覺得自己說得太重了，雖然在雲臻那裡受了氣，但雲璐是真心與她相交的，就是忠靖侯府的大少夫人嚴秀貞，也是個平易近人的好姐妹。

她緩了一緩，放平了語氣道：「妳們不要多想，我只是想起家裡有要緊事，得趕快回去。青柳，妳去叫少爺。」

「是。」青柳應了一聲，惴惴地去了。

黃鸝看了看李安然的臉色，小聲問道：「小姐，可是跟侯爺拌嘴了？」

李安然沒好氣道：「別提他。」

她這麼一說，黃鸝反倒確定了自己的猜測，果然是拌嘴了。

「那，就算要走，也得跟雲大小姐道別一聲，況且我們是坐雲家的馬車來的，總不能自己走回去，山路加上平路，有十五里地呢。」她柔聲地勸道。

李安然也是一時怒火沖昏頭腦，此時冷靜下來也知道她說的有道理，便道：「妳扶著我，我們跟雲大小姐告辭一聲。」

「哎。」

黃鸝忙扶著她，兩人沒走幾步，雲璐牽著李墨便迎面過來了。

「怎麼，你們這就要回城了？」

雲璐已經聽青柳說了，對李安然突然回城的決定很是疑惑。

「想起家中有事，得儘快回去，不得不辜負今日的盛會了。」李安然道。

雲璐看了看她臉色，見她情緒似乎有點低落，又看了看她身後的帳篷，門簾子一動不動，心裡便有了猜測。

「好，既是家中有事，我便不留妳，這就叫人送妳回去。」

李安然謝道：「煩勞妳了。」

雲璐擺手，逕自叫下人套了馬車。

李安然帶著李墨以及黃鸝、青柳、福生、泰生，跟她告別之後，便登車而去。

雲璐目送馬車遠去，聽見身後門簾一動，轉過身來，果然見雲臻站在帳篷外面。

「她走了？」

「是，走了。」雲璐扶著丫鬟的手，慢慢地走過來，一面仔細地搜索著他臉上的蛛絲馬跡。「李姐姐走的時候，臉上可不大好看，哥哥可是欺負了人家？」

雲臻瞥她一眼，一臉荒唐。「本侯會欺負她？」他哼了一聲，像是負氣的孩子。

雲璐歪著腦袋，在他臉上瞟來瞟去，最終嘆氣道：「雲侯爺面黑心冷，這是所有人的共識，哥哥當真不知道，自己平時可是經常出口傷人呢。」

雲臻的眉毛又一次微微蹙起。

「哥哥方才同李姐姐說了什麼，把她氣成那樣？」雲璐確實很好奇。

雲臻沒好氣道：「莫名其妙的女人，誰知道她怎麼氣成那樣。」

他看了雲璐一眼，倒真有點想問問，她們女人都在想些什麼，怎麼他說東，她卻能理解成西。

雲璐見他意動，也有些期盼，真想知道帳篷裡到底發生了什麼。

然而就在這時，劉高、李虎匆匆地跑了過來。

「侯爺，孟小童派人從京中回來，有要緊事稟報。」

雲臻挑眉，立刻問道：「人呢？」

劉高和李虎身後閃出一個人來，單膝下跪，遞上一封書信。

雲臻接過來，直接拆開一看，臉上掠過一絲驚異。「老夫人也要來？」

那人便道：「是，小人出京之時，孟侍衛和老夫人已經準備出發了，水陸兼程，估計五天內便會抵達靈州。」

雲臻點點頭，將書信遞給旁邊的雲璐。

雲璐看後，也是同樣的驚訝。「老夫人竟然親自來了，看來京中對墨……的身世果然十分重視。那，我們也得趕緊回府準備，老夫人既然來了靈州，總要住上一段日子，府中客院空置許久，得大大地收拾一番才成。」

雲臻點頭，對劉高道：「你去跟趙大公子說一聲，我們馬上回府。」

劉高立刻便去了。

趙承正在人群中炫耀自己獵到的獵物，跟別人互相比較，劉高過來說了之後，他立時瞪起了眼睛。

「什麼，雲臻也要走？楊刺史才剛剛走，你們雲家也要走，我好不容易組織一次春獵，你也走、他也走，那不是掃我的面子嘛！」

「實在是府中有急事，耽誤不得。」劉高陪笑道。

趙承哼了一聲。「楊刺史也是這麼說的。好好，你們都有急事，都走都走，沒了你們，我難道還辦不成春獵了！」

旁邊的公子哥兒們都起鬨，沒了楊刺史和雲侯，他們更玩得開。

劉高向趙承拱拱手便走。

不多時，護國侯府的帳篷便拆掉了，一應物事都收拾妥當，直接車馬下山。

回到琉璃街的時候，正趕上中飯。

裴氏沒想到他們會突然間回來，原以為春獵怎麼也應該持續到下午，不過一知道李安然被蛇咬了，頓時就顧不上想別的了。

「叫大夫瞧過了沒有？傷口處理了沒有？毒蛇咬傷可不是好玩的，清溪村有個裴大牛，壯得像牛一樣的小夥子，就因為被毒蛇咬了，不到半個時辰就沒了性命。」裴氏一迭連聲地就先擔憂起來。

黃鸝和青柳一面扶著李安然往屋子裡走，一面道：「媽媽放心，已經叫大夫瞧過了，傷口還是雲侯親自處理的……」

剛說到這裡，就感覺李安然瞪了她一眼，黃鸝吐了吐舌頭，不敢再說，只掏了一張藥方給裴氏。「這是忠靖侯府家的大夫開的方子，媽媽找人去抓藥吧。」

裴氏接過來，隨手叫了青桐出門抓藥。

黃雀已經把床鋪好，服侍著李安然躺上去。

裴氏牽著李墨跟進來，到底還是親自查看了她大腿上的傷口，見包紮得嚴嚴實實的，又聽黃鸝說清楚了過程，這才放下心來。

「真是多虧雲侯了，我們小姐幾次三番都是他救的，改日得上門重謝才好。」

李安然把頭一扭，朝向床裡。

黃鸝捂嘴一笑。

李墨脆聲道：「雲侯叔叔欺負娘了。」

裴氏不明所以地看看他們。

「少爺說笑呢，小姐大約是累了，媽媽還是快快給我們做些飯食來，上山到現在，水都沒顧上喝一口。」黃鸝轉移裴氏的注意力。

可不是嗎？上山沒多久，李墨就走失了，一群人先是忙忙活活地找他，然後是李安然被蛇咬了，剛讓大夫看完，便又風風火火地趕回來。

「說的是，我這就叫人做飯去，原來沒想著你們這會兒就回來，飯食都不夠。」裴氏說著便快步去了東跨院，灶膛裡的火還沒熄滅，叫廚娘趕緊再做一些飯食。

黃鸝想起李墨還逮了一隻大兔子，趕忙叫外頭的福生、泰生把兔子也拿到廚房去，叫廚娘做個紅燒兔肉、爆炒兔肉也不錯。

李安然見李墨、黃鸝、黃雀和青柳都在屋子裡，便擺手道：「你們不用在跟前站著，黃雀、青柳，帶少爺去洗漱更衣。」

「那我一會兒就來看娘。」李墨乖順地道。

他在林子裡走了半天，又是逮兔子，又是玩耍的，衣裳鞋襪全髒得可以。

黃雀和青柳領著李墨回了他的屋子，只留黃鸝一個人守著李安然。

安靜地躺在床上，看著頭頂的帳子，李安然的思緒便有些迷糊起來。

回想跟雲臻相識的經歷，每一次都是狼狽的，或是被姚舒蓉欺辱，或是被他弄得腳踝脫臼，或是落水，或是被蛇咬了，次次都沒個齊整樣子。這樣子的自己，在雲臻眼裡必是形象奇差才對，怎麼他倒還看中她了呢？

雖然雲臻說出什麼要她做他的女人，很是莫名其妙，沒名沒分的，聽著又像是在輕薄她，但總歸人家得看上了她，才會說出這樣的話來。

自己的相貌自己有數，李安然清楚自己並非絕色佳人，在她認識的女子當中，紀師師、雲璐、楊燕甯、趙慕然，哪個都比她漂亮得多，她頂多也就是眉目齊整的中人之姿。

再加上無權無勢，也沒有個名譽的家庭，父母不詳，孤兒出身，還在程家當過丫鬟，做過一段時間不清不楚的當家夫人，如今開著商鋪，拋頭露面，甚至還帶著一個同樣是孤兒的孩子李墨。

這樣的自己，就是普通人家的男子要娶她，還得考慮再三，她想破頭也想不明白，雲臻怎麼會看上她？

第三十八章　閒事三兩件

清明春獵過後，不論是李安然這邊，還是護國侯府那邊，都沒有主動拜訪的意思，大家彷彿都忘記在蒼耳山的事情了。

李安然喝了兩天的藥，腿上的傷口已經沒什麼大礙了，除了沐浴時還需要小心，平日裡動作輕緩別牽扯到傷口，便沒太大影響了。

這一日，她照例先看了一圈作坊裡的生產情況，盤點了一下庫房的庫存，然後便帶了黃鸝到前面鋪子裡。

鋪子裡有五、六撥女客，正在女夥計的帶領下或觀看或試用，臉上都帶著新奇之色。一品天香的店鋪設計實在跟別家不同，又有佈置好的梳妝檯供客人試用，不吝客人取用多少，夥計們都是笑意吟吟，就是不買，也給客人們留下極好的印象。

雖則香水的價錢超出大多數人的承受範圍，但胭脂、妝粉、胰子卻是大部分靈州城的婦人們都能接受的。靈州城是南方第一繁華城市，城中居民的家資都比較可觀，一品天香不愁沒有客源。

李安然看了一圈，覺得一切井井有條，正要回宅子去，就聽見櫃檯那邊一個聲音道：「你們一品天香的牌子喊得倒是響亮，若是我用了你們家的東西，出了錯處可怎麼說？」

她循聲看去，櫃檯前站著一個矮胖的婦人，插金戴銀，雖然品味略俗了些，倒像是個荷包鼓囊的。

這婦人手中握著一盒珍珠桃花粉，正在向蕊兒發問。

「這位夫人，您只管去打聽，我們一品天香的東西，素來是品質一流的。這盒珍珠桃花粉，賣了也有不下幾百盒，從未聽說有出錯的。」蕊兒笑道。

那婦人搖頭道：「那可未必。你們這店鋪我從前聽也沒聽過，品質且不說，價格倒是比別家貴一倍。俗話說無奸不商，誰知道你們這妝粉裡摻了什麼，若是我用了這妝粉，肌膚受損，可得找妳算帳。」

「這……」蕊兒被她說得皺眉。

因這婦人聲音奇大，說話又難聽，咄咄逼人的，引得其餘客人都好奇地望了過來。

「怎麼？這就說不出話來了？妳不是說你們店鋪的東西品質一流嗎？」婦人見蕊兒一時露怯，越發追問起來。

李安然走過去。

「這位夫人，可是對我們的妝粉不滿意？」

婦人看她一眼。「妳是誰？」

蕊兒見李安然過來，先暗暗鬆一口氣後，介紹道：「這是我們的東家。」

婦人這才正視李安然。「原來妳就是一品天香的東家，我倒要問問，你們這珍珠桃花粉，跟別家的珍珠粉也沒什麼不同，怎麼就賣到這樣貴？」

李安然便笑起來。「夫人想是第一次到我們店裡。」

「是又如何？」婦人蹙眉道。

「夫人手中這盒珍珠桃花粉，若說材料，別家倒也都有。我看夫人通身氣派，想來家世不凡，必然是極有眼光的。」李安然讚道。

婦人被她誇讚，臉上便有些滿意，認為自己當然是有眼光的。

「夫人請看，這粉質細膩且不說，色澤比之普通珍珠粉更加地紅潤輕柔，夫人的肌膚白裡透紅，若單用珍珠粉未免過於蒼白，若用我們這珍珠桃花粉，不僅可以令夫人的肌膚更細膩光滑，而且還能使夫人氣色更佳。夫人是最有眼力的，若是普通貨色，您也不會選到手裡。」

李安然一面解說，一面暗暗恭維，婦人果然聽得頻頻點頭。

「至於價錢，本店的價格的確比別家貴一些，但正所謂一分價錢一分貨，若是尋常貨色，販夫走卒都可以購買使用，又如何能夠襯托出夫人的高貴和獨特呢，您說是不是？」

婦人終於被她說得笑了起來。「到底是店東會說話，罷了罷了，妳這麼一說，我就是不買都不成了。」

李安然和蕊兒都陪著笑了起來。

「不過我有言在先，你們店裡的東西我是頭一次用，若真有了什麼錯處，你們可得負責！」

「夫人放心，若真因用了我們店鋪的妝粉，令您肌膚受損，您只管找我，一品天香一定賠償到底。」李安然許諾。

「好！我記住這話了！」

婦人重重地點頭，終於是付了銀子，在店鋪裡所有人的注視下，拿了那盒珍珠桃花粉走了。

蕊兒擦了一把腦門上的虛汗。「這夫人著實難纏，姑娘未來之前便已經問了我好些話，不過一兩銀子的東西，倒擺出了買千兩東西的架子。」

「開門做生意，總會有些難纏的客人。」李安然笑道。

她看了看店裡，也沒什麼要特別囑咐的，便又回轉後面的宅子去了。

剛進門，門房黃四便道：「小姐回來得正好，護國侯府的紅歌姑娘來了，黃雀姑娘剛打發小人去前頭找小姐呢。」

李安然微微蹙眉。「知道了。」

黃四退下，她卻沒有馬上就去花廳。

站在她身旁的黃鸝輕聲問道：「小姐可是不想見她？」

李安然嘆口氣，搖頭。「罷了。」

得罪她的是雲臻，紅歌是雲璐身邊的人，不至於遷怒到丫鬟身上。

黃鸝便扶著她，慢慢地到了花廳。

「姑娘前些日子負氣回家，可讓我家小姐擔憂得不行。」

紅歌一上來，直接先笑著調侃了一句，也是雲璐和李安然已經很熟絡了，她才能這般隨意。

李安然苦笑道：「妳倒會說話，我哪敢負氣，你們家那位可是堂堂侯爺。」

「侯爺又如何，我家小姐說了，我們家侯爺素有面黑心冷的評價，說話最是氣人，姑娘可別跟他一般計較，看在我家小姐面上，千萬別生分了。」紅歌道。

「看來，妳家小姐是派妳來做和事佬了。」李安然道。

紅歌笑了起來。「奴婢哪裡配做侯爺和姑娘的和事佬。那日姑娘剛下山，我們侯府裡便有人來報信，說有貴客不日要來，侯爺和大小姐隨後也下山回城了。小姐問了侯爺，為何姑娘氣沖沖地走了，侯爺卻不肯說，小姐沒法子，這才叫奴婢來，先向姑娘道歉。」

她說著蹲身行禮。

李安然忙扶住她。「妳家小姐倒是有心。罷了，妳且回去同她說，我與侯爺不過是話不投機，與她無關，我也不至於惱了她，叫她不要多思多慮。」

紅歌應了，又笑了笑，小心翼翼地道：「奴婢多嘴一句，請問姑娘，我們侯爺到底是說了什麼得罪了姑娘？」

李安然咬了一下嘴唇。

見她不願開口，紅歌再道：「我家小姐與姑娘交往時日雖不算長，但脾氣卻實在相投，姑娘也不把紅歌當外人，紅歌便逾矩同姑娘說一句，我們侯爺做大事時果斷幹練，實則在人情世故上卻笨拙得很。侯府裡往來應酬都是我家小姐打點，侯爺素來是不管的，又因著還未曾娶妻，家中沒個女主人，難免有時候魯莽了些。唉……

「姑娘也知道，我家小姐那日原是打算替侯爺物色個合適婚配的女子，只是在山上的時候，冷眼看了一圈，竟也沒有上眼的。」

「妳家小姐畢竟是做妹妹的，如何真能替哥哥操辦婚事？要我說，還是該請個長輩來主事。」李安然淡淡道。

紅歌點頭。「姑娘說的是，說起來，即將來的那位貴客正是我家一位最親近的長輩。這次她來，要在我們侯府小住，即是為了侯爺的婚事而來。有她為侯爺籌劃，想來我們侯爺的好事是不遠了。」

李安然聽得心頭一動，眼神游移了一下。

這麼說，那個男人真要議婚了？

紅歌一直暗暗地觀察她的神色，此時終於在她臉上看到一絲破綻，心中也有了數。

「好了，小姐的話，奴婢都帶到了，姑娘今日也累得很，身上又帶著傷，奴婢便不多叨擾。小姐最後有句話轉告，家中有客，大約有些日子不能與姑娘相聚了。」

李安然點點頭，表示知道了，神思卻莫名地有點恍惚起來，連黃鸝送紅歌出去都沒怎麼注意到。

紅歌出了李宅，自有侯府的馬車接上，一路回到護國侯府。

雲璐剛吩咐了管家，貴客要來，需得準備院落供貴客居住，定了花園邊上的鶴鹿苑，派人去打掃整理了。

紅歌進門之時，她正歪在榻上喝安神湯。

「怎麼樣？妳瞧著李姐姐，到底如何？」

紅歌行過禮，說道：「奴婢按照小姐的吩咐，先是向李姑娘道歉，李姑娘似乎對侯爺還是有一點惱意，但也看不出什麼來。後來奴婢提起家中有長輩要來，準備為侯爺議婚，李姑娘似乎便有些失神。」

雲璐微微笑了起來。「我早覺得，哥哥與李姐姐之間，必定有些古怪。如今看來，李姐姐對哥哥只怕是有些情思，至於哥哥……哼，他如今還嘴硬不肯說，等我慢慢地試探，總能勘破他的秘密。」

這日一大早，李墨便被丫鬟黃雀叫醒，迷迷糊糊中，讓她和青桐洗漱完畢，穿好了外出的衣裳，然後按到了飯桌上。

李安然早已經在等他了。

「娘……」李墨揉著眼睛。

李安然將一碗小米粥放在他面前，柔聲道：「墨兒，今日起你就要上學了，可不能再像從前一樣睡到日上三竿了喲。」

李安然和裴氏早已打聽過，琉璃街這邊有個落第秀才，屢試不中之後辦了個蒙學，就叫篤行學堂。如今已有大約三十幾個學生，都是琉璃街上居民的孩子，據說教學水平還不錯，在這一帶小有口碑。

李安然雖然不指望李墨將來出人頭地，但總不能讓他糊裡糊塗地過日子，讀書明理，這是必要的。

用完了早飯，李安然親自帶著李墨，照例是讓黃鸝跟著，出了門，沿著琉璃街向西，拐過兩個巷口便聽到了隱約的讀書聲，找到那門戶，門邊的木牌上寫的是裴宅。

「這先生姓裴，難不成是裴媽媽的本家？」黃鸝開了個玩笑。

「前頭黃四打聽過，這宅子並非這位裴先生的，只是租住罷了。」李安然道。

兩人閒聊兩句後，黃鸝上前敲門，有個小童來開了門，請他們進去，穿過一個天井，就到了書堂外頭。

書聲琅琅。

「先生正在給學童們佈置早課，請小姐稍等片刻。」

小童引著李安然三人進了旁邊的一間書房，看佈置應該是這位先生平日讀書待客之處。等了不到半刻鐘，一位身著青色長衫的男子便走了進來。

李安然不著痕跡地掃了一眼，估摸這先生年紀還不到三十，相貌也算清鑠，中等身量，有一股書卷氣。

此前李家已經派人來拜訪過，李安然知道先生名字是裴清，裴清也對李家有基本的瞭解。

對於李墨，四歲小童的模樣，裴清早已有所預料，看著倒是比別的孩子要多一分機靈。而對於李安然，他倒是有點意外。

原想著一介商婦，就算不是滿身銅臭，也該是談吐庸俗，沒想到這位李姑娘通身透著一股清雅，本來不過五分的顏色，倒有著七分的氣質。
裴清不由略略多看了她幾眼。
「在下裴清，這位想必是李姑娘了？」
裴清說話很是斯文，帶著一種讀書人特有的矜持。
「小女李氏安然，這是義子李墨。聽聞先生學問極好，品行高潔，篤行學堂在街坊之中也頗有口碑，願李墨能得先生教導，明道理、知孝悌。」李安然微笑應對。
既然李家已曾拜訪過，今日不過是場面話，裴清自然也不會拒絕。
當下，李安然命黃鸝呈上六禮，然後讓李墨端茶拜師。
裴清喝完茶，最後給李墨一套文房作為回禮，然後便讓小童帶著李墨去了書堂，自己則送李安然出門。
「聞聽李姑娘在琉璃街上立業，經營店鋪，姑娘一介弱女，在外能白手起家，在內能視義子如親兒，在下佩服。」
裴清倒健談，趁著送客的時間，還與李安然攀談了幾句。
李安然笑道：「生活所迫，不得已拋頭露面，先生見笑了。」
此時已經走到裴宅門口，李安然請裴清留步，自帶著黃鸝去了。
她們兩人剛走出去十幾步，巷子的另一頭便有位老婦挽著一個菜籃子過來。
「阿清。」
她揚聲叫了裴清一聲。

裴清剛準備進門，聞聲便轉過身來。

「娘回來了。」

裴清作勢要去接婦人的菜籃子，婦人卻望著李安然和黃鸝的背影，覺得有點眼熟。

「阿清，那兩個女子是誰？怎麼從我們家出去？」婦人指著李安然的背影問。

裴清看了一眼，隨口道：「那是李姑娘，送她義子過來進學，剛行了拜師禮。」

婦人一驚。「她姓李？可是叫李安然？」

「娘認得她？」裴清有些意外。

婦人一拍雙手。「如何不認得，她還在清溪村住過一段時日呢！」

「哦？」裴清略感興趣。「那怎麼從前未聽娘說起？」

「啊……哦，她也不過住了一個月罷了，與我們家也不熟。」婦人似乎不願多說，忙轉移話題。「你說她的義子來進學？可是叫李墨的？」

裴清答了聲。「是。」

這婦人正是三叔婆，當初她在清溪村散播謠言，後來卻當眾出醜，之後便時不時遭受村人白眼。正好她的秀才兒子裴清鄉試不中，不願回村務農，在靈州城裡租房子辦了學堂，三叔婆便以照顧兒子為由，也搬進了城裡。

裴清又望了一眼李安然離去的方向，此時自然已經看不見了，便隨口道：「這位李姑娘倒是個有本事的，據說原先還做過程家的夫人，如今白手起家，在琉璃街東頭開了一家胭脂水粉鋪，生意很是興旺。」

三叔婆撇嘴道：「她自然有本事，那一品天香據說日進斗金呢，嘖嘖，當初在清溪村還是借住，竟然硬生生掙出一份家產來了。」

「娘似乎對李姑娘很熟悉。」裴清不由疑惑。

三叔婆一驚，這才察覺到自己似乎說多了，忙擺手道：「熟悉什麼，不過是聽人家說的，走了走了，站在門口做什麼，快進去。」

她忙忙地將裴清推進門，自己卻朝李安然離去的方向又再次看了一眼，似乎有所算計。

第三十九章　砸店

又下雨了。

春日的雨總是淅淅瀝瀝，清明前後好不容易晴了幾日，到了穀雨，又是綿綿不絕。

琉璃街十字路口有一家茶樓，二樓靠窗的座位視野極佳，可以清楚地看到樓下的行人和商鋪。

平日裡這個時辰正是客人多的時候，二樓本該熙熙攘攘才對，但今天，卻有一桌貴氣逼人的客人坐在了二樓靠窗的座位。其他客人一見這嚇人的氣勢，都退避三舍，以至於二樓靠窗的一圈空空蕩蕩，其他客人都坐得遠遠的。

茶博士惴惴地上了茶和點心，見沒有其他吩咐便退下了。

孟小童捏了一顆花生米扔進嘴裡，倚靠在護欄上，嘻嘻笑道：「侯爺這是真看上李姑娘啦？」

雲臻四平八穩地坐著，手裡轉著一個茶杯，垂著眼皮看樓下的街面。「有吃的還堵不上你的嘴。」

孟小童嘿嘿一笑。

劉高和李虎也學他的樣子倚在護欄上，笑道：「你一去京城一個多月，沒惹上什麼風流債回來吧？」

「去去去，你當我是侯爺呢！」
雲臻一抬手，一股水箭便朝孟小童臉上射去。
孟小童嘿了一聲，身子猛地往後一仰，茶水便潑個空，全灑在了地上。
雲臻又一探手，將茶壺拎在手裡。
「別別別！奴才錯了還不成嘛！」孟小童忙搖擺起雙手求饒，錯眼往街面上看了一眼，叫了起來。「喲喲喲，有情況嘿！」
雲臻還以為他是在找藉口轉移話題，但下一刻劉高和李虎都眼神一緊。
「侯爺，真有情況。」
雲臻這才往街面上看去。
十字街口，正有五個孔武有力、護院模樣的男子，簇擁著一個滿頭插金帶銀、戴著面紗的婦人，氣勢洶洶地穿過路口。旁邊的行人稍有阻礙，便被護院們惡狠狠地推到一邊。
「閃開閃開！」
護院們吆喝著，簇擁著婦人徑直朝一品天香走去。
到了一品天香門口，那婦人手一揮。「給我砸！」
這群護院立刻狼嗥著衝進去，見人就推，見東西就砸。
蕊兒正站在櫃檯後面，啪一下一個花瓶就砸在她面前，嚇得她啊一聲尖叫跳了半尺高，再一看，整個店鋪都已經被砸得雞飛狗跳了。
櫃子上的、桌子上的，香水、妝粉、胭脂都被隨手砸在地上，幾個虎狼一般的男人如入無人之境，客人們都尖叫著往外跑，店鋪內一團混亂。

「住手！」

蕊兒大叫起來，店鋪內的夥計們都衝上去阻止，但這些多數都是女夥計，沒能阻止他們砸東西，反倒被推得東歪西倒。

「快去後面叫東家和老李頭！」

蕊兒隨手抓住一個女夥計，讓她趕快去報信。

被她抓著的正是元香，元香慌不迭地點頭，穿過後門跑了出去。

不多時，老李頭帶著柳三胡和男夥計們都趕了過來，一面呼叫著一面阻止他們砸店。

等李安然從宅子裡趕來，整個店鋪已經被砸得唏哩嘩啦，慘不忍睹。

「住手！」她高聲喊道。

店鋪門口一直冷眼看著的婦人，這才抬起手來。「住手。」

那些護院們終於罷了手，齊齊退到婦人身邊，堵著門，虎視眈眈地盯著李安然等人。

一品天香這麼大動靜，外面早就已經圍滿了人，那些被趕出去的客人紛紛議論著，向別人描述這些砸店的人如何地凶狠。

李安然環視一周，見店鋪裡一片狼藉，好多瓶香水被砸破了，滿屋子都是濃烈的香氣；而妝粉胭脂也被大量地扔在地上，灑得一片一片；好幾個女夥計被推傷，齜牙咧嘴地被同伴扶起。

忍著心痛和憤怒，李安然對那婦人道：「這位夫人，因何砸店？」

婦人哼哼冷笑。「砸店？砸店還是輕的，我還要報官抓了妳這個奸商！」

李安然皺眉道：「這位夫人，若我們店鋪有得罪夫人的地方，請夫人明說。夫人不問青紅皂白地砸了我們的店，我們若也報官，夫人一樣要承擔責任。」

「好！我就讓妳死個明白！」

那婦人臉上本來蒙著面紗，此時抬手一扯，露出臉來，衝著所有人道：「大家看看，我買了這家店的妝粉，用了才幾天，臉就成這個樣子了，這分明就是奸商害人！」

圍觀的人們看清了她的臉，轟一聲像炸了窩的馬蜂。

這婦人一張臉上長滿了紅疙瘩，細細小小卻密密麻麻，看得人渾身起雞皮疙瘩，有些女孩子都忍不住要作嘔了。

婦人轉過身來，面對著李安然。

李安然也是嚇了一跳，緊接著便認出是那天嫌棄東西貴，糾纏了半天才買走妝粉的客人。

「小姐……」蕊兒拉了一下她的袖子，顯然也認出這個婦人了。

婦人指著自己的臉，氣勢洶洶道：「看見了吧！這就是你們家的妝粉，還說什麼比別家都好，賣得那樣貴，竟然卻是害人的東西，我用了才幾天，臉就爛成這個樣子，妳還有什麼話說！」

李安然皺眉道：「夫人說，這是用了我們家的妝粉，才變成這樣的？」

「怎麼，妳不相信？」婦人尖叫起來，拿出一只白瓷盒子。「妳敢說這不是你們家的妝粉？」

一品天香用來裝妝粉的盒子都是白瓷的，在同一家瓷器店訂製，規格和花樣都一致，婦人手中拿的，與一品天香的盒子正是一模一樣。

婦人高高舉起手臂，將盒子展示給外面的圍觀人群，大叫道：「這就是一品天香的妝粉，說什麼比別人家的都好，這也好、那也好，沒想到竟然是害人的東西。大家千萬不要相信奸商，若是用了他們家的東西，就是毀容的下場！」

眾人指著那妝粉盒子議論不止，有用過一品天香東西的人，已經認出那盒子的確是一品天香所有，看著李安然的眼神便都古怪起來。

「這一品天香的東西賣得那麼貴，沒想到竟然還不是好東西。」

「早說嘛，買東西還是老字號才靠得住，一個女人開店，能有什麼好？」

「可不是有很多貴人小姐都買了他們家的東西嗎？」

「這夫人的臉總不會是假的，都爛成這樣了，妳還敢用他們家的東西啊，不要命了？」

聽著這些議論，李安然頓感不妙，若是任由事態發展，一品天香的招牌就砸了。

她忙上前一步道：「這位夫人，我看妳臉上的傷不輕，不如我先請大夫來為夫人診治。」

婦人哼一聲。「少跟我貓哭耗子假慈悲，我只問妳，我這臉是被你們家的妝粉弄成這樣的，妳是東家，我只找妳算帳！妳當初可是說過，如果我用了你們家的東西，有了什麼損傷，你們會賠償到底，這話算不算數？」

「自然算數，夫人的臉若真是因為本店的妝粉而受到損傷，本店一定賠償。」

「好！」婦人立刻指著一品天香的店門道：「我要的賠償就是，你們一品天香摘掉招牌，關門結業，滾出琉璃街！」

李安然眉頭微蹙，她此時已看出，這個婦人是專門來找碴的，恐怕是一個局。

蕊兒也在旁邊輕聲說了句。「事有蹊蹺。」

李安然再次看了看這婦人，語氣平和地道：「夫人是要我們一品天香關門歇業？」

「當然！」婦人得意地環視一眼。「你們這家店是黑心店，如果任由妳開下去，豈不是要害更多的人？大家說是不是！」

她最後一句是對著外面圍觀人群喊的，人群中難免有好事者大聲回應附和。

雲臻主僕四人所在的茶樓就位於一品天香對面，隔著一條琉璃街而已，不僅能看見店鋪內的情形，所有的對話也都聽得一清二楚。

「侯爺，我們要不要幫李姑娘一把？」孟小童低聲道。

劉高也說道：「這事恐怕是個局。」

雲臻眉頭微蹙。「不急，先看看。」

他們能夠看得出蹊蹺，李安然未必就是傻子，這個女人有時候精明得厲害，且看看她如何解決眼前的困境。

面對婦人的叫囂，李安然並未氣急敗壞，依舊是平和地道：「夫人的要求，我明白了。若果真是我們的妝粉令夫人容貌受損，一品天香責無旁貸，絕不推諉；但若夫人的臉，並不是因我們的妝粉損傷，那麼我們也絕不會平白無故地受冤枉！」

她越說到後面，聲音越高，語氣也越嚴厲，最後幾個字甚至如驚雷一般。

婦人臉色一變。「妳是什麼意思？難道我會誣陷你們嗎？」

李安然竟然露出了一個微笑。「夫人是有身分的人，我們一品天香是否繼續營業不要緊，最要緊的是夫人的容貌，絕不能無緣無故受損。不管是不是我們一品天香的妝粉所致，夫人既然砸上門來，一品天香便不能置身事外。元香！」

「在。」元香趕忙應了一聲。

「琉璃街西頭有個保安堂，裡面的鍾大夫醫術高超，在靈州城中非常有名望，妳馬上去請鍾大夫出診，為這位夫人治臉。」

元香答應了，立刻就往外走。

「站住！」婦人立刻高喊一聲。「不必了，我已經看過大夫，大夫說了，就是你們的妝粉致使我臉上長滿紅瘡。」

「那不行，夫人看大夫那是夫人的事，我們請大夫卻是我們的心意。難道說，夫人不關心自己的容貌，不要這張臉了嗎？」李安然道。

婦人臉色不善。「我都說不用了，你們多此一舉，是想拖延時間嗎？」

李安然笑了笑。「還是請大夫來看一看的好，在場這麼多人，人人都可以作證，若是大夫診斷，夫人的臉的確是被我們的妝粉弄傷的，那麼我們一定賠償夫人全部損失；但若大夫說夫人的臉另有病因，那麼我們一品天香也絕不能平白無故地揹黑鍋。」

她不給那婦人搭話的機會，衝著外面的人群高聲道：「各位父老鄉親都聽真，一品天香絕對不是黑心店，但凡因我們的失誤，而致使客人受到損害，一品天香負責到底。但若不是一品天香的責任，我們也絕不能平白受誣！今日之事，不論結果如何，凡在場做見證的人，本店均奉送香胰子一份，人人都有，絕不食言！」

有這樣的好事！

圍觀的人群都是看熱鬧的，本來只是看那婦人砸店，現在看來，好像一品天香也未必有錯的樣子。反正人家都說了，只要在場做見證，就可以得到香胰子一份。一品天香的香胰子也要八十文一塊呢，這便宜不占白不占嘛。

大家都被李安然煽動得熱情高漲起來，更加不肯離開了。

但形勢卻被李安然潛移默化改變了，原先大家都是站在那婦人的立場上，對一品天香不信任；但現在卻因為李安然負責任的態度，和免費奉送的承諾，對一品天香產生了好感，雖然不至於就此相信一品天香無辜，但態度已經無意間向中立靠攏了。

蕊兒乘機偷偷提醒元香，從後門溜出去，趕緊請大夫過來。

李安然又上前了一步，對婦人道：「夫人裡邊請。」

「為什麼要進去，外面堂堂正正，有大家見證，省得你們耍滑頭。」婦人警惕著。

李安然微微一笑。「夫人也站了半天了，難道不累嗎？既然妳說是我們一品天香的責任，我們也不打算推卸。說一千道一萬，夫人的容貌才是最重要的，或者夫人不需要我們賠償嗎？」

婦人眼睛頓時一亮。「賠償？妳打算怎麼賠償？」

「那就看夫人的要求了。」李安然抬手示意。「既然夫人怕我們耍滑頭，那就在大堂裡說話，外面諸位都可以入內觀看。」

柳三胡機靈地讓人趕快清理出一片乾淨地方，搬了桌椅過來。

婦人有點猶豫。

李安然便笑道：「怎麼，夫人不敢嗎？」

那婦人受不得激，立刻道：「有什麼不敢，進去就進去。」

她邁開腿進了鋪子，李安然請她落座，跟著婦人來的那些漢子便在她身後守衛。外面圍觀諸人，有好事者也都真的跟進去，站在鋪子裡面，等著看事件發展。

所有人都沒注意到，柳三胡悄悄地也從後門溜了出去。

「賠償的話是妳自己說的，我提出要求來，妳可別反說我獅子大開口。」一坐好，婦人便迫不及待地對李安然提起賠償的話題。

「夫人儘管說便是。」李安然安穩地坐著。

「好。」婦人轉了轉眼珠子，舉手張開五指。「我要這個數。」

「五百兩？沒問題。」李安然點點頭。

婦人心中頓時一喜。

「你們一品天香還必須關門。」她又乘勝追擊。

李安然再次點頭。「可以。」

「妳李安然從此不許在靈州城開商鋪！」婦人見兩個要求都得逞，竟然又提出了第三個要求。

這三個要求，一個比一個過分，最後一個根本就是要斷絕李安然今後的立身之本，圍觀人群不由都覺得有點過火，起了一陣議論聲。

第四十章　拆穿

所有人都覺得這婦人有點過於咄咄逼人，李安然卻似乎一點也沒被激怒，仍然保持著鎮定自若的樣子。

「五百兩賠償，關閉店鋪，我李安然從此不在靈州城經商，這三個要求我都可以答應，但——前提是，夫人的臉，得的確是因為我們一品天香的妝粉而受損。」李安然的話也說得非常硬。

婦人已經覺得自己勝券在握，面有得色地道：「我的臉，當然是因為你們家的妝粉才弄成這樣的。」

「是與不是，還是等大夫來了再做斷定。」李安然淡淡道。

婦人一聽，忙在人群中掃視，這才發現似乎不見了一個女夥計，不過她的臉色只有一瞬間的慌張，馬上便又恢復了鎮定。「好啊，既然你們已經去請大夫了，那就等大夫來。哼，有些人就是不見棺材不掉淚。」

李安然見她毫不心虛的樣子，不由多了分警惕，對方有恃無恐，事情恐怕沒那麼簡單。

「讓一讓！讓一讓！」

堵在店門口的人群分出一條窄小的通道，元香拖著一位鬍子花白的老大夫快步走了進來。

「大夫來了。」
李安然忙站起來，對這老大夫道：「鍾大夫，急切之間將您請來，實在唐突。只是這位夫人說，她因用了我們一品天香的妝粉，致使臉上長滿了紅瘡，還請大夫診治一番，辨清病因。」
鍾大夫揹著個藥箱，微笑道：「好說，好說。」
圍觀人群立即又議論起來。
「真的是鍾大夫。」
「鍾大夫的醫術很高明，上次我家侄子心跳都沒了，硬是叫鍾大夫從閻王手裡搶回一條命來。」
「鍾大夫是神醫，人品也好，對病人可是從來都一視同仁的。」
「那是那是……」
李安然對那婦人道：「夫人想必也聽說過鍾大夫的名號，鍾大夫素有神醫之稱，他的人品名望，都是值得信任的。」
說完她面朝眾人再道：「我請鍾大夫來為這位夫人診治，大家認為可否公允？」
「公允公允，鍾大夫的醫術和人品我們都信得過！」
當下，很多人都出聲支持鍾大夫。
鍾大夫倒是寵辱不驚，只是對眾人微微點頭致意，然後便坐到那婦人對面，客氣道：「這位夫人，可否讓老朽先把脈。」

婦人環視一眼，似乎真的是有恃無恐，很乾脆地就把胳膊放在桌上。

鍾大夫拿出一個墊枕，墊在她手腕底下，先把了脈，然後又走到她面前，仔細看了看她臉上的紅疙瘩，又翻了她的眼皮，讓她吐出舌頭，看了舌苔。

所有人都靜悄悄地，專注地看著鍾大夫的舉動，沒有一個人出聲。

「夫人可否將那盒子妝粉也給老朽看看。」

婦人拿出那盒妝粉，遞給他。

鍾大夫端起盒子，先看了看顏色，聞了聞氣味，又用小指頭沾了一點粉末，放進嘴裡輕輕地咂摸著，慢慢地眉頭便皺了起來，臉色也有點凝重。

婦人瞟了李安然一眼，面有得意之色。

李安然和一品天香的夥計們都有點緊張起來，難道這妝粉真的有問題？

這時候，琉璃街外面，一個青衣長衫的男子牽著一個玉雪可愛的小童，正向一品天香店門口走來。

「墨兒，這就是你家的店鋪？」裴清看著被圍得水泄不通的店門，有些疑惑。

李墨仰著腦袋，脆聲道：「是呀，這就是我家的鋪子。先生，我就說，我家的小廝不會忘記接我的，你看這麼多人圍著我家的店鋪，是不是出事了呀？」

裴清見他說話老神在在的，不由失笑。

篤行學堂逢五、十休息，每日從辰時開始，到申時結束。往日裡放學時，李家都會派小廝福生去接李墨，今日卻遲遲不到，其他孩童都已經都走光了，李墨還在學堂裡等著。

裴清也不知自己怎麼一時興起，便牽著李墨親自送他回來。

門口人堵得太多，兩人也進不去。

裴清便拍了一個人的肩膀，問是怎麼回事。

「嗨，有個女人說是用了一品天香的妝粉，滿臉長紅瘡，剛把店給砸了，這會兒正跟李姑娘鬧賠償呢。李姑娘請了保安堂的鍾大夫來做公證，鍾大夫正給那人看臉呢。」這人倒是嘴快，兩句話就把事情給說清楚了，然後又露出神秘的笑容道：「李姑娘剛說了，今天凡是在場做見證的，人人都能得到贈送的香胰子一塊，嘿嘿，兄弟不如也看個熱鬧。」

「不就一塊胰子而已。」裴清不由好奇。

那人便撇嘴道：「一品天香的胰子可不是普通貨色，尋常胰子不過幾文錢一塊，他們家的要八十文呢，我家那婆娘成天叨叨想要買一品天香的東西，這麼大的便宜豈有不占的道理！」

說完，也不理裴清，繼續伸長脖子看店鋪裡的情況。

裴清心裡有些驚訝，這一品天香的東西竟然賣得這樣貴，李姑娘豈不是賺得盆滿缽滿？

剛想到這兒，袖子便被人拉了一下，低頭看去，見李墨正睜著一雙大眼睛。

「先生，我們從後門進。」

李墨拉著裴清，繞過路口，到了店鋪後面，後門果然沒有鎖，兩人便從後門進入。

店內人多擁擠，竟沒人注意到多了他們一大一小兩個人。

裴清站在人群後，越過前面人的肩膀，正好能看到李安然的側臉。此時李安然正全神貫注地看著鍾大夫，嘴唇未抿，眼神凝聚。

當日她帶著李墨登門求學，表現出的只是一個慈母端莊的形象，此時卻是一團幹練，被眾多夥計們簇擁著，自然而然便展露出主事者的風度來。裴清只覺她此時的樣子與自己心中的記憶產生了強烈的衝突。

這時候，鍾大夫終於驗完了那一盒妝粉，沈聲道：「這位夫人臉上的紅瘡，乃是塗抹了一品紅汁的緣故。」

「一品紅？」

很多人都對這個名詞感到陌生，李安然卻知道這是一種花卉的名字。

鍾大夫解釋道：「一品紅是海外品種，在大乾並不多見，其花紅豔似火，莖葉有白色汁液，含毒性，肌膚碰觸則會紅腫，嚴重者甚至於潰爛。這位夫人所用的這盒妝粉中，就含有一品紅汁曬乾後的粉末。」

那婦人立刻高叫道：「聽見沒有！這一品天香就是害人的黑店啊，他們賣的哪裡是妝粉，分明是毒藥！」

所有人都譁然起來，難道真的是一品天香的妝粉害人嗎？

那婦人見煽動了大家，越發得意起來，繼續高叫著。「奸商害人，絕不能放過這樣的黑店，讓他們滾出靈州城！」

她身後的幾個漢子都鼓噪起來。「滾出靈州城！滾出靈州城！」

圍觀群眾雖然沒有跟著喊，但人人臉上都是驚疑不定。

李安然突然高高舉起右手，大喝：「大家請聽我一言！」

這一聲大喝，竟然蓋過了所有人的聲音，大家不由都望著她。

那婦人猶自叫囂道：「不要聽她的花言巧語——」

「住嘴！」鍾大夫突然衝她沈聲一喝。

別看老頭頭髮鬍子都花白了，中氣卻十足，氣度儼然如一代宗師，婦人被他一喝，竟然真的住了口。

李安然感激地看了鍾大夫一眼，高聲對眾人道：「鍾大夫剛才說了，一品紅乃是海外之物，大乾並不多見，既然稀少，必定昂貴。明明有常用的原料，我們一品天香何必捨易求難，用這麼難找、成本又高的材料！」

「奸商害人，誰知道你們做的是什麼齷齪生意！」婦人又再次叫囂起來。「連鍾大夫都說了，你們這妝粉裡就是有毒藥，我的臉已經被毀了，難道妳還要毀掉更多人的臉嗎？」

她高振雙臂，對眾人喊道：「大家不要相信奸商，一品天香的東西都是毒藥做的，都是害人的，大家都不要買啦……」

人們都是趨利避害的，有這婦人紅腫的臉放在面前做活生生的例子，就算李安然說的有那麼幾分道理，也沒有人敢再相信一品天香的東西。

李安然大聲道：「既然夫人說我們一品天香的妝粉裡有毒藥，那就讓鍾大夫來鑑定，看看我們的妝粉到底有毒沒毒。」

她左右一看，正有一盒被扔在地上的妝粉，她隨手拾起，遞給鍾大夫道：「請鍾大夫看看，這盒妝粉是否有毒。」

「還看什麼——」婦人再要蹦躂，可肩膀上突然多了一隻手將她死死按住。

「這位夫人，喊得多了嗓子累，省點力氣吧。」

孟小童一臉的笑容可掬，但婦人卻覺得肩上的那隻手像是鐵鑄似的，壓得她半分動彈不得。再看自己帶來的那些漢子，都被兩個魁梧幹練的男人攔住，似乎已經吃了虧，都是面有忌憚。

李安然這才發現是雲臻和他的三個護衛，也不知他們什麼時候進來的，她也顧不上多問，只對他們點點頭算是致意。

孟小童和劉高、李虎制住了婦人和她的打手們，雲臻抱著胳膊站在一邊，用下巴示意李安然繼續。

不知為什麼，他不過是遞來一個眼神，李安然便心頭大定，像是一下子有了主心骨。

「鍾大夫，請看。」她將妝盒交給鍾大夫。

鍾大夫檢查出妝粉有毒之後，臉色就不太好看，對李安然的態度也有點冷淡，但想想李安然剛才的話，似乎也並非沒有道理，便還是接過這第二盒妝粉，再次檢查了一遍。

「咦！」他雙眼一亮。「這盒妝粉之中並沒有一品紅汁粉。」

那婦人臉色一變，正要開口，肩窩處突然被孟小童戳了一指，光張嘴巴卻出不了聲。

鍾大夫又在店鋪中找了幾盒妝粉，都一一檢查。

「這些妝粉都是無毒的。」他當場公布了檢查結果。「除了這位夫人交給老朽的那一盒，這店鋪之中，凡老朽檢查到的妝粉，都無毒，根本不含一品紅的汁粉。」

這可真是一日三驚，眾人一頭霧水，竊竊私語議論紛紛，完全搞不清該相信哪一方了。

李安然拿起婦人放在桌上的那盒妝粉，仔細地看了看，又拿了一盒自己店鋪中的妝粉做對比，發現幾乎一模一樣，盒子也是一品天香的盒子，便知道對方的確是有備而來。

她對眾人說道：「本店出售的妝粉，乃是上等的珍珠粉和桃花粉混合磨製而成，從開業至今，每日售出不下百盒，從沒有哪位客人的肌膚出現過問題。所謂一品紅汁粉，若非鍾大夫今日說明，我幾乎聞所未聞，我們的作坊中更是沒有這種害人的東西。」她又轉向那婦人。「請問夫人，為什麼只有妳這盒妝粉裡出現一品紅汁粉？」

孟小童不著痕跡地在婦人肩上一拍，婦人立刻感覺到自己的喉嚨一通。

「我怎麼知道，妝粉是妳家賣給我的，當然是你們的問題……」

情勢已然開始發生變化，但婦人卻仍想狡辯，一面說還一面晃動肩膀，試圖掙脫孟小童的箝制。

她這身形一動，人群後方的裴清正好看清她的臉，頓時雙眉一揚，心中略一思索，忽然高聲道：「桑九娘，妳丈夫的賭債該還了吧！」

大家此時的注意力都集中在李安然和那婦人身上，冷不防後面響起這麼一聲。

婦人的臉色猛然大變。「誰！」

裴清用手撥開人群，慢慢地走進來。「桑九娘，還認得我嗎？」

「你不是……我不認識你，我也不是桑九娘，你認錯人了！」婦人本來似乎快說出裴清的名字了，突然又改了口，但眼神裡卻充滿了心虛，說話也顯得閃爍其詞起來，甚至身體還想往後縮，但有孟小童在，又怎麼可能讓她溜掉。

李安然見是裴清，他手裡還牽著李墨，這才想起李墨已經放學，因店鋪出事，福生、泰生都跑來幫忙，竟忘記去接李墨了。

「裴先生。」她朝裴清行了個禮。

裴清微微點頭，說道：「學堂放學許久，見貴府還未派人來接李墨，在下正好有空閒便送李墨回來了。」

「多謝先生。」李安然牽過李墨的手，交給黃鸝照顧，接著又問裴清。「先生認識這位夫人？」

裴清微微一笑。「夫人？呵呵，長柳巷半掩門的桑九娘，什麼時候倒成了夫人了。」

此言一出，眾人譁然。

長柳巷是什麼地方，靈州出名的風月場所；半掩門的意思，就是良家女子做皮肉生意，半遮半掩。

這個叫桑九娘的婦人，竟然是個半掩門賣皮肉的？

第四十一章 彆扭

裴清道破了桑九娘的身分，李安然大吃一驚。

桑九娘有點慌了，因為被孟小童拿著，只能掙扎著分辯。「我不是桑九娘，你認錯人了！」

李安然對著裴清問道：「先生如何知道她的身分？」

桑九娘既然是個半掩門的，裴清卻是個教書先生，怎麼會扯到一起。

裴清在她清澈的目光注視下，不知為什麼突然怕對方誤解了自己，忙說道：「日前曾有學友在長柳巷作東，吃喝談論詩詞文章，正好碰到一些潑皮索債，將一個漢子打得幾乎半死，這桑九娘……」他用手指了指那婦人。「她自稱那漢子家中的婆娘，為他求情，那些潑皮認得她，說她做半掩門勾當，要她十日內替她丈夫還清賭債，否則便砍了她丈夫兩隻手。」

竟然有這樣的事！眾人的臉色頓時都精彩起來，看著桑九娘的目光也變得十分怪異。

桑九娘見身分被戳破，不由又羞又怕，卻仍是嘴硬。「你胡說！我不是桑九娘！」

孟小童笑咪咪道：「是與不是，拉妳去長柳巷一問便知。」

桑九娘臉色慘白，說不出話來。

她身後那些漢子們見情勢不妙，都想轉身逃跑，卻被劉高和李虎攔住，三兩下將他們的胳膊全拉脫臼了，扔在一邊呼痛。

裴清接著細細分析。「桑九娘既然欠著丈夫賭債，怎麼會有錢買一品天香的妝粉？況且她一個半掩門的女人，哪裡召集得來這眾多的打手？我看此事非常蹊蹺，恐怕是專門針對李姑娘和一品天香而來。」

到了這一步，大家自然也都看得出，這桑九娘必然是故意設局誣陷一品天香。

李安然感激地對裴清點點頭，然後走到桑九娘跟前。「桑九娘，妳身分已被拆穿，以妳的家境，想來既用不起一兩銀子一盒的妝粉，也雇不起這群打手，我與妳無冤無仇，妳為何如此興師動眾，栽贓誣陷我一品天香？」

桑九娘看著所有人鄙夷的目光，又羞又愧，恨不得找個地洞鑽下去，動了動嘴皮，卻還是不敢回答李安然的話。

一直冷眼旁觀的雲臻，突然說道：「她身後必有主使之人。」

他這話本是幫著李安然，沒想到李安然卻不領情，反而沒好氣地瞪他一眼。他剛把眼睛一瞇，她卻已經乾脆地扭過頭去。

「桑九娘，只要妳說出背後主使之人，我可以放妳一馬。」

桑九娘臉色幾番變化，心中似乎有非常多的顧慮。

其實大家也都能猜到，像她的情況，背後之人無非是利誘和威脅兩種，現在就看桑九娘是否肯說出背後人的身分。

眾目睽睽之下，桑九娘最終還是只道了句。「我不能說。」

不能說，這句話本身已經透露出很多資訊，她等於承認，背後的確是有人在指使她。

這時候，店鋪門口一陣騷動，柳三胡帶著兩名縣衙的衙役走了進來。

原來之前柳三胡偷偷溜掉，就是跑去縣衙告官了，此時回來得正好。

衙役們本來還沒把這件事當做一回事，不過想著一品天香近來生意很火爆，出這趟差說不定能得些油水，沒想到一進門，見整個店鋪都被砸得一塌糊塗，這才感覺到事情比想像的嚴重得多。

「哪位是店東？上前說話。」

李安然便上前將事情簡單地講了一遍，兩名衙役一聽，原來人家已經把事情的來龍去脈都理得差不多了，有人證、有物證，這還有什麼好說的，鎖進牢裡再說。

兩個衙役走過去，準備鎖拿桑九娘等人，不承想一錯眼看見了旁邊的雲臻，還以為看錯了，揉了揉眼睛，才確信這是護國侯。

「小人參見侯爺！」兩人慌忙跪下，向雲臻請安問好。

人群又是發出一陣騷動，沒想到在場的居然還有個侯爺。

雲臻淡淡道：「這個桑九娘，栽贓誣陷一品天香，打砸店鋪，令李姑娘受損嚴重，你們即刻將她鎖拿，叫靈州縣令速速決斷。」

「是！」

連護國侯都發話了，看來這個桑九娘可有得受了，兩個衙役不敢怠慢，拿鎖鏈將桑九娘和幾個打手都鎖了，拉出一品天香去。

一樁風波，這才算消弭。

人群中有人唯恐李安然忘記此前的許諾，高聲道：「李姑娘可別忘了送我們香胰子！」

李安然微微一笑。「當然不會忘，在場諸位都是我們的見證人，縣衙判案，少不得要請幾位人證，各位可不要推拖。」

今天的事情明擺著，做人證也只需要把看見的說清楚就行，況且人家還有一個侯爺撐腰呢，怕什麼，眾人便都轟然應好。

李安然也不食言，果然叫蕊兒安排夥計，給在場的每個人都贈送一塊香胰子。眾人紛紛擠到櫃檯前，場面比剛才看熱鬧的時候要火爆得多了。

「鍾大夫，今日真是多謝你了。」

李安然第一個先感謝了鍾大夫。

鍾大夫微微一笑。「老朽只是憑本心說話，李姑娘店鋪裡的妝粉的確無毒，不必感謝老朽。」

話雖然這麼說，但匆忙之間鍾大夫能趕來，至少一個古道熱腸是當得起的，只是他高風亮節，不願接受謝禮，李安然便連連道謝，恭恭敬敬地送他出門，還派了一個夥計一路送他回保安堂。

回到店鋪內，裴清和雲臻等人都還在。

李安然先讓黃雀、青桐等人將李墨帶回宅子去，然後也不搭理雲臻，只對裴清道：「多謝裴先生仗義執言。」

裴清笑道：「在下不過是說出事實，也沒幫上多大的忙。」

李安然搖頭。「若非先生拆穿那桑九娘的身分，事情恐怕還不能這麼快了結，先生當得起安然一個謝字。」

她笑著朝裴清蹲身行了個禮，低頭之間，後脖領露出一小段白膩的肌膚。

裴清忽然臉紅起來，胡亂擺手。「姑娘不必多禮，墨兒好歹叫我一聲先生，見姑娘有難，我豈有不幫忙的。」

李安然站起身來。「本該請先生入宅說話，只是眼下店鋪內一片狼藉，還有許多事要整頓，實在分身乏術，改日再謝先生吧。」

裴清這才醒悟過來。「那在下就不打攪姑娘了，這便告辭。」

李安然又親自送他到門口，見他出了門，才轉身回來。

此時很多人都已經領到賑子，人群慢慢地散去，老李頭帶著夥計們正在收拾店鋪，統計損失。

這麼一來，乾站著的雲臻和孟小童、劉高、李虎便格外顯眼起來。

現在看見雲臻的臉，李安然還是覺得心中有股氣，也說不出是怒氣、怨氣還是別的什麼，只知道她害怕看見他那雙深不可測的黑眸。

不過到底他今日是幫了她的，總不能連聲謝都不說。

她只好磨磨蹭蹭地走過來。

雲臻看她這副無可奈何卻又不得不過來的樣子，心情莫名地變好，嘴角忍不住有一絲的上揚。

李安然正好抬眼，一接觸他似笑非笑的神情，忽然改變了主意，只對著孟小童和劉高、李虎行了禮，感激道：「多謝三位出手相助。」

雲臻的表情，瞬間就是一沈。

孟小童三人立刻清晰地感覺到來自侯爺身上的絲絲煞氣，忍不住都咳咳地咳嗽起來，一個勁兒地衝李安然眨眼。

孟小童三人都快把肺給咳出來了，李安然卻還是看都不看雲臻一眼。

「三位莫非是吃錯東西了，怎麼咳成這樣，要不要去保安堂請鍾大夫看看。」她還很好心地給三人提建議。

孟小童用手掌拍了一下自己的額頭，無奈地攤開雙手。

劉高和李虎也是滿臉的苦笑。

李安然這才面向雲臻，冷冷道：「店鋪內雜亂不堪，侯爺金貴之身，不宜在此久待，李安然就不遠送了。」

她蹲了一蹲，這就算下了逐客令了。

雲臻眼神不善地看著她，臉上涼涼的，最終只用一根食指虛空指了指她的鼻子，背著手走了出去。

孟小童三人趕緊跟在後面，紛紛朝李安然豎起大拇指。

敢給堂堂護國侯擺臉色的女人，妳李姑娘還真是頭一個！

主僕四人出了一品天香，雲臻忽然停住了腳步，眉頭微微蹙起。

孟小童等人順著他的目光看去，只見那位早已出門的裴先生竟然還沒有離開，而是站在街對面茶樓下，默默地看著一品天香的店門，似乎在想著什麼心事。

想起李安然對這個裴先生客客氣氣，這裴先生無緣無故臉紅的樣子，雲臻心中便是一聲冷哼。

察覺到來自對面的灼熱目光，原本有點出神的裴清頓時回過神來，才發現是護國侯主僕四人在盯著他，目光似乎都有點不善。他被他們看得有點心虛，忙轉頭腳步匆忙地離去了。

「查一下那小子的來路。」雲臻沈聲道。

「是！」孟小童立刻應道，然後便對著劉高和李虎擠眉弄眼。

「給靈州縣令遞個話，務必查清桑九娘背後是什麼人。」雲臻再吩咐道。

「是。」孟小童又應了，再次朝劉高和李虎做鬼臉。

先要調查裴先生，又要督促靈州縣令辦案，兩件事情都是跟李姑娘有關啊。

劉高、李虎努力屏住笑意，但眼中的促狹之色卻沒能掩藏住。

察覺到三人古怪的雲臻突然回過頭，給每人一個充滿煞氣的眼神，三人趕忙低頭，一副俯首帖耳忠心耿耿狀。

這一次的風波，給一品天香造成了不小的損失，除了被砸掉的香水、妝粉、胭脂等物，還有一些家具被打壞，再加上好幾個夥計身上都被推得青一塊紫一塊的。

等紀師師聽到消息趕過來，店鋪內已經重新整理好，照常營業了。她知道了桑九娘的事情，同樣很是氣憤，身為靈州花魁，她也有一些靠山和人脈，同樣可以利用這些人給靈州縣施加壓力，儘快找出桑九娘背後的主使之人。

第四十二章　各家心思

程家大宅，內院。

「這就是你說的萬無一失？人都被抓進牢裡去了，還萬無一失個屁！」姚舒蓉恨恨地踹了程彥博一腳，滿臉的憤怒。

「誰能想到這賤人竟然變得這樣厲害，當初不過是我們家的一個丫頭，居然有這等本事！」程彥博一臉晦氣。

「現在知道人家的手段了吧，當初你若沒有休掉她，只怕這會兒程家的萬貫家財都已經入了她的腰包了。」姚舒蓉冷笑道。

程彥博心下訕訕。「都怪桑九娘，真是成事不足敗事有餘。」

姚舒蓉涼涼道：「我早說你的法子不成。栽贓這種手段，非得一上來就嚇唬住李安然，教她亂了手腳，然後桑九娘再煽動群眾，才能奏效。可桑九娘是個沒用的，那李安然卻遠比你想的厲害。聽說還有護國侯在場給她撐腰，哼，難怪她這麼橫！」

「這賤人怎麼能攀上護國侯的關係，真是奇了怪了。」程彥博疑惑。

姚舒蓉哼了一聲。「女人若肯下賤起來，什麼男人拿不下？」

她這話很是刻薄，卻引得程彥博暗暗思索。他對李安然的印象只停留在青澀的丫鬟階段，還有就是休掉她的時候，荊釵布裙土裡土氣的樣子。這女人也沒幾分姿色，難道護國侯真能看上她？改日得去看看，這女人到底有什麼本事。

姚舒蓉自然想不到自己隨口一句，竟然讓程彥博對李安然起了好奇探究之心。

她見他一個勁兒地出神，便沒好氣地推他一把。「想什麼呢，眼下最要緊的是把牢裡那個解決了再說。」

「牢裡那個？」程彥博回過神。「妳說桑九娘？那有什麼麻煩的，她丈夫在我們手上，她不敢亂說。」

「算了吧，靈州縣令可是來遞過話了，這個案子護國侯已經發了話，要他務必審出桑九娘背後的主使者。桑九娘的丈夫不過是個賭徒，不值得她賣命，你指望用這個把柄讓她閉嘴，真是異想天開。」

程彥博聽她說的有理，便有點慌了。「那怎麼辦？」

姚舒蓉暗罵一聲爛泥扶不上牆，臉上卻還得說道：「為今之計，只有讓桑九娘一個人扛下栽贓誣陷的罪名，再出些錢賠了一品天香的損失，縣太爺就有了臺階下，之後託他從中斡旋一番，也就能大事化小了。等桑九娘出來，叫人把她遠遠地賣到外地去，便沒人知道是你在背後主使。」

「還要賠償那賤人的損失？那不是偷雞不成蝕把米！」程彥博不服。

姚舒蓉沒好氣道：「不然怎麼辦？你若不肯認栽，縣太爺下不了臺，就得將桑九娘往死裡審。她若把你招出來，你還要不要臉？你別忘了，那李安然背後可站著護國侯！」

一提起護國侯，程彥博頓時洩了氣。

砸店的事已過去兩天，一品天香早就恢復了平靜。

這日，上完課的李墨，和幾個小童蹦蹦跳跳從學堂裡出來，福生已經在門外等著他。

剛跟鄰居閒話完的三叔婆，正磕著一袋瓜子從巷口走過來，遠遠看見李墨，眼睛一亮，三步併作兩步上前，喊道：「喲，墨哥兒下學啦！」

李墨定定地看著她，這還是他進篤行學堂之後第一次碰見三叔婆。因裴清平日並不讓三叔婆進學堂，她不過是忙忙廚房的事，然後外出跟鄰居話家常說是非，因總是錯過時間，跟這些小童們倒很少有碰面的機會。

「妳是三叔婆！」

李墨看了半天，突然抬手指著三叔婆的臉叫起來。

三叔婆把他的手按下去。「墨哥兒記性真好，我正是三叔婆，你們從前住清溪村的時候，我還抱過你呢。」

李墨認真地搖頭道：「沒有呀，妳沒有抱過我呀，妳只有在我們家門口罵過我娘，還說過我娘壞話。」

三叔婆被李墨戳破過往，老臉有點掛不住，暗罵一聲兔崽子，臉上卻越發笑咪咪道：「哪有，墨哥兒定是記錯了，我何曾說過你娘壞話。」

「有的呀，妳忘記了嗎？那天雲侯叔叔還在我家呢……」

李墨可不是好糊弄的，一張小嘴叭叭叭，聲音清脆又響亮。

三叔婆怕他再說出什麼更難聽的話來，隨手將一顆瓜子丟進他嘴裡。「墨哥兒一定是記錯了，天不早了，趕緊回家，別讓你娘等急了。」

李墨猝不及防，那瓜子便卡在喉嚨裡，頓時咳嗽不止。

福生嚇了一跳，忙拍著他的肩膀，一連拍了三下，才把那顆瓜子給吐了出來。

「這老虔婆……」福生衝三叔婆的背影低聲罵了一句。

好在李墨並沒有事，主僕兩個才手牽手出了巷子。

眼看著他們主僕的身影消失在巷口拐角，躲在門後的三叔婆才啐了一口。「兔崽子精得跟猴兒一樣……」

「娘在說誰？」

「哎喲我個娘！」三叔婆被這突兀的一聲嚇得跳起來，回頭見是裴清，才拍著胸口道：「你走路怎麼也沒聲，嚇死我了。」

裴清往門外看了看，沒見到一個人影，不解問道：「妳躲在這裡做什麼？」

「還不是李家那個小崽子，差點沒把我的老臉給扒下來，真是什麼人養什麼崽。」三叔婆沒好氣道。

裴清欲言又止。

「怎麼？你要說什麼？」三叔婆問。

裴清猶豫了一下，開口試探。「娘覺得，那李姑娘如何？」

「哪個李姑娘？」三叔婆反應了一下。「你說琉璃街上的李安然？」

裴清點頭。

「那可是個厲害丫頭。」三叔婆說著愣了一下。「你問她做什麼？」

裴清垂頭道：「兒子已經二十有七了，該娶妻房……」

沒等他說完，三叔婆已經拍著大腿叫起來。「哎喲我的好兒子，你可總算開竅了。當年你剛中秀才的時候，我就說張羅著給你說親，結果你那死鬼老爹好死不死那會兒掛了，耽誤了你三年孝期，一拖拖到現在。」

「咳咳，娘，那畢竟是我父親，妳嘴上留些德。」裴清皺著眉頭。

他父親是入贅的，所以他跟母姓。十七歲那年他考中秀才，卻正好父親病故，他守了三年孝，便到了二十歲。他想著自己將來是要中舉的，妻子的門庭不可太低，一直高不成低不就，結果後來考了兩次都沒考中，反倒把自己蹉跎了。

另外，他這個娘——三叔婆，素來愛惹是非，嘴上刻薄，貪財占小；再加上裴家資產不豐，三叔婆又好吃懶做，裴清一介書生只會教書不會生財。就是有原本中意的，打聽過他家的名聲之後，也都歇了心思。

這種種因素加在一起，終致他二十七歲了還打著光棍。

「咦，你問起李安然，難道是看中了她?!」後知後覺的三叔婆，這才意會過來。

「娘覺得如何？」裴清再問。

三叔婆下意識地就擺手。「不成不成，那可是個厲害的，你要娶了她進門，還有我的好日子？」

裴清哭笑不得。「娘說的哪裡話，出嫁從夫，她若進了門，自然是妳兒子說了算數，有兒子在，怎會由她忤逆妳。況且，我看那李姑娘也是知書達禮之人，娘從前跟她有點小誤會，那也是受人蠱惑，並非娘的本意，只要解釋清楚，想來她也不會記恨娘的。」

他這幾句話，三叔婆倒聽了進去，不由思索著，兒子說的沒錯，清溪村造謠那事是程家指使，又不是她主動要幹的，只要把罪名都往程家頭上一推，李安然就怪不到她身上來。

況且，李安然雖然厲害點，但實在是個生財的能手，那一品天香開張才多久，生意紅火得不得了，聽說是日進斗金。而且她還能交際，聽說什麼護國侯府、忠靖侯府、刺史府的她都能攀上關係，若真做了裴清的屋裡人，不正能幫上他？

「不過，她可是有個兒子的。」三叔婆又想起了李墨。

裴清不以為然。「那不過是個義子，李姑娘如今疼他，但將來有了親生的，難道還會分不清親疏嗎？」

三叔婆想想也是，自己肚子裡爬出來的，總歸比收養的親。到時候萬貫家財，就都成裴家的了。越想越覺得妙的三叔婆，不由眉開眼笑道：「還是我兒子有眼光，那李姑娘最能斂財，我看著她這麼厲害，持家必然也是極好的。況且聽說還認識好多的勛貴，將來你要中舉進官，正是大大的助益！好兒子，虧你看中了她！」

裴清見她同意，也露出了笑容。

若不是李安然生財有道，又有人脈，他堂堂一個秀才，怎麼會看上一個拋頭露面的商婦？不過，想起那日在一品天香她露出的那種英姿風流，他心裡忽然有點火熱。

第四十三章　太后

李墨和福生從學堂的巷子裡出來，轉過一個路口，李墨忽然揚手一指。

「看，那有位老奶奶。」

福生抬頭一看，果然見那邊屋簷下一位老太太，大約是累了，正坐在路邊休息。老太太滿頭銀絲，但臉上看著卻並不顯老，肌膚紅潤有光澤，慈眉善目，聽見李墨的聲音，便朝他露出了一個善意的笑容。

「這位小哥兒，老身又累又渴，能否討碗水喝？」

敬老是美德，娘和先生都教過的，李墨忙尋摸自己身上，卻發現自己和福生都沒帶吃喝的東西。

李墨推了一下福生。「去，給奶奶討碗水。」

「哎。」福生嘴裡應著，視線卻在老太太身上打量。

這老太太穿著雖不華麗，但那料子一看就是上等貨，頭上戴的翡翠簪子還是最稀少昂貴的祖母綠。看她通身的氣派，應該是大戶人家的老主母，怎麼會一個人坐在這僻靜的巷子裡？

福生覺得有點蹊蹺，便對李墨道：「少爺跟我一起去吧。」

沒等李墨回答，老太太先說道：「這位小哥兒就陪著老身說說話吧。老身並非外地人，家住在城西，今日出門不慎與僕人走散了，便在此等候，我那僕人不久就會找來的。」

福生有點臉紅。

老太太著意說自己住在城西，不是外地人，就是告訴福生，她不是壞人，不用擔心她拐走李墨。

福生想想也覺得自己多疑了點，不說別的，能戴得起那麼粗大一支祖母綠簪子的人物，怎麼可能會是拐子；況且自己去討水，並不走遠，在這巷子裡就有幾個零星的商鋪門面，只要過去在門口討碗水，仍可以看顧到少爺，不至於讓少爺脫離自己的視線。

「那少爺在這兒陪著老太太，我去去就來。」

福生跟李墨囑咐了一聲，便向巷口的箍桶店走去，走幾步總要回頭顧一眼。

老太太也不在意他的小心謹慎，只仰頭對李墨道：「小哥兒坐下，老身抬頭說話不方便。」

李墨乖巧地坐在她旁邊，他覺得這老太太不是壞人。

老太太盯著他的臉上下瞧，眼神清澈而專注。

李墨用肉乎乎的雙手托住下巴，眨著眼睛道：「奶奶，我們以前見過嗎？」

「你說呢？」老太太笑咪咪反問。

李墨想了想，搖頭道：「沒有見過。可是我覺得您好面善呀，就像上輩子見過一樣。」

老太太笑起來，摸著他的小腦袋。「這表示我們有緣。」

李墨便是一樂。

老太太一邊撫摸一邊在他臉上看個不停，越看眼中的神采越亮。
「像，真像，簡直一模一樣……」她喃喃低語，眼神也有點迷離。
「奶奶，我像您的孫子嗎？」李墨好奇地問。
「呵呵。」老太太笑著點了一下他的小鼻子。「不像我的孫子，像我的兒子。」
「像您兒子啊！」李墨身子一挺，抬頭看了看老太太滿頭白髮，蹙眉搖頭，老氣橫秋地道：「您可不像我的娘，我娘頭髮是黑的，比您年輕多了。」
老太太忍不住笑出聲來。「小猴兒，你娘叫什麼名字？」
「我娘叫李安然。」
「哦？那你叫李墨是不是？」
李墨頓時張大眼睛，吃驚道：「您怎麼知道？」
「我猜的呀。」老太太一臉笑咪咪。
李墨可不相信，正要追問——
「老太太，水來了。」
福生端著一只粗瓷碗，碗裡裝了大半碗清水。
老太太呵呵一笑，接過來，小口小口地喝著。
福生在旁邊一面看，一面暗暗點頭。老太太喝水的姿勢如此優雅，必定是養尊處優的貴人，才能有這樣自然流露的儀態。
這時，一個婦人領著兩個年長的丫鬟，匆匆地從巷口奔來。

老太太聽到腳步聲，微微一笑。「我的僕人找來啦，我要回家了。」

李墨朝那幾個跑得臉龐紅通通的人看了一眼，脆聲道：「他們肯定找您找得很著急，您回家，我也要回家了。」

他說完便站起來。

婦人和兩個丫鬟跑到跟前。「老太太，教我們好找啊。」

「我一直在這裡等妳們，這個小哥兒給我討了碗水喝，妳們還不替我謝謝他。」老太太道。

婦人和丫鬟便向李墨和福生道謝。

「奶奶，我走啦，再見。」李墨牽著福生的手，向老太太道別。

老太太仍一臉笑咪咪地道：「再見。」

我們很快就會再見的——她在心裡補充了一句。

福生和李墨很快就消失在巷口的拐角處。

「老太太，那個小哥兒就是李墨？」婦人小聲地問。

老太太微笑著。「對，就是他。」

婦人想了想，細聲道：「跟陛下小時候長得真像。」

老太太呵呵笑起來。「親生的父子，當然像。」

婦人和丫鬟都露出震驚的神色。

「老太太只是見了一面，還不能斷定吧？」婦人道。

老太太搖頭。「我第一眼看見他的時候就已經十分肯定了，他跟他父親小時候簡直一模一樣。」

婦人沒再說話，但心裡還是覺得有點草率。

「不過，妳說的也對。」老太太像是知道她心裡想什麼，話鋒一轉。「這是天大的事情，不能草率，必要的驗證還是一定要做的，否則將來便不能服眾。」

婦人和丫鬟這才非常認同地點頭。

「走吧，回家。」

老太太站起來，婦人趕忙上前扶住，對丫鬟點了點頭。

丫鬟便從袖筒中拿出一只金鈴，搖動了兩下。

等她們走出巷口，來到琉璃街，街上已經停著一輛馬車，外表不起眼，裡面卻佈置得非常舒適。

老太太坐上馬車，車子便向東走。

路過一品天香的時候，老太太將窗簾掀開一絲縫，看了店門上方的招牌一眼。

馬車穿街過巷，一路走到城西，到了護國侯府，從供車馬進出的邊門駛了進去。

等到雲臻和雲璐知道老太太回來的消息，趕過來的時候，老太太早已在花廳裡喝上了明前採製的碧螺春。

兄妹倆才進門，她第一句話便是：「我見過那孩子了。」

雲璐面上一驚，雲臻則是眉尖微微蹙了一下。

兄妹倆對視一眼，分別在老太太左右兩邊落座。

「老太太覺得那孩子如何？」雲璐試探著問。

老太太抿了一口茶，慢條斯理地將茶杯放下，笑咪咪道：「那孩子，與他父親小時候長得一模一樣。」

雲璐臉上露出吃驚的神色。

「老太太，此事不能武斷。」雲臻沈聲道。

老太太握手成拳，在桌面上敲了兩下，沒好氣道：「我當然知道不能武斷，用得著你來提醒我。年紀輕輕的人，跟糟老頭子一樣嘮叨。」

雲臻臉有點黑。

雲璐捂嘴偷笑了兩聲，然後才正色道：「接下來，老太太要怎麼做？」

老太太的臉色慢慢地變得嚴肅起來，眼睛也微微瞇起，似乎在追憶某些事情，終於長嘆一聲，正色道：「接下來，不過是驗證的事情。我只是擔心，這孩子的身分一旦確認，京中必定掀起巨大風波。」

雲臻和雲璐臉上都顯得鄭重起來。

「內宮之爭，凶險程度不下於朝堂之爭。當年既然有人膽大包天，敢讓皇嗣龍子流落在外，如今就應該承擔起她應該承擔的後果。」雲臻道。

他聲音冷酷，雲璐不由自主便想到了一些血雨腥風的畫面，不禁臉色一變，下意識地將手放在自己小腹上。

「這件事情你們不必多管，我自有安排。只是李墨的身分確認後，便不能再留在靈州，聽說他從小是被那位李姑娘收養的，想來母子情深。我們若要將李墨帶走，只怕人家不肯。」老太太道。

雲璐適時地插嘴道：「李姑娘與我乃是好友，她的人品信得過，絕不會因此提出要脅。不過，老太太說的沒錯，母子情深，驟然要他們母子分離，安然未必能夠接受。」

老太太第一次皺起眉頭。「李墨的身分來歷，越少人知道越好，若非必要，不能告訴外人。」

外人？雲璐心中一動，突然笑得神秘。「老太太，這李姑娘，說不定將來可不是外人呢。」

「嗯？」老太太露出好奇之色。

雲璐趴到她肩頭，在她耳邊竊竊地說了起來，一面說，一面還不住地瞥向雲臻。

老太太的臉上漸漸地露出了古怪的笑意。

「雲侯年過二十，卻一直孤家寡人，外面都在猜測，到底要怎樣的絕代佳人才能匹配，沒想到我們侯爺終於心有所屬了。」老太太先是促狹了一句，然後話鋒一轉。「不過，到底這李姑娘只是一個平民，又兼拋頭露面經營商鋪，與這護國侯府的門第，過於懸殊了。」

「護國侯府的夫人，本就不能是高門大戶之女。」雲臻淡淡道。

老太太笑容一斂，試圖從他臉上看出一絲怨懟來。但雲臻表情卻始終淡淡的，他只是陳述事實，並不是抱怨。

老太太嘆了口氣。「罷了，是皇家對不起護國侯府。從第一代護國侯起，便一直秉持著娶妻娶低的原則，歷代皇帝都知道，這是你們護國侯府的忠心。」

娶妻娶低，這是第一代護國侯留下的家訓。蓋因護國侯府的爵位特殊，與國同休，是大乾最為尊貴的宗室，本身又掌著兵權，已經是自成一方勢力，若再因婚姻之故，結到顯赫的門庭，權勢便會過於驚人，容易觸犯到皇家的忌諱，因此每一代護國侯的婚姻都嚴格遵守這條家訓，直到雲臻的祖父雲銳，與當時的忠靖公之女、現在的忠靖侯之妹趙慧娘議親。

護國侯府與國同休，忠靖公府門第顯赫，這兩家一旦聯姻，權勢會龐大到驚人。

那時候，皇帝已經因為勛貴勢大而開始有了削弱勛貴力量的打算，對於這兩家的聯姻，自然是有所不滿。

最終護國侯府和忠靖公府鬧成死仇，其中的原因，並不只是世人所知道的兩條人命那麼簡單。

想到這些過往種種，雲臻和雲璐都一起沈默了。

老太太見自己將氣氛弄僵了，必定在兄妹倆心中喚起了許多陰影，不由有些愧疚，拉住了雲璐的手，語態輕鬆地道：「好在今時不同往日，如今護國侯府再與忠靖侯府聯姻，絕不會有當年那樣的阻礙了。我們璐兒既然看上了趙家的二小子，那便只管嫁，不必在意什麼忌諱。」

「這是皇上的意思？」雲璐驚訝不已。

「這是皇家對你們兩家的補償。當初你們兩家為了皇家，背了那些罪過和因果，人人皆知你們兩家結成死仇，卻不知道這裡面都是皇家作梗。罷了，先人的過失，我們做子孫的不便非議，但我與皇上都認為時勢不同了，該是讓你們兩家放下包袱的時候了。」老太太微笑道。

雲璐的雙眼忽然紅了起來，捂著嘴低下頭去。

未婚先孕，愛上的還是仇人之子，她背負的壓力實在太大了。即便趙焉許諾會拿著功勛迎娶她進門，但一想到忠靖侯始終不肯承認這門婚事，將來還有可能鬧出門庭分裂的醜聞，她還是充滿深深的憂慮。

如今有老太太的承諾，什麼恩怨都會煙消雲散了。

老太太將雲璐攬在懷裡，柔聲安慰了半天，總算讓她把眼淚給止住了。

「懷了身子的人，可不能多哭，要壞眼睛的。」老太太拿著帕子替她擦乾臉上的淚痕，又笑了起來。「說來是我的不是，原是說李墨的事情，怎麼就扯到別的事去了。」

她頓了一頓，對雲臻道：「這件事，於皇家來說到底是不光彩的，堂堂的皇子龍嗣流落民間，那李姑娘若是宣揚出去，皇室的顏面何存。」

「老太太，李姑娘值不值得信賴，還是另一說。倒是李墨那孩子，我們兄妹都見過，聰明多智，而且與李姑娘極為親厚，若老太太貿然將他帶走，不給一個合理的解釋，將來李墨又如何作想？」雲臻沈聲道。

老太太悚然一驚。

「是我的疏忽，竟忘了這一點。李墨如今四歲，已經初通人情世故，若我們虧待了李姑娘，讓他心中存下怨恨，那也是不妥。」她低頭想了想，對雲臻道：「依你之見，此事如何處理才好？」

雲臻沒有直接回答，而是問道：「老太太打算如何驗證李墨的身分？」

「若要身分確鑿，必得滴血驗親。」老太太回道。

雲臻眉尾一挑。「但陛下人在京城。」

老太太微微一笑。「皇嗣乃是國之大計，皇室穩固之基石，宮中如今不過兩位公主，為了唯一的皇嗣，要他跑一趟靈州，又有何不可！」

說著這句話的時候，老太太眼中神采飛揚，顧盼之間頗顯殺伐果決之色，明顯是上位者的氣勢。

雲臻和雲璐對視一眼，都暗暗點頭。

「既然如此，李姑娘那邊便交由我來處置！」雲臻許諾。

老太太點頭。「好，那就交給你，務必給我一個滿意的結果。」

第四十四章 說媒

清晨的薄霧尚未散開，暮春時節，空氣中已然漂浮著絲絲的暖意，雨季也已進入了尾聲。

進了西跨院，李墨已經被黃雀叫醒，正在小丫頭青桐的服侍下梳洗穿衣。裴氏送了早飯過來，黃鸝和青柳正在擺桌。

原本睡意朦朧的墨兒，幾捧冷水下去，就變得精神抖擻。

「娘！」

他蹦跳著過來，李安然早已在桌邊坐好，給他盛了一碗鮮黃的南瓜小米粥。

李墨喝著香甜的小米粥，忽然一抬頭，說了一句。「娘，我看見三叔婆了。」

李安然微微一愣。「你在哪裡見到的？」

「就在學堂裡呀，三叔婆是我們先生的娘呢！」

這下李安然是真的驚訝了。「這是真的？」

李墨嘴邊沾著黃色的南瓜沫，睜大眼睛道：「當然是真的，福生也知道啊。」說著就朝外面大叫。「福生，福生。」

男僕通常是不能進西跨院的，但李家小門小戶，沒有太多的硬規矩，若是主人召喚，僕人自然便會過來。

聽到了小主人呼喊的福生，小跑步進了院子，站在門口。「少爺叫我？」

「你告訴我娘，三叔婆是不是裴先生的娘親。」李墨道。

福生便道：「裴先生是有個母親，叫什麼小人卻不知道，只知道姓裴，人人都喊她裴奶奶。裴先生的父親是上門女婿，因此先生隨母姓。少爺說的三叔婆便是裴奶奶嗎？」

「當然是她。」李墨回頭對李安然道：「娘，裴奶奶就是三叔婆，她還跟我說過話呢，我認得。」

李安然已經不再懷疑。

裴先生姓裴，三叔婆也姓裴；想起那裴先生是個落第秀才，在清溪村的時候田氏也說過三叔婆的兒子是個秀才。兩相對照，他們是母子，也就沒什麼奇怪了。

不過她還是忍不住苦笑，這世上竟有這麼巧的事情。

三叔婆那樣的為人，裴先生卻有學問、有修養，實在不像是母子。

她揉了揉李墨的腦袋。「三叔婆是你們先生的母親也沒什麼，平日裡別找她說話就是了。」

三叔婆還是很能教壞小孩子的。

李墨不滿地將她的手從自己腦袋上拿下去。「我都已經是大人了，不要總是摸我的頭。」

他一本正經的模樣，讓李安然忍不住發笑，就是黃鸝等人也露出了笑容。

「而且，我也不喜歡跟三叔婆說話，是她總要跟我說話，還來打聽我們家呢。」

「恩？」李安然起了一分警惕。「她打聽什麼？」

李墨一面想一面答道：「她打聽我們家每天賺多少銀子，家裡有什麼人，還問我認不認識雲侯叔叔。」

李安然蹙起了眉。

三叔婆打聽這些做什麼？難道又在打什麼鬼主意？

李安然百思不得其解，直到將李墨送出門去上學，還是沒想出個頭緒來，終於還是搖搖頭，先拋開再說。到底那三叔婆只是嘴碎愛說是非，兼貪財愛占小便宜，不過是個老婆子，翻不了天。

日上三竿，李宅大門外頭來了一個塗脂抹粉、衣著鮮豔的婦人，她抬頭看了看大門上「李宅」的字樣，便站在門外叫道：「裴媽媽在家嗎？」

「誰呀？」門房黃四應聲而出。

這婦人拿著帕子一揮，嬌笑道：「是我呀！」

黃四頓時一身的雞皮疙瘩。「是劉蘭嬸啊。」

這婦人就住在琉璃街上，是個望門寡，年輕時候叫劉蘭女，年紀大了大家就都叫她劉蘭嬸，平日裡若有說媒拉縴、看黃曆的活兒，街坊們就找她。

劉蘭嬸將帕子往黃四臉上丟了一下，嗔道：「什麼嬸，多難聽。我說黃四，你也老大不小了，該成家了吧，要不要嬸子給你說個姑娘。」

黃四笑嘻嘻道：「我還不著急呢，嬸子今兒來找誰？」

劉蘭嬸便啐一口道：「差點讓你岔了正事，你家裴媽媽呢，我找她有正事。」

「裴媽媽呀，在呢，我給妳叫去，妳先等會兒。」黃四說著便要入內。

劉蘭嬸揮著帕子道：「哎喲這大日頭的，就叫我在門口等啊？都是街坊鄰居，自己人還講究這個呢，我自個兒進去就行了。」

話還沒說完，人已經走了進去。

「哎哎哎……」黃四阻攔不及，跟在後面追了一路。

「裴媽媽！裴媽媽在嗎？」

劉蘭嬸徑直進了正院，便是一通呼喚。

「哎喲我的嬸子，我家小姐在呢，妳怎麼好闖進來！」黃四一迭聲地抱怨。

裴氏從東跨院出來，見到是劉蘭嬸，倒也認得，便道：「喲，什麼風把劉蘭嬸給吹來了。」

她看了一眼黃四，黃四攤開雙手道：「她非要闖進來，我攔不住。」

裴氏擺擺手讓他去了。

劉蘭嬸環視著院子，感慨道：「我說裴媽媽，妳家小姐可真夠能幹的，這麼大的院子。喲，瞧瞧，還有兩個大跨院；喲，還有花園呢。嘖嘖嘖，還有前頭的作坊、鋪子，這份家業可真不小喲！」

沒有黃四的阻攔，劉蘭嬸如入無人之境，滿院子轉了個遍，若非裴氏攔著，只怕西跨院、東跨院她都要進去參觀參觀。

「嬸子可是大忙人，今日怎麼有空到我們家來？」裴氏拉住她胳膊。

「我來自然是有好事，裴媽媽妳可不能藏私，把你們家的好茶、好點都拿出來。」劉蘭嬸笑嘻嘻道。

正說著話，青柳從西院出來了，站在臺階上。

「媽媽，小姐問外頭是誰，怎麼這樣吵？」

劉蘭嬸見這小丫頭站在臺階之上，居高臨下，不苟言笑，身量雖小，氣魄卻大，不由吐了吐舌頭。

裴氏嗔怪地看了她一眼，才對青柳道：「是個街坊，來找我的，我這就帶去東院說話。小姐在做什麼？」

「小姐在書房算帳呢，聽見外頭吵鬧，才叫我來問一問。」

裴氏點點頭。「好，妳去吧。」

青柳行了一禮，退回西院裡去。

劉蘭嬸咋舌道：「妳家小姐真是會調教人，瞧這丫頭，縣太爺府上的丫頭都沒這麼大氣魄。」

裴氏攙了她的手。「行了，我家小姐都發話了，妳還是跟我去東院吧。」

劉蘭嬸半推半就地跟她進了東院，匆匆地掃了一眼大廚房、磨房、馬房什麼的，便被拉進了裴氏的屋子。

裴氏的屋子也不小，分內外兩間，內室自然是臥室，外間放著桌椅架子，靠牆有張羅漢榻，榻上架著四方的小茶几。

裴氏先讓劉蘭嬸在榻上坐了，又端來茶果等物，這才落座。「說吧，妳這大忙人到底找我做什麼？」

劉蘭嬸美滋滋地喝了口茶，又一連吃了好幾塊點心，才笑道：「我說媽媽，妳可真是糊塗人，我問妳，我是做什麼的？」

「妳？」裴氏回道：「人人都知道妳是個能幹的，這琉璃街上不少夫妻都是出自妳的成全呀。」

劉蘭嬸一揮帕子。「這就是了，我既然是個說媒拉纖的，妳說我來找妳做什麼。」

裴氏一愣，繼而臉色一變，啐她。「呸呸呸，沒個正經的，我都什麼年紀了，還說什麼媒，不像話！」

這話說完，劉蘭嬸也跟著一愣，繼而拍著大腿大叫起來。「哎喲我的老姐姐，妳可真逗，我哪能給妳說媒呀！真是要笑死我了！哈哈哈哈……」

裴氏這才知道自己誤會了，不由老臉通紅，罵道：「行了行了，至於嗎？笑成這德行。那妳說，妳到底給誰說媒來了？」

劉蘭嬸這才止住笑聲，神秘地朝西邊指了指。「當然是妳家小姐。」

裴氏怔了怔，繼而露出有點期盼又有絲謹慎的神情。

「我家小姐？不是我自誇啊，我家小姐雖說只是個平民商婦，但實在是個出挑的人物，脾氣好，為人好，又能幹又聰慧，劉蘭嬸妳可留點神，一般二般的人物就別往我家跟前湊了。」

「喲，這我還能不知道！如今整個靈州城，誰不知道妳家小姐是個人物，我能給她說一般人嗎？實話告訴妳吧，這回可是有人看上妳家小姐，巴巴地請我來說媒呢！」劉蘭嬸笑道。

裴氏這才露出笑顏，期盼地問：「那妳說說，到底是什麼人？」

在裴氏心中，李安然離開了程家，自然還是能配一門好姻緣的。即便已經二十虛歲，比起別的適婚女子，是偏大了些，但依然還是年輕，再加上如今已經恢復了清白女孩兒名聲，又操持出了一份家業，雖然比不上大戶人家的千金小姐，但是比尋常人家女孩兒卻是有底氣得多。

平日裡她一直忙著經營一品天香，裴氏是看在眼裡急在心裡，女人家好年華沒幾年，若是再耽擱了，真成了老姑娘就難嫁了。

如今劉蘭嬸主動跑上門來說媒，她自然是欣喜的。

劉蘭嬸神秘兮兮道：「妳先別問我這人的姓名，我只先同妳說他的條件，妳聽著與妳家小姐配不配。他呀，首先有功名在身，是個秀才。」

「秀才啊！」裴氏頓時先一喜。

大乾的科舉制度有了秀才功名，等於是有了晉身仕途的敲門磚。秀才擁有超於普通平民的權益，比如可以免除差徭、見到縣令可以不跪、上公堂不可隨意用刑等等，所以對於普通老百姓來說，秀才是非常值得尊敬的。
對李家來說，財富已經是可以預期的事情，但若李安然真配一個秀才，那麼身分上便會提升一大截，所以裴氏一聽對方是個秀才，第一印象便非常好。
劉蘭嬸幹這保媒拉縴的活兒，最擅長的就是察言觀色，一見裴氏眉梢有喜意，就知道秀才這身分很讓她滿意。
「而且這秀才長得也好，天庭飽滿地閣方圓，那相貌，那個頭，任誰見了都說是個好小夥兒。」劉蘭嬸立刻又加了把火。
裴氏真的來了興趣。「那麼他年庚幾何？家中人口怎樣？是城裡的，或是哪鄉、哪村的？」
劉蘭嬸笑道：「我正要說呢，這家人口簡單，不過老娘和兒子，沒有別的姑嫂妯娌。雖說門戶單薄些，但妳家小姐過去就是當家主母，不過照應一個婆婆罷了，別的長輩一應俱無，多輕省；且沒有姑嫂妯娌，少了多少口舌是非。」
裴氏想了一想，覺得也有道理。自家小姐畢竟還帶著一個義子，若是那人口複雜的，少不了有些閒話，倒不如只有這一個婆婆的便宜。
她便不糾結於這一點，只追問道：「說了這麼多，那人姓啥名誰妳還沒說呢。」
「這人妳原也認識，就是妳家小公子的先生，裴清。」劉蘭嬸笑咪咪道。
「裴先生？」裴氏愣了一愣。「竟是他？」
「這人妳也見過，我說的可沒有半分假吧，那相貌、那氣度，還有秀才功名，哪一樣都是貨真價實的。」劉蘭嬸再道。
「可這裴先生都已經二十好幾了。」裴氏蹙眉。
「哎喲我的好姐姐，妳這就想左了，那裴先生當年可是為父親守孝才耽擱了終身的，否則以他秀才身分，早讓別家搶去做女婿了。況且妳想想，年輕男子有什麼好，莽撞衝動，只會讓妳家娘子操心，這年紀大一點的才好呢，大了才會疼人，大了才有肚量。再說裴先生哪裡算年紀大了，三十好幾還打著光棍的人也多著呢。」
劉蘭嬸快嘴如刀，幾刀下來，又把裴氏給說得動搖了。
「那……那裴先生家中以何營生？」
「他家原在清溪村，田地房屋均有，只是裴先生終究是要考舉的，中試之後自然不會再在鄉下住著，勢必要定居在城裡。」劉蘭嬸道。
裴氏驚訝道：「清溪村？莫非……」她想起清溪村只出過一個秀才，就是三叔婆的兒子。「那裴先生的母親，可是清溪村的三叔婆？」
劉蘭嬸一喜。「喲，妳認得三叔婆，敢情還是熟人？」
裴氏卻已經變了臉色。「這可真是冤家路窄，若是別人家都好說，這三叔婆家，那是萬萬不成！」
劉蘭嬸心裡早有準備，見她生氣，便陪笑道：「妳這是做什麼，好好地說這話怎麼就紅了臉。我曉得妳的顧慮，那三叔婆曾造過妳家小姐的謠是不是？」
裴氏怒道：「那三叔婆哪裡是個好的，好吃懶做、貪財貪利、嚼舌頭生是非哪樣少了她？這樣的婆婆，我們家可不敢要！」

「妳別急呀，那三叔婆都跟我說啦，那時候她是受了那程家的騙，否則她跟妳家小姐無冤無仇，做什麼說妳家小姐壞話。」

「哼！她如今抵賴，當初可險些沒壞了我家小姐的名聲！」

裴氏越說越是生氣，整張臉都脹得通紅，想起當初小姐讓全村人指指點點，李墨還挨過打，便對那三叔婆恨得牙癢癢。

劉蘭嬸沒想到她記恨這麼深，不過這麼些年保媒拉纖，什麼樣的人沒見過，就是有那兩家跟仇敵似的她也做成過媒，裴李兩家這麼一點糾葛，不過小菜一碟。她摩拳擦掌，準備運起三寸不爛之舌，非將裴媽媽給說得回心轉意不可。

且不說東院這邊劉蘭嬸如何讓裴氏改變心意，單說門房黃四，才開始打著盹兒就聽見又有人叫門，不由想著今天是什麼好日子，往常十天半個月不見客人，今日倒是一撥接一撥。

等他跑出來一看，呵！貴客臨門啊！

護國侯雲臻帶著孟小童、劉高和李虎三個護衛，一人一匹高頭大馬，正在大門外頭站著呢。

黃四立刻就跑下來行大禮。「小人見過侯爺。」

雲臻嗯了一聲。「你家小姐可在家？」

「在在在，小姐今日沒出門呢，侯爺快請進。」

劉蘭嬸來的時候，黃四要她在外面等著，他要先去通報；而雲臻來了，他卻直接請對方進門。這倒不是黃四攀高踩低看人下菜碟，只因劉蘭嬸與李家沒瓜葛，是生客，雲臻卻是自家主人的朋友，是熟客。

雲臻四人下了馬，把馬韁扔給黃四。

李宅不比高門大戶，有專門的拴馬柱，倒是外頭牆根下有幾棵柳樹，黃四把馬兒都拴在了樹上，然後跑回來給雲臻四人領路。

「泰生！泰生！」

進了影壁，黃四便叫起來。

福生送李墨上學，這會兒大約在回來的路上，院中只有泰生，正在修剪那幾棵果樹。聽得黃四叫，他一回頭，便看見了黃四身後的雲臻。

「快去通報小姐，就說侯爺來啦。」

黃四打發泰生去報信，自己則領著雲臻四人進了正廳。

剛落座，小丫頭青桐便過來見禮。

「奴婢見過侯爺。」

「快給侯爺上茶。」黃四道。

因見過雲臻很多次了，青桐一點也不怕生，倒是白了黃四一眼才出了門。

黃四便對雲臻哈腰道：「小丫頭不懂事，還請侯爺莫見怪。」

雲臻擺擺手。

孟小童就笑道：「我家侯爺與你家小姐是老朋友了，大家都不生疏，既然有丫頭在，你就不必跟在這兒伺候了。」

「是是。」黃四連聲應了，這才退出正廳，回到大門去。

青桐端著茶水進來，先給雲臻上了茶，然後給孟小童三人也都倒好茶，這時候，就見福生滿臉不好意思地進來。

「侯爺，小姐說……手上還有一筆帳沒算完，請侯爺稍等片刻。」福生一面說一面臉上帶著討好的笑，顯然也覺得，小姐這個待客之道實在是太傲慢了。

不過令他意外的是，雲臻臉上似乎一點驚異的表情也沒有，更談不上生氣。

倒是孟小童高高地挑著眉毛，顯然是對自家侯爺被怠慢了感到非常的稀罕。

第四十五章　突飛猛進的男女關係

李安然的帳，其實早已經算好。

她只是還沒想好，到底應該怎麼面對雲臻。

當日蒼耳山，他一句「做我的女人」，讓她受了驚嚇、生了怒氣；就算日前桑九娘砸店時，他出手相助，也沒得到她的一個謝字。

這個男人，實在讓她頭痛，也實在讓她搞不清楚，她對他的感覺，到底屬於好感，還是惡感。

若說惡感，可每次她遇到險難，救她的人都是他。

每個女子都曾幻想過自己未來的夫君，會是一個腳踏祥雲、身披金甲的蓋世英雄，雲臻數次救她於水火，原本早該在她心目中塑造出英雄的形象。

但是，這個男人的一張嘴，實在是教人恨得牙癢癢。

毒舌——這兩個字突然間從她腦海中冒出來。

愣怔了一會兒之後，她才反應過來，這似乎來自於林蔦的記憶。

不過這兩個字，用來形容雲臻，實在是精闢極了。

「小姐？」

黃鸝的聲音讓李安然回過了神。

「什麼事？」

「小姐，侯爺已經在外頭等了半刻鐘了。」黃鸝微微笑道，提醒著李安然，是不是也該可以了。

李安然想了想，才道：「妳去問問他，今日來做什麼？」

黃鸝低頭忍了忍嘴角的笑意。「小姐，恕奴婢多嘴一句。侯爺因何惹惱了小姐，奴婢一直不知道，但奴婢想，就算侯爺再有錯，都這麼多天，小姐也該消氣了。何況，桑九娘砸店那日，若非侯爺和孟護衛他們在，未必能夠將桑九娘和那些打手們拿下，當日小姐卻連一點好臉色都沒給。

「今日侯爺又親自上門，不管是為著什麼事情來，他是堂堂侯爺，換了別人家，他只消派個下人過來說一聲就是，肯親自過來，必然是看著小姐的面子。侯爺做到這個地步，總歸也是向小姐服軟的意思了，小姐何不給他一個機會？」

李安然撇著嘴。「他是堂堂侯爺，我不過是個商婦民女，哪配讓他服軟。」

不過話雖然這樣說，她到底還是站了起來，往正院走。

主僕兩個出了西院，剛走到正廳外，便聽到孟小童的聲音。

「哈哈哈，原來我還想著，什麼人能降住侯爺，萬萬沒想到竟然會是李姑娘。」

孟小童樂不可支，劉高和李虎剛低聲告訴他雲臻對李安然的心思。

雲臻冷冷地瞥他一眼。「你若覺得李姑娘厲害，本侯便將你送她做個看門兒的好了。」

孟小童才沒當真，越發笑得厲害了。

李安然便從門外走入。「那就要多謝侯爺了。」

孟小童的笑容頓時僵在臉上，換成劉高和李虎偷笑起來。

雲臻將手中的茶杯放在桌上。

「這是本侯第一次等人等這麼久。」

李安然忍著翻白眼的衝動，回道：「那可真是民女的榮幸，能讓侯爺等待，民女是否該給侯爺行大禮道謝呢？」

兩人一見面，對話便開始有了一種山雨欲來的火藥味。

黃鸝站在李安然身後，衝孟小童猛打眼色。孟小童點頭，又拋了眼神給劉高和李虎。

四人便很有默契的，默默地退出了正廳，一直退到院子裡。青桐正要過來添茶也被黃鸝拉住，輕聲說了句話，攔回去了。

屋子裡面，面對空蕩蕩的正廳，李安然不由哭笑不得，心中還有點恨恨的。她的丫頭和雲臻的侍衛都刻意跑出去，只留他們兩個人在屋裡，這就說明雲臻跟她之間這種尷尬的關係，已經到了人盡皆知的地步了。

她也不落座，就這麼站在原地，咬牙切齒地看著雲臻。

「妳這眼神，是想吃了本侯嗎？」

李安然重重地吐出一口氣。

「侯爺是否應該解釋一下？」她伸手指了指外面院子裡假裝正在閒逛卻不停地往屋子裡飛投視線的四個人。

雲臻站起來，穩穩地走到門口，然後將左邊的門扇拉上，再將右邊的門扇也拉上，兩手一按，兩扇門之間再無縫隙。

院中的四人面面相覷，傻眼了。

「侯爺今日來，所為何事？」

兩人終於說起了正事。

「昨日靈州縣衙來回報，桑九娘的案子已經有結果了，妳猜的不錯，她身後的確有主使之人。」雲臻道。

李安然神情一正。「是誰？」

「妳該想得到，這靈州城中，誰與妳有仇。」

李安然垂下眼瞼略一思索。「程家？姚舒蓉？」

雲臻用指關節輕輕敲了兩下桌面。「程彥博。」

「程彥博?!」李安然頓時吃驚。

如果是姚舒蓉，她還不意外，從她離開程家開始，姚舒蓉便屢次刁難她、與她作對，但程彥博？她自問並沒有任何對不起他的地方。當日他休掉她，她也乾脆地走人，不曾要過他一分一毫。他有什麼理由陷害她？

雲臻看著她吃驚的樣子，嗤笑了一聲。

「妳自然沒有什麼對不起程彥博，但妳莫忘了，姚舒蓉既然已經做了程彥博的妻子，她在妳這裡吃了虧，程彥博豈能不替她報復？更何況，當日刺史夫人替妳恢復了清白女兒身分，程彥博則成了整個靈州城的笑話，他豈能不恨妳。」
這些道理都很淺顯，他一說，李安然便已經完全明白了。
說到底，現在程彥博跟姚舒蓉才是一家的。
「桑九娘已經招認，她是受了程彥博的指使，買了妳店鋪中的妝粉，然後摻入一品紅汁粉，又故意弄花自己的臉，跑到妳店裡鬧事，目的便是要搞臭一品天香，要妳也身敗名裂。」
李安然臉色難看地道：「他們夫妻，先有姚舒蓉鬧事在前，再有程彥博栽贓在後，還真當他們可以為所欲為嗎？」
「首富之家，自以為是並不稀奇。」雲臻敲了敲桌子。「如今程彥博正在賄賂靈州縣令，準備讓桑九娘扛下所有罪名，程家會拿出一筆銀子，賠償妳的損失。怎麼樣，妳可要繼續追究下去？」
李安然蹙眉沈思。
雲臻微微挑了一下眉。「怎麼，程彥博陷害妳，砸了妳的店，妳卻捨不得他，要放過他？」
李安然瞪了他一眼。「我何曾這樣說過！」
雲臻冷笑。「若非如此，妳為何不直接回答？妳心存猶豫，難道不是對他餘情未了嗎？」
李安然對雲臻最為腹誹的一點，就是他的霸道，每每對她的事情指手畫腳，而且總愛武斷地臆測她的心思。

當下她的小倔脾氣又犯了。「我是否餘情未了，與侯爺有什麼關係？」

雲臻皺了皺眉頭。「妳一定要這麼跟我說話嗎？每次都要與我針鋒相對。」

「明明是侯爺與我針鋒相對，侯爺是我什麼人，我的事情，與侯爺有什麼相干！」李安然瞪著眼睛。

「如果不是妳，我何必多管閒事！」雲臻生了怒氣。

「我求著你多管閒事了嗎？」

「妳……」

這是第一次雲臻被她頂得說不出話來。

李安然也被自己給嚇到了，什麼時候她居然敢這麼大膽地冒犯雲侯爺了。

兩個人大眼瞪小眼對視著，眼裡的火花幾乎要迸發而出。

門外面，四個人趴在門扉上，都高高地撅著屁股，恨不得把耳朵一直杵到窗戶紙上。

「哎喲我的好侯爺，跟女人說話哪能這麼粗魯呢。」孟小童搖頭，一臉的嫌棄。

李虎——「李姑娘也夠大膽的，我真是沒見過敢這麼跟侯爺說話的女人。」

黃鸝——「我們小姐跟其他女人怎能一樣。」

李虎——「有什麼不一樣，還不是兩隻眼睛一個鼻子。」

黃鸝——「那你家侯爺為什麼看上我家小姐？」

劉高——「噓，小點聲。」

早知道還不如不關門，關著門，孤男寡女的，反而更加引人遐想。
李安然只覺屋內氣氛尷尬至極，原先還有勇氣怒瞪著這個男人，但他的目光實在太過厲害，就像刀子，尖銳而充滿穿透力。
她終於覺得承受不住，剛把視線挪開一點點，下巴忽然一痛，竟是被雲臻捏住了。
「李安然，妳心裡到底在想什麼……」
他瞇著眼睛，慢慢地靠近，鼻尖幾乎就要觸到她的。
李安然下意識地要往後退，腰上卻又是一緊。
「侯爺！」
雲臻牢牢地攫住她。「當日在山上，我始終不明白，妳到底因為什麼生氣。」
李安然掙扎了兩下，掙不脫他的桎梏，只覺他渾身上下都散發著逼人的氣息，將她整個人都包圍起來。
「侯爺不知道自己說過什麼嗎？」她怒視著他。
「我說了什麼？」
「侯爺對我說，要我做你的女人。」
「是，我說過這句話，有何不對？」
李安然冷笑。「就算侯爺是天潢貴胄，我李安然也好歹是良家女，不是什麼煙花之地任人玩弄的風塵女子。我並不曾奢望攀上侯爺的高枝，將來也自有好男子三媒六聘地娶我。可侯爺卻是什麼意思，做你的女人？呵！以侯爺的身分地位，總不可能娶我做正妻。李安然雖比不得千金小姐，卻也有自己的骨氣，絕不可能為媵為妾，更不會做毫無名譽的外室！」

她這一番話，說得快速無比，每個字都像是從牙齒縫裡蹦出來的，又狠又準。

雲臻這才知道當日她為什麼生氣，敢情是因為他沒把話說明白。

「我什麼時候說要妳做妾！」

「那你難道娶我做正妻嗎？」李安然立刻反駁。

「正妻就正妻，除非妳不敢！」

「我有什麼不敢！」

「這可是妳說的，明兒我三媒六聘地上門，妳可別反悔！」

「反悔又怎麼樣？」

「反悔就別怪我撞破妳的大門，搶妳回去！」

「你……」

李安然兩隻眼睛瞪得越發大了，眼珠子簡直要從眼眶裡掉出來似的。

雲臻突然發現李墨跟她做母子真是做對了，兩個人的眼睛是都挺大的。

外面的孟小童、黃鸝等人卻差點都要笑破肚子了。

孟小童和劉高、李虎，三個人互相豎起大拇指，對自家侯爺真是佩服得五體投地。

屋內的李安然卻腸子都快悔青了。這什麼人呀，句句話都把人往坑裡帶，怎麼說著說著連搶親都冒出來了。

「你、你瞎說什麼呀，快放開我。」

李安然掙扎著，試圖甩開他。

雲臻卻抱得越發緊了，美人在懷，他從來沒說過自己是正人君子。

「哎喲，哎喲，有好戲看了。」

孟小童在窗紙上捅了個窟窿，用一隻眼睛看著，揮手招呼其他幾個。

「什麼什麼？」

劉高、李虎雖然話不多，湊熱鬧的勁頭卻從來不小，就連黃鸝也被他們三個帶著湊上去亂瞧。

侯爺跟李姑娘這抱得可真夠緊的。

黃鸝瞧著卻急了。

「這怎麼行，侯爺也太孟浪了，我家小姐可是良家女子！」

她說著便要上去敲門，眼看著自家小姐被欺負，作為忠僕，這時候可不能袖手旁觀。

「別別別！」

孟小童、劉高、李虎忙拽住她胳膊。

動靜鬧得大了，屋裡的人總會聽見。

李安然滿臉通紅，又氣又羞，終於發了狠力，一把將雲臻推開。

「侯爺請自重！」

雲臻抱著胳膊。「妳都是我的女人了，我何必自重。」

「我什麼時候成了你的女人！」李安然氣道。

「方才可是妳自己說要做我正妻的。」
「那都是話趕話，怎麼能當真。」李安然反駁。
雲臻悠悠一笑。「妳的身子我都看過了，難不成妳還能嫁給別人？」
李安然又開始瞪眼睛。
「你什麼時候看過……」她停住了嘴——
他的確看過，不僅看過還摸過。
雲臻又道：「我的身子，妳也看過。」
李安然一驚。「我什麼時候看過?!」
雲臻古怪地笑起來。「當初我的腿傷，是誰上的藥？」
李安然又噎住了。
當初第一次見面就替他搽藥，的確是把他的大腿也看了個遍，可那也不是那個意思嘛。
見雲臻打量她的目光透著調侃，她惱羞成怒道：「侯爺好歹也是貴族，說話做事卻如同潑皮混混一般無賴。」
雲臻卻只是笑，也不反駁。
李安然看著他笑開後，唇瓣之間露出的白牙，突然發現，自己似乎看到了他平時不為人見的一面。
在人前的時候，他總是冷酷的、驕傲的、居高臨下的，可是在她面前，他似乎總是失去鎮定，笑容卻也比平時多。

這是不是說明，她對他，是真的有影響力呢？

屋外的四人，聽著裡頭的動靜變小，氣氛也趨於緩和，心情都開始放鬆起來。看來侯爺和李姑娘已經消除誤會了。

這時候，裴氏拉著劉蘭嬏從東院出來。

「我的好姐姐，這樣的親事妳還有什麼可考慮的，那可是秀才娘子，將來保不齊就是官太太。妳跟著妳家小姐，還不是享福的命！」劉蘭嬏一面往外走，一面嘴裡仍舊絮絮叨叨。

裴氏不願同她糾纏，只道：「這事兒我不能作主，得問過我家小姐的意思。」

兩人走到正院，正好與孟小童等人打上照面。

「孟護衛！」裴氏驚喜道。「莫非是侯爺來了？」

孟小童道：「我家侯爺正同李姑娘在屋裡說話。媽媽這是要送客？」

「是。」

劉蘭嬏在裴氏身後一個勁兒地打量，這幾位爺的衣著打扮可不像是一般人，又聽著他們說侯爺，早聽說這李姑娘跟護國侯府有交情，難不成那護國侯還能親自上門來做客？

她忍不住拉著裴氏問道：「這侯爺，莫非就是護國侯？」

「正是。」裴氏答道。

「哎喲我的天老爺！」劉蘭嬏一下子便咋呼起來。「早聽說妳家姑娘能幹，護國侯府的侯爺和大小姐都要給幾分面子。今兒我可真是親眼見了，嘖嘖嘖，侯爺竟然還能上妳家來做客，這哪是普通的交情啊！」

孟小童蹙眉看著她，心頭有點警惕，這個女人打扮如此鮮豔，可不大像良家，李姑娘家怎麼還有這樣的朋友？

「裴媽媽，這位是？」

劉蘭嬸來說媒，但李安然卻沒見過，裴氏覺得此時還不便讓外人知道，便草草地道：「是個街坊。」

她說的簡單，劉蘭嬸卻不願意放過這個在護國侯府跟前露臉的機會，要是能跟別人說她連護國侯都見過，甚至跟侯府的人說過話，那還不羨慕死人！若是再能夠搭上侯府，給說個媒什麼的，她劉蘭嬸的名頭還不得傳遍靈州城？將來請她說媒的人，還不得踏破門檻？

她把帕子一揮，花枝亂顫地笑起來。

「這位小哥兒必是侯爺身邊的人吧，嘖嘖，瞧這氣度，比那大家的公子也不差！喲喲，再瞧瞧這兩位小哥兒，這身板這氣勢，嘖嘖嘖，三位小哥兒可成家了？我跟裴姐姐是老交情，與李姑娘也最相熟了，可不是外人。三位小哥兒若有中意的姑娘，只管告訴我，嬸子替你們說去，任她是天仙，憑我這三寸不爛之舌，也逃不了去！」

劉蘭嬸迫不及待地同孟小童等人套近乎。

孟小童三人傻眼。這女人沒毛病吧，誰認識她呀，怎麼就這麼主動巴上來，還要給他們說媒？

裴氏只覺臉上臊得慌，拉著劉蘭嬸便往外拖。「妳不是急著走嘛，我送妳出去。」

劉蘭嬸立刻又把精神轉回她身上。「哎喲我的好姐姐，妳急什麼，裴先生那邊自有我去說，保准叫那三叔婆不敢刁難妳家小姐。要說我，這門親事實在是匹配，妳家小姐跟了裴先生，保不齊將來就是個官太太，妳也跟著享福不是……」

裴氏恨不得把她的嘴給堵上。

孟小童等人卻聽得一頭霧水。

「什麼意思？這是來給李姑娘說媒的？」

滿院子正亂糟糟的，正廳的大門忽然一下子打開，雲臻從裡面走出來，嶽峙淵渟地站立在臺階上。

「是誰要來說媒？」

誰也沒想到雲臻會突然開門而出。

劉蘭嬸見他站在正廳門外，長身玉立，不怒自威，哪還能想不到這就是傳說中的護國侯。這侯爺豈是輕易能得見的，好不容易遇上，怎能放過這千載良機。

她一膀子甩開裴氏，兩步又竄了回來，裴氏差點沒被她摔一個趔趄。

「哎喲喲，侯爺好生威風，民婦劉蘭氏，給侯爺道萬福了。」

許是因為在李家的院子裡，高高在上的侯爺也彷彿走下了神壇，劉蘭嬸竟不覺得侷促，只對自己竟然真的見到護國侯而有些喜出望外。她可是被護國侯接見過的人呢，這可是了不得的談資！

雲臻無視她那種雞犬升天的喜悅，淡淡道：「妳是何人？」

「民婦是琉璃街上的住民，承蒙街坊看得起，都叫一聲劉蘭嬸，平日做著保媒拉織的活兒，這琉璃街上好些個小夫妻都是民婦說成的姻緣呢。」劉蘭嬸呵呵地笑起來，學著那些大家千金的樣子，拿帕子捂著嘴做害羞狀。

孟小童只覺胳膊上一片雞皮疙瘩，忍不住搓了搓。

雲臻繼續問道：「妳今日來給誰作媒？」

劉蘭嬸揮舞了一下帕子。「還能有誰，自然是李姑娘啦！」

李安然正站在雲臻側後方，聞言不由一愣。

劉蘭嬸卻已經忙不迭地朝她虛道萬福。「姑娘大喜，這親事成了，李姑娘可別忘記我這大媒人，成親那日可得請我喝杯喜酒喲！」

李安然蹙著眉，看著裴氏。

裴氏早已經對劉蘭嬸煩躁不堪忍無可忍了，一把拽住她的胳膊。「行了行了，這事兒還沒成呢，什麼喜酒不喜酒，哪有妳這樣作媒的……」

她一路像攆雞一樣把劉蘭嬸給攆出去，一直趕到大門外。

劉蘭嬸被她攆得惱了，跺腳道：「我說妳個裴媽媽，趕我做什麼？我這是作媒來了，又不是討債來了！」

裴氏向後看了看，確定院中人不會聽見這邊的聲音才惱道：「我當妳是個有眼力的，侯爺在我家做客，妳怎麼能當面說出那些荒唐話來。什麼喜酒不喜酒，我家小姐何曾答應這門親事了，八字沒一撇的事兒妳瞎嚷嚷什麼。」

「喲！裴先生那麼好的學問人品，難不成妳家還看不上？」劉蘭嬸驚奇極了。

裴氏煩躁地道：「裴先生好不好且不管，他有那麼一個老子娘，我家小姐就不可能給他們做媳婦。妳這趟媒，我看是說不成！」

劉蘭嬸剛要反駁，忽然眼珠子又轉了轉，神秘兮兮道：「老姐姐，妳跟我說句實話，妳家小姐連裴先生都看不上，難道是看上了護國侯？」

「這又是什麼胡話！」裴氏驚愕道。

劉蘭嬸笑咪咪地指著裡面。「要不那侯爺怎會紆尊降貴跑來你們家做客，搞不好妳家姑娘早跟侯爺好上了。」

裴氏頓時大怒。「呸呸呸！作死的臭嘴巴，我家小姐可是清清白白女兒家，妳少胡說八道，這話傳出去，我家小姐還做不做人了！快走快走，不要再登我家的門！」

她甩開劉蘭嬸的胳膊，氣呼呼地返回院子去。

劉蘭嬸倒想再追進去，但見門房黃四虎視眈眈地站在門口，只得縮回腳步，恨恨地啐了一口在地上。

晦氣！這樁親事若說成了，李家這麼富，少不了她的謝媒錢。只是如今人家還記著三叔婆曾做過的壞事兒，硬是不鬆口，真是教人頭疼。

她站在日頭下想了想，還是決定先回去跟裴家說，再怎麼著，這一趟跑腿的辛苦錢總要給她摳出來，至於還要不要繼續說親，那就看裴家怎麼做了。

劉蘭嬸在心裡盤算定了，這才甩了甩帕子，一步三扭地去了。

第四十六章　男人也吃醋

這個莫名其妙的劉蘭嬸把院子裡的所有人都弄得有點懵。

李安然並不知道有人上門來給自己說媒，更沒想到那個劉蘭嬸說話也不挑地方，當著雲臻的面就說什麼親事、喜酒之類的話，以至於她不知該以什麼面目來面對眾人。

這院子裡的人，大概都已經猜到她和雲臻到底出了什麼事，如今卻又插進來一個說媒的，會怎麼看她？

史無前例的尷尬。

李安然只覺人人看她的眼神都透著疑問和古怪。

正好裴氏回來了，她咬了咬牙。

「奶娘過來！我有話問妳！」

她也不理別人，快步穿過正院和西院之間的垂花門。

裴氏看了眾人一眼，也低著頭迅速地跟了過去。

「那劉蘭嬸是怎麼回事？」到了無人處，李安然才恨恨地問。

裴氏忙道：「她受了裴家的委託，今日的確是來給小姐說媒的。」

「哪個裴家？」

「就是裴清，墨兒學堂的裴先生。」裴氏略一猶豫，補充道：「裴先生的母親，就是清溪村的三叔婆。」

李安然頓時皺眉。「這墨兒先前向我提過。」

「這個三叔婆臉皮也忒厚，當初那樣詆毀小姐，差點壞了小姐名聲，如今竟然還敢遣媒人上門說親？那個裴先生也好不曉事，若是中意了小姐，總該先替他母親賠禮道歉，哪有這麼冒冒失失就說媒的？」裴氏憤憤道。

李安然也很是不滿。她原看著裴先生是個明白事理、古道熱腸的人，可他們母子又如何能這樣唐突地叫媒人上門來說親？

因上次砸店的事情，李安然原本對裴清懷著感激，印象很是不錯。但這種好印象，只是出於對他教化幼童、熱心助人的尊敬，絕不是男女之間的好感。

「我對裴先生只有尊敬之心，從未想過與他談婚論嫁。那劉蘭嬸若再上門，我也不必見她，奶娘替我回絕了便是。」

裴氏忙應道：「是，我今日便是這樣同她說的，想來那裴家也不好意思再讓她上門來。」

李安然臉色這才稍微好一點。

裴氏卻想起了劉蘭嬸說的話，小姐對裴先生連一絲考慮都沒有，莫非真的心裡已經有人？

帶著這點疑惑，她問道：「小姐，侯爺今日怎麼來了？」

李安然不知她心中有所猜測，坦然答道：「為了桑九娘而來，靈州縣衙已經審問過了，桑九娘背後的主使者，是程彥博。」

「是他?!」裴氏吃了一驚，繼而便怒道：「他們到底想做什麼，上次那姚氏來搗亂，開業禮都差點弄砸；這次程彥博又派人來砸店，我們不曾虧欠了他們，為什麼接二連三的跟我們過不去！」

李安然冷笑。「有些人，並不是妳不去招惹，他就會收斂。他們接二連三地欺上門來，我們若是打不還手，他們以為我們好欺負，只怕更加囂張了。」

「小姐這次可不能忍氣吞聲。」裴氏道。

「妳放心，我自有主張。」李安然略想了一想。「妳請侯爺到花園中來，我有話與他說。」

「是。」裴氏應了聲，又問道：「要不要叫丫頭們伺候茶水？」

李安然剛想說不用，但轉而又想到孤男寡女，不知雲臻又會做出什麼舉動，便道：「叫黃鸝和青柳過來伺候。」

「哎！」裴氏歡快地應了。

那劉蘭嬸就會放屁，小姐和侯爺堂堂正正，何曾有什麼見不得人的關係。

她先叫了黃鸝、青柳去李安然身邊伺候，然後才去請了雲臻。

雲臻倒是沒帶人，隻身進了花園。

園中草木蔥蘢，月季花開得正熱鬧，紅、白、粉幾種顏色，一大朵一大朵點綴在枝頭。

李安然已經先一步到了池邊的亭子裡，黃鸝和青柳正擺著清茶。

雲臻走進來，李安然隨意地招呼他坐了，然後便開門見山，直接進入正題。

「程家的事，我已經想明白。自我開業以來，程家接連兩次搗亂，雖然兩次風波都已經消弭，但是若要我就此忍氣吞聲，恐怕反而助長他們的氣焰。既然程彥博仗著家財萬貫，要用銀子來解決，該我得的自然也不會跟他客氣。」

雲臻挑眉。「妳預備怎麼做？」

李安然微微一笑。「還要請侯爺轉告縣令老爺，桑九娘鬧事，我們的店鋪受了大損失，許多客人也誤以為一品天香是黑店，這名聲不可不挽回。程家可以不判罪名，但我有兩點要求。第一，程家需賠償我店鋪內一應損失，總計五百兩；第二，程彥博必須親自登門賠禮，向我以及店鋪內所有受傷的夥計認錯致歉！」

程彥博的死活榮辱，雲臻才不放在心上，隨口便答應了。「行，這兩個條件，我自會叫靈州縣令轉告。」

李安然道了聲謝，這個話題便就此打住。

雲臻朝黃鸝和青柳打了個眼色，李安然有些莫名，黃鸝卻低頭一笑，拉著青柳退了出去，走得遠遠的，在一叢月季花下坐了。

這個距離，她們聽不見亭子裡的談話，但雲臻和李安然若要叫人，她們第一時間便能看見。

「我的丫鬟，對你倒是言聽計從。」李安然沒好氣道。

「妳的丫鬟，比妳乖巧多了。」雲臻似笑非笑。

李安然懶得與他爭辯。「你將她們支開做什麼，有什麼話不能當面講。」

「那個男人是誰？」

「什麼？」

雲臻臉上沒有一絲笑意，盯著她的眼睛，一字一字道：「那個男人，是誰？」

「哪個男人？」李安然一頭霧水。

雲臻瞇起眼睛。「媒人都已經上門，誰允許妳跟別的男人議親了。」

李安然這才明白他問的是什麼，又是好氣又是好笑。

「我與誰議親，與你有什麼干係？」

雲臻瞇起的眼睛越發深邃逼人。「清明那日我就說過，要妳做我的女人，今日竟然還有人敢託媒上門，我倒想知道，是誰有這麼大的膽子，而妳不肯回答，正說明妳很清楚對方的身分。說，他是誰？」

李安然被他盯得有點心虛，同時又有一絲被在乎的竊喜。她故意道：「你不是很厲害嗎？何必問我呢，你只消派人一調查，不就知道得一清二楚了。」

說完，她便站了起來往外走。

雲臻也不出言阻攔，只是不動聲色地將腳往外伸了伸。

「啊！」

李安然被長裙的裙襬所阻，沒發現他的小動作，一邁出去，上身已經前傾，鞋尖卻正好踢在他的腳上，頓時失去平衡，驚叫一聲倒下來。

雲臻早已計算好了，很適時地一伸手，佳人入懷。

「哎你……」

李安然被他抱住，臀部正坐在他大腿上，緊密的觸感，讓她渾身不自在。

「你是故意的！」她控訴道。

雲臻微微一笑。「對付不聽話的女人，就該故意。」

他一面說，身體一面慢慢地壓了下來。

李安然忙往後仰，但她本來就坐在他腿上，往後仰也只不過是後背離他另一條大腿越來越近，幾乎已經變成橫躺在他腿上了。

她用雙手抵住他胸膛，緊張道：「你要做什麼？」

雲臻勾起嘴角邪氣地一笑。「妳猜。」

這分明是對她那句「你去調查」的報復。

李安然後悔極了，她怎麼就忘記了這個男人是何等的小氣和睚眥必報，她跟他玩心眼，豈不是自找麻煩？

雲臻的身體越壓越近，胸膛幾乎已經碰到她高聳的豐盈，兩人的臉也只隔著一個拳頭的距離，呼吸相聞。

男人身上有股好聞的清香，應該是衣服被薰香過後殘留的餘味，混合著他本人的體香，含著一絲雄性動物特有的侵略性，撩得人心裡慌慌的。

離得近了，李安然才發現，他雖然一貫是冷酷如冰山一般的臉，但肌膚卻比閨閣少女還要細膩；眼睛之所以顯得深邃，原來是眉毛與眼睛靠得比較近、眼窩又較常人深的緣故；而他的嘴唇原來這麼好看，唇形優雅，唇色偏淡，如同桃花瓣。

李安然渾然不知自己現在的樣子，對男人同樣是引誘犯罪的存在。她的雙眼因驚慌無措而顯得迷離，兩頰因羞惱而染上了紅暈，牙齒因緊張而不自覺地咬住了紅潤的下唇。

這個女人，難道不知道很多男人都對女子咬唇的動作有特別的興趣嗎？

「妳用的唇脂，也是自家做的嗎……」

「什麼？」

李安然頭暈暈的，明明聽見了他問的是哪幾個字，腦中卻根本不知道是什麼意思。

雲臻卻根本不需要她回答，他準備自己去探究那唇脂到底是哪家出品。

月季花叢下，黃鸝和青柳緊張地抓著對方的手，脊背繃直，手心都快出汗了。

「親、親、親下去了嗎？」

「有嗎有嗎？」

青柳小丫頭的眼睛瞪得比黃鸝還大，黃鸝只覺手掌被捏得生疼，回過頭來，見小丫頭滿臉通紅，身子繃得跟即將離弦的箭似的。

「哎呀，小孩子怎麼能看這些！」她忙抬起另一隻手，張得像蒲扇，擋在青柳臉上，自己卻還是伸長著脖子，往亭子裡看個不停。

李安然覺得一顆心都快從喉嚨裡跳出來了。

「唔！」

雲臻唇上吃痛，猛地張開雙眼，震驚地看著身下的人。

她咬住他嘴唇了。

「快、放開……」雲臻艱難地吐著字眼。

李安然兩隻眼睛惡狠狠地瞪著他，像被欺負了的小獸，眸子裡的火焰熊熊燃燒。

雲臻覺得下唇都快被咬掉了，終於用右手在她腋下戳了一下。

李安然頓時全身一軟，嚶嚀一聲張開了嘴。

「嘶……」

雲臻摸了一下嘴唇，鮮血淋漓。

「妳屬狗的嗎？每次都咬人！」

上次在蒼耳山救她的時候，肩頭就被咬了一口，花了兩天工夫印子才完全消掉。這次嘴唇都被咬破了，肯定要結痂，也不知多少天才能痊癒。

李安然恨恨道：「誰讓你欺負我！咬的就是你這個淫賊！」

雲臻只覺太陽穴上突突地跳，他壓制著掐死她的衝動，努力用平穩的語氣說道：「妳咬嘴唇就算了，怎麼連牙齒也一起咬。」

最疼的不是他的嘴唇，是下面的一排牙齒。這個女人咬他的時候，連牙齒帶嘴唇一起咬住了。他再怎麼常年練武，也練不到嘴上，這會兒感覺牙齒都被咬翻了一樣。

李安然見他滿嘴都是血，也不由懷疑自己是不是咬得太重了，惴惴地不知該說什麼好。

雲臻抹了抹唇上的血，恨恨地看著她。「既然都這樣了，總得找點本兒回來。」

他突然俯身下去，一口叼住了她的嘴唇。

李安然這回可是一點阻攔都做不出來了。

因為雲臻早有防備，一察覺到她有咬人的趨勢，手指就在她腋下一戳，她立刻便渾身發軟。

長驅直入，橫掃千軍。

狂烈的攻勢，席捲摧毀一切的理智。

李安然已經快要暈過去了。若不是雲臻用手托著她的後頸、抱著她的後腰，她早就從他腿上滑了下去。

可憐李安然，活了二十年，從未體驗過男女之情，第一次便遇到了一個調情高手，完全成了任人宰割的小白羊。

黃鸝和青柳，這回可是看得真真切切，侯爺跟小姐是真的親上了！

好羞人啊！

是不是不該偷看啊！

偷窺讓人有罪惡感，同時也給人帶來快感，偷窺也一樣，兩個丫頭現在就被這種強烈而複雜的感覺衝擊著，完全不知道自己也臉紅得像煮熟的蝦子。

也不知過了多久，這個熱烈到極致的吻才在雲臻的依依不捨中結束。

她比他想像中的還要甜美……

李安然慢慢地睜開眼睛，似乎還沒有從這巨大的衝擊中回過神。

「再瞪，眼珠子要掉出來了。」他戲謔地調侃。

李安然的眼神這才猛然一清，然後雙手用力推開他，狼狽地從他腿上跳下來，找不到帕子，只能用袖子不住地擦自己的嘴唇。

雲臻站起來，從背後環抱住她。

「今日起，乖乖待在家，不要再出去招蜂引蝶，等著我來娶妳。」

李安然一聲不吭。

雲臻在她髮上輕輕啄了一下，放開她，滿面春色地離開了花園。

黃鸝和青柳用敬畏的目光恭送他出去，直到他的背影消失在垂花門外面，才忽然發動，拎著裙子一路飛奔到亭子裡，圍住了李安然。

「小姐小姐，侯爺跟妳說什麼了？」這是好奇的黃鸝。

「哇！小姐的嘴巴都腫了，侯爺咬妳了嗎？」這是不諳世事的青柳。

「小姐？」

黃鸝見李安然只是低著頭，一聲不吭，一腔熱情不由冷卻下來，微微彎腰，從下面去看她的臉色。

李安然忽然狠狠地瞪她一眼，然後一手一個揪住了她們的耳朵。

「兩個死丫頭，是不是一直在偷看呀？」

青柳痛得叫起來。「疼疼疼，小姐快放手，我沒有偷看啊！我真的沒有偷看啊！」

黃鸝忍著疼道：「小姐自己被侯爺欺負了，就拿我們撒氣。我可聽見了，侯爺說要來娶妳呢！」

李安然臉上剛剛褪下去的紅暈猛然又一下子回來，不僅兩邊臉頰，連耳根和脖子都像煮熟了似的，紅通通、熱騰騰。

她撒開兩手，提著裙子跑出了亭子，一直跑出花園，跑進西院，跑到自己房間裡，一頭栽在了床上，用枕頭蒙住了臉。

羞死人啦！

另一頭孟小童、劉高、李虎三人跟著雲臻從李宅出來，只覺侯爺渾身上下都洋溢著一股喜氣，滿臉都是春風得意的樣子。

孟小童捅了捅劉高，竊聲道：「你們看，侯爺像不像偷吃了雞的黃鼠狼？」

劉高和李虎都嘿然笑著，猛點頭表示認同。

「孟小童！」雲臻忽然高聲叫道。

孟小童以為自己又被抓到了，忙精神一振，回道：「在！」滿臉的嚴肅認真，讓劉高和李虎差點又笑出來。

「去查查，那個媒婆是替誰來說媒的。」

一聽是這個，孟小童嘿嘿一笑。「侯爺，不用查，我們早問了，就是李墨小公子的先生裴清。」

裴清？

雲臻立刻想起了桑九娘砸店那天，李安然對裴清千恩萬謝的樣子，還有裴清莫名其妙的臉紅。

哼，這小子，果然不是個好東西！

第四十七章 裴清的執念

「什麼？要我親自登門賠禮道歉?!」程彥博幾乎跳起來。「李安然這個賤人，這是敬酒不吃吃罰酒啊！」

靈州縣令不滿地在桌上敲了敲。「嚷嚷什麼，這是什麼地方！」

程彥博察覺到對方的不耐煩，忙換了一張臉，笑道：「是我孟浪了，大人別見怪，我是被那賤人給氣糊塗了。」

靈州縣令哼一聲。「別一口一個賤人，人家身後可站著護國侯，這話被侯爺聽見了，本官可保不住你。」

「是是。」程彥博按捺著性子坐回椅子上，旁邊的姚舒蓉瞪了他一眼。

今日得到靈州縣衙傳喚，他們夫妻猜測是一品天香的事情有了結果，便一起過來縣衙後堂，沒想到靈州縣令卻轉達了李安然的兩個要求，頓時讓他們又驚又怒。

驚的是，明明靈州縣令收了他們的打點，怎麼還會把這件事情辦成這個樣子，不僅護國侯知道了，還成了李安然要脅程家的把柄。

怒的是，那李安然竟然如此不識抬舉，要求程彥博親自登門道歉，這豈不是生生地打臉！

姚舒蓉暗惱程彥博不會說話，只得自己對靈州縣令道：「大人，那李安然的要求也太過分了，我都已經答應賠償她損失了，她還要我親自登門認錯道歉，這不是故意下我們程家的面子嗎？也是沒把大人你放在眼裡啊。」

不得不說比起程彥博的豬腦來，姚舒蓉聰明多了，話裡話外就把靈州縣令給帶進去，挑撥李安然的用心。

可惜，若在平時，靈州縣令說不定還會遷怒一下李安然，但現在他知道連護國侯都為人家撐腰，他哪裡會跟護國侯的朋友過不去。

因此靈州縣令根本不受激，只擺手道：「別把本官和程家扯在一起，程家是程家，本官是本官。本官只負責審案斷案，李安然是原告和苦主，你們是被告。本官問你，」他面向程彥博。「事情是你做的吧？桑九娘是受了你的指使吧？事實俱在，本官不過是看在往日與你程家的交情上才替你斡旋，但人家原告不肯放過你，本官總不能硬逼著人家撤訴吧。」

程彥博聽著話風有點不對，靈州縣令這是要劃清立場的感覺呀。

「大人，話不是這麼說吧？打我奶奶開始，程家可一直沒忘記過大人的孝敬啊。」程彥博意圖委婉地提醒靈州縣令，卻沒想到自己這話反而觸怒了對方。

靈州縣臉色一沈，冷冷道：「程老爺這是什麼意思，要脅本官嗎？」

程彥博不提還好，提起來他就一肚子氣，程老夫人在的時候，程家的確是常常孝敬他這個縣令，什麼時候都很尊重他這個縣太爺的權威，處處捧著他，那才是會做人的。等到程彥博掌家，不到求著他辦事的時候根本就不理睬，平時不燒香，急來抱佛腳，哼，當他這個縣太爺是平事的工具嗎？

程彥博再不會做人，看眼色總還是會的，一見靈州縣令的冷臉，知道自己又說錯話了，趕忙補救道：「哪能呢，大人可真是誤會我了，我這不是心裡著急嗎?程家的面子都掌握在大人的手上，還得請大人多多周旋呢。」說話間，給姚舒蓉遞了一個眼色。

姚舒蓉便笑道：「大人千萬別生氣，外子就是個嘴笨的，不會說話，我替他給大人賠不是了。」

她站起來，走到靈州縣令跟前，深深地行了一禮，雪白飽滿的胸脯晃得靈州縣令眼暈，他忙咳嗽一聲，別開臉去。

「我們也知道，這事情有護國侯插手，大人必定很為難，只是程家畢竟跟大人是多年的交情，大人總不能看著我們被羞辱而不管吧。這傳揚出去，人家還只當大人說話不管用，連一介商賈都不肯給你臉面呢。」姚舒蓉走上前一步，悄悄地將一張銀票塞入靈州縣令的袖筒，膩聲道：「大人，你說是吧。」

靈州縣令咳嗽一聲，不動聲色地將那銀票攏進袖筒，順便還在她滑膩的手背上摸了一把。

姚舒蓉心中暗罵一聲狗官，面上卻還是笑吟吟的。

靈州縣令的臉色這才好看了一點，喝了一口茶，嘆一口氣道：「不是本官不肯幫你們，實話告訴你們吧，如果只是一個一品天香的老闆李安然，本官自然不放在眼裡，但是她背後站著的，可是護國侯。我說你們也夠有膽子的，護國侯罩著的人都敢下手，這回可是護國侯親自發的話，李安然的兩個要求，你們必須滿足，沒得商量。」

程彥博和姚舒蓉的臉色頓時有點難看，剛塞過去三百兩，竟然就換回來這麼一句話。

但靈州縣令很快又道：「不過念在與程家多年的情分上，本官也不能眼看著你們吃虧，這樣吧，本官發個話，叫李安然控制場面，你去登門道歉的時候，不許旁人圍觀，僅限在一品天香店鋪中，事後也不許她到處宣揚，這樣你們程家的顏面也算保住了。就這麼著吧。」

他端起茶杯送客。

程彥博和姚舒蓉無奈，只得起身告辭。

出了縣衙，上了馬車，程彥博第一時間就罵了聲狗東西。

「什麼玩意兒？不就是個芝麻大的縣令，跟我擺威風打官腔。」

「就算他只是個芝麻官，你不一樣要舔他的屁股。」姚舒蓉冷冷道。

程彥博生了半天氣，最終還是洩了氣。「怎麼那個護國侯就認準了護著那賤人呢？我就想不通那賤人哪點好，我遞了多少回帖子，連侯府的門都沒進過，她竟然把一個侯爺指使得團團轉。不行，妳快想想，還有什麼法子能夠治了她！」

姚舒蓉心中忽然生出一絲說不得的厭惡煩躁。這程彥博當真是一點用都沒有，她當初怎麼瞎了眼，就看上了他？

程彥博沒察覺到她的異常，還在抱怨。「上次她開業時，我就成了靈州城的大笑話，去長柳巷還次次被人取笑，這次又栽了跟頭，這張臉都丟到姥姥家了。李安然那個賤人，一天不除掉她，我就一天不舒服！可是現在她有護國侯撐腰，連縣太爺都要賣她三分面子，我們還能怎麼辦？」

姚舒蓉冷笑了聲。

「我們怕護國侯，但未必所有人都怕。」

「嗯？這是什麼意思？」

姚舒蓉神秘地道：「先前我聽到一個消息，刺史府的小姐楊燕甯看上了護國侯，連入京選秀的機會都放棄了，但現在卻傳說護國侯看上了李安然那賤人。哼，你想想，堂堂刺史千金被一介商婦橫刀奪愛，她能不恨？」

「楊燕甯？那可是出了名的美人啊，竟然也看上護國侯了？」程彥博愣愣道。

姚舒蓉見他一臉惋惜的樣子，伸手就掐了他一把。「沒出息的，這會兒還想著癩蛤蟆吃天鵝肉！」

程彥博吃痛，叫了一聲，忙又哄她。「我什麼時候想著她了，妳這小心眼，我現在心裡、眼裡，還不是只有妳一個。」

「呸！別以為我不知道，你隔三差五地往長柳巷跑，是不是被哪個狐媚子迷住了？」

程彥博哪肯承認，一味地指天誓地做保證。但嫁到程家這麼久，姚舒蓉也看透他好色的本性，早就不信任他了。

她現在滿心想著的，就是怎麼把李安然給搞倒搞臭。這個女人，真是讓她如鯁在喉，每次聽到這個名兒，她就像吃了蒼蠅一樣噁心。

「得想個法子，搭上楊小姐的線才行。」她默默地琢磨著，用手指點著下巴，瞇著眼睛，眼中閃爍不定。

且不說姚舒蓉和程彥博盤算著如何整倒李安然，距離琉璃街兩個路口的篤行學堂中，三叔婆也正被劉蘭嬸氣得跳腳。

「妳說什麼？那裴氏真的這樣說？」

劉蘭嬸磕著瓜子閒閒道：「當然是真的，我親耳聽見的，她就當著我面，說妳當初如何詆毀她家小姐，現在還敢上門求親，真是不要臉。」

「誰不要臉！妳才不要臉！」三叔婆跳腳尖叫。

劉蘭嬸忙躲著她的口水。「話可不是我說的，別衝著我嚷。」

三叔婆氣哼哼地哼了半天，才坐下來，恨恨道：「那裴氏算個什麼東西？不過是李安然的一個老媽子罷了，我是聽說她奶大了李安然，李安然素來敬重她，才叫妳先去試探。呸，她真當自己是當家作主的人了。」

劉蘭嬸見她不噴口水了，才湊過來道：「依我看，她說的也不無道理，總歸妳當初對不起人家，現在要求親，總要先服軟低頭。」

「憑什麼？我要是低頭了，將來那李安然嫁過來，她豈不要騎到我這個婆婆頭上去！」

劉蘭嬸不耐地道：「那妳還想不想娶李安然過來了？我跟妳說，我可是親眼看見的，李家那宅子有那麼大。正院、東院、西院三個大院子，還有後花園，丫鬟僕人七、八個，廚娘門房配得齊全，加上前頭的作坊和店鋪，每天得賺多少錢啊！」

一提起李安然的家財來，三叔婆頓時偃旗息鼓。

這可是一尊財神娘子，說什麼也不能放過了，只是得想個法子把人給娶過來呢。

她正在思索之際，劉蘭嬸忽然來了一句。「依我看，妳要討這個媳婦恐怕真是不容易。那天我可看得真真的，護國侯就在李家做客呢，我看著那李姑娘跟護國侯，只怕早就有個什麼了。」

「什麼？李安然和護國侯？」三叔婆很是吃驚，擺手道。「不可能不可能！護國侯是什麼人物，李安然不過是個平民女子，怎麼可能攀得上那高枝！」

「那可說不準！」劉蘭嬸不以為然。「我是親眼看見的，護國侯就在李家做客。那樣的大人物，竟然跑到一個平民家裡去，難道不可疑嗎？」

「這……」三叔婆猶豫了。

正在這時，裴清推門而入。

「嬸子必是多心了，以護國侯的身分，不論娶妻還是納妾，都有基本的門第要求，若娶妻必是大家千金，納妾也自有小家碧玉、風月魁首。李安然的身分，一來只是平民商婦，二來還帶著一個孩子，護國侯無論如何也不可能看中她。」裴清一面落座一面侃侃解說。「嬸子所疑慮的，無非是以護國侯的身分不應該出現在李家的宅院中，這一點，我倒是可以同嬸子解釋一番。

「李安然最初是與那護國侯府的大小姐建立交情，因雲大小姐之故，才蒙受了護國侯的關照。嬸子該知道，前些日子一品天香被人誣陷砸店，那時我就在場，護國侯也在場，我看著護國侯與李姑娘不過是普通朋友，並無私情可言。」

他這一番話有理有據，比起劉蘭嬸的主觀臆測可讓人信服多了。

三叔婆一拍巴掌。「我就說嘛，那李安然是什麼東西，也配入護國侯的眼？那豈不是阿貓阿狗都能做官太太了？真是笑死人！」

劉蘭嬸撇嘴道：「那妳還不是巴巴地要討她做媳婦，這會兒倒覺得人家不是什麼好東西了。」

裴清也不滿地看了三叔婆一眼。李安然是他中意的人，三叔婆每每口沒遮攔，將李安然貶低，豈不等於說他有眼無珠。

三叔婆察覺到兒子的不滿，忙搧了自己一個嘴巴。

「哎喲我這張嘴喲，就是這個毛病改不掉。阿清你可別往心裡去，護國侯看不上李安然，那是他門第高，但我們家不嫌棄她出身嘛，雖說她從前還在程家做過丫鬟奴婢，但萬幸沒有賣身契，不是奴籍，你要娶她做媳婦，娘是不反對的。不過……」她頗為心虛地搓著手。「劉蘭嬸說，李家還記恨著我從前做過的事，不肯答應這門親事呢。」

三叔婆原本還要臉面，不肯把從前造謠誹謗李安然，反被揭穿的醜事照實告訴兒子，但既然要跟李家議親，這件事總歸是繞不過去的，後來還是說給裴清知道了。裴清原就知道娘親身上毛病多，果然對她說教了一頓，三叔婆因巴望著李安然的家財，也後悔自己當初做下了錯事。

裴清嘆氣道：「罷了，所謂母債子償，母親當初的確有對不起李家之處，但我身為人子，總不可能叫母親去給別人低頭認錯，這件事自然還是我去向李姑娘賠禮道歉吧。」

「哎喲！這秀才郎就是明事理，三叔婆，妳可養了個好兒子啊！」劉蘭嬸立刻震天價響地誇讚起來。

三叔婆見裴清主動將責任攬在他身上，心裡輕鬆快慰，臉上也有光，便對劉蘭嬸得意道：「那是當然，妳滿靈州城打聽打聽，哪裡有我們家這樣母慈子孝的。」

劉蘭嬸暗中撇嘴，子孝還說得過去，母慈可沒看見。

她拍著胸脯，對裴清道：「裴先生放心，只要解決了這一樁恩怨，這門親事包在我身上。那李安然就是個天仙，我也叫她乖乖嫁入你們裴家！」

裴清自然是道謝，然後好言好語地將她送了出去。

三叔婆可是樂得輕鬆了，只要不用她自己去低頭認錯丟面子，這門親事她認為還是很值得的，劉蘭嬸都說了李家那家產之大，李安然真是隻金雞母。她是個孤兒，又沒個娘家，到時候一嫁過來，所有的東西還不都姓了裴！就算有個李墨那也不怕，不過是個義子，先養著，等李安然為裴家生下了一兒半女那李墨也該大了，只管打發去店鋪裡做夥計，還怕他搶了親孫子的繼承權嗎？

三叔婆越想越美滋滋，兩隻眼睛都冒出了綠光，眼前都是吃香喝辣、綾羅綢緞、使奴喚婢的好光景。

裴清回來見她一副快要流口水的樣子，猜到她又在琢磨李家的家財了，不由暗暗搖頭，默默地退出，到學堂將正在讀書的李墨叫了出來。

「先生喚我何事？」李墨仰著腦袋，讀了幾天的書，學問還沒怎麼長進，斯文禮儀倒是已經先學會了。

「你回家後跟你母親說，先生明日上你家拜訪。」裴清道。

李墨兩隻眼睛亮亮的，盯著裴清。

「先生要去我家？」他轉了轉眼珠子，可憐兮兮道：「難道是我做錯事了，先生要告訴我娘嗎？」

裴清沒想到他竟會想歪了，不由失笑道：「並非如此，你回家只跟你娘說，我明日上門拜訪，替家母致歉。如此，你娘自然知道。」

李墨一聽就明白了，立刻轉憂為喜。「是，學生記住了。」

裴清拍拍他的腦袋，讓他回學堂裡去。

到了下午申時，裴清監督著學童們寫了幾篇大字，臨放學前，對大家宣佈道：「明日先生有事外出，停課一日。」

學童們乖乖地應了，等到下了學，一出學堂的門便都歡呼起來。孩子們正是愛玩的年紀，能夠停課一天，夠他們高興的了。

福生早就在裴宅外頭等著，同往常一樣接了李墨，主僕兩個一起回到家裡。

進門時，正巧見門房黃四送走一個縣衙的皂隸。

原來縣令派人來通知，程家答應了李安然的兩個要求，明日程彥博便會親自登門道歉，並賠償五百兩，彌補一品天香的損失。

打蛇不死反受其害的道理，李安然非常清楚。程彥博和姚舒蓉屢次三番地針對她，自然是仗著程家的財力和勢力。但今非昔比，她如今也不是毫無根基、任人欺負的孤女了。在她看來，她和程家之間並無非結不可的仇恨，完全可以大路朝天各走一邊，程彥博和姚舒蓉卻一直針對她，實在是不知所謂。

就趁這個機會，把過往的誤會和恩怨，都一併了結了吧。

第四十八章　登門賠禮

第二日清晨，作坊和店鋪的夥計們都按照往常的時辰來上工了。大家照例先做清掃整理的工作，蕊兒到來以後，將一塊立牌放到了店鋪外頭。

店東有事，今日停業。

與店鋪隔一條小巷的李宅內，早飯過後，李安然叫了福生。

「你去篤行學堂跑一趟，跟裴先生說，今日家中有事，請先生下午稍晚些再來。」

福生應了便去。

緊接著李安然又叫了泰生。「去春風樓上樓訂一桌席面，午時前送來。」

泰生也去了。

青柳小丫頭正站在旁邊，嘟囔道：「小姐真是的，那程彥博壞透了，怎麼還請他吃酒席。」

李安然好笑地拍了一下她的腦袋。「誰說這酒席是給他吃的？紀姑娘會來，縣令大人也會來，這是給他們吃的。」

正說著，門房黃四的聲音便在外面響起。

「小姐，紀姑娘來啦！」

李安然忙帶著丫鬟們迎出來，紀師師新訂做的油壁香車果然已經停在了大門口。

李安然見朵兒正扶著紀師師下車，便笑道：「你們來的也太早了。」

「妳知道我是個急性子，今日有好戲看，自然迫不及待地過來。」紀師師笑聲如銀鈴。

李安然哼了一聲，佯怒道：「還說呢，妳好歹也是一品天香的股東，每月拿著紅利，妳自己算算，從開業到現在，總共來過店裡幾次。」

紀師師捂著胸口道：「我的好姐姐，妳這店開得實在凶險，又是鬧事、又是砸店的，我膽子小，要嚇壞了我可不值當。」話沒說完，已經笑得腰都彎了。

門房黃四看得口水橫流，乖乖，這紀姑娘不愧是靈州花魁，笑得萬分撩人，他的身子都快酥了。

日近正午，一品天香店門外，琉璃街十字路口處，終於駛來了一輛富貴華麗的馬車，眾多奴僕前呼後擁。

馬車在門口停下，長隨忠慶打開車門。「老爺，到了。」

程彥博坐在裡頭，先探頭看了看，見店門外只是立著一塊「店東有事，今日停業」的牌子，街面上行人往來，並沒有特別的跡象。

他暗暗鬆一口氣。

原先還怕李安然趁此機會，在他登門賠禮的事情上大作文章，鬧得人盡皆知，以此來羞辱他。但現在看來，至少在場面上，人家沒打算坑他。

他這才下了車，示意忠慶去敲門。

忠慶在門上敲了兩下，便有一位面容清秀的夥計開了一扇門。

不等忠慶自報家門，夥計已經閃在門邊，客氣道：「本店店東已恭候多時，請程老爺入內。」

程彥博警惕地看了看，見裡面空無一人，小心地走了進去。

「店東在二樓等候，請程老爺上樓。」夥計道。

偌大的店堂，安靜得落針可聞，除了這名夥計，竟然再也看不見別的人。

程彥博不由有些懷疑，這李安然該不會設了什麼圈套，等著他往裡鑽吧。

他對李安然的記憶其實很少，最開始只是一個其貌不揚的丫頭片子，一直跟在程老夫人身後，像個影子；成親的那段歷史是空白的，然後就是他從京城回來休掉她時，那一身不起眼的布裙，平凡樸素，他連正眼都未曾看過一眼。

論起來，這個女人在他家待了將近二十年，和他一起長大，又曾跟他有過婚約，還替他為祖母送終，做了程家三年名義上的當家夫人。他們兩人之間應該關係緊密才對，但現在回想起來，他對她的印象竟然淺薄得如同一個路人。

反而在她離開程家之後，她的名字每一次出現在他耳邊，都變得越來越有分量，她的存在感，一次比一次更強。

這種前弱後強的對比，讓程彥博很難接受是同一個人。一個丫頭片子，怎麼會變得這麼厲害呢？

這賤人今天故意要他登門賠禮，也不知道設了什麼陷阱。

「程老爺，小心腳下。」

夥計的提醒讓他回過神來，程彥博這才發現自己原來已經不知不覺地上了樓。

樓上原是三個雅間，一大兩小，夥計走到大雅間門口，推開了門。「程老爺請進。」

程彥博走進去，見雅間內佈置得十分雅致，當中一張花梨木的圓桌，可供十人飲宴，靠窗設著羅漢床，左右兩邊全是茶几圈椅。

只是這屋子跟樓下一樣，都是安安靜靜冷冷清清。

夥計拍了一下手，隨即進來一個丫鬟，手中托著茶盤，盤內一只茶盞。丫鬟將茶盞放在一個茶几上，然後便默不作聲地退下。

「請程老爺品茶稍候，本店店東即刻便來。」夥計說完，也不等程彥博答覆，直接退了下去，把雅間的門也給關上了。

屋子裡只剩下程彥博，還有跟著他進來的長隨忠慶。

程彥博繞著屋子看了一圈，除了聞到空氣中瀰漫著絲絲甜香，別的什麼也沒看出。他坐下來，端起那茶盞聞了聞，似乎還不錯，便喝了一口，卻差點沒把舌頭燙下來。

他將茶盞往桌上重重一放，也不管茶水濺出來，沒好氣道：「這什麼意思？請了我來，卻連個鬼影兒也沒有。」他指著忠慶。「你去看看，那李安然來了沒。」

忠慶應了，出了雅間，卻見四下無人，連那夥計和丫鬟也不見了，跑到樓下一看，也是一樣空空蕩蕩，不由莫名其妙，同時心裡也有點毛毛的，只得跑回樓上。

「老爺，一個人也沒有。」

「這是要幹什麼？」程彥博瞪著眼睛。

忠慶哪裡知道人家要幹什麼，主僕兩個大眼瞪小眼。

程彥博本想著要是李安然敢故意羞辱他，他也不可能任她擺布，有護國侯撐腰又怎麼樣，他程家好歹也是靈州首富，在靈州地面上並不是沒有勢力。但人家也不坑他，也不罵他，只把他晾在這兒，就不知道是個什麼意思了。

程彥博耐不住這詭異的氣氛，大喊起來。

「來人！來人！人都死到哪裡去啦！」

叫了半天，也沒人應，這樓上、樓下，只有回音飄蕩，明明是大白天，卻給人身處鬼境的違和感。

程彥博終於發怒，抓起茶盞往地上一砸。

「他媽的，敢消遣本老爺！忠慶，走！」

主僕倆剛準備破門而出，就聽見外面人聲喧譁，樓梯的板子被踩得咚咚響，腳步紛遝，笑語不斷。

程彥博怒髮衝冠。好呀，把本老爺晾在這裡不聞不問，你們自己倒嘻嘻哈哈，他向忠慶使了一個眼色。

忠慶點點頭，抬腿就要踹門，不過下一刻又想起這門是朝裡開的，除非踹破，否則也不可能一踹就開，只得放下腿，雙手大力地將兩扇門一拉，門扉撞在牆壁上，砰砰作響。

程彥博衝出門來，怒氣勃發地吼道：「誰在裝神弄鬼，給本老爺滾出來……」

下一刻，他瞪大了眼睛，恨不得將這句話吞進自己嘴裡。

一身便服的靈州縣令，左邊李安然，右邊紀師師，被她們兩人簇擁著，身後還跟著一大群的丫鬟、夥計、衙役皂隸，人人都張大眼睛看著他。

靈州縣令是受了李安然的邀請，請他今日來做個見證。以他的身分，未必將一個開胭脂水粉鋪的商婦放在眼裡，不過李安然聰明地讓紀師師去邀請他。

紀師師身為靈州花魁，靈州的貴族官僚幾乎都做過她的座上賓，其中並非人人都是入幕之賓，有些不過是借她的東道互相拉近彼此的關係。紀師師的作用，更多是在於為不同身分職位的人拉關係，像個中間人。不過她這個中間人，因為跟各方都有交情，加上又是花魁，所以本身也是很有分量的。

有花魁出面，且李安然背後又有護國侯撐腰，靈州縣令自然便答應下來。

今日並非公務，所以他穿了便服，到了之後，受到了李安然和紀師師的熱情接待，一群人簇擁著他上樓來，正將他捧得高興，就見程彥博直眉瞪眼地衝出來，口中還罵罵咧咧，靈州縣令的臉色登時就拉了下來。

等到進了雅間，見地上一個茶盞摔得四分五裂，茶水橫流，他更是哼了一聲。

「看來是安然怠慢了，惹得程老爺連茶杯都砸了。」說完，李安然對靈州縣令道：「是我的不是，能得大人賞臉做個見證人，誰知程老爺卻並無和解之意，差點冒犯了大人。」

靈州縣令本來就對程彥博有諸多不滿，此時見他如此做派，更惱他不知進退，冷冷道：

「今日本縣為見證，為的是消除李姑娘和程家的誤會，做個和事佬。程老爺你如此怒氣勃發，是對本縣不滿嗎？」

程彥博忙道：「當然不是！大人千萬別誤會，我只是等候太久，又見空無一人，一時生氣，才會砸了茶杯，絕不是對大人有所不滿。」

李安然接道：「那是我的不是了，只顧著迎接大人，卻冷落了程老爺。」

程彥博還不至於笨到看不出眼下的形勢，他分明是中了李安然的算計。她故意將他晾著，就是為了激怒他，讓他在靈州縣令面前失儀。他如果再在這件事情上糾結，只會讓靈州縣令更加誤會。從上次的會面，他已經看出靈州縣令對程家並沒有像從前一樣地關照，錢照收，事情卻不照辦。

所謂民不與官鬥，程彥博雖然缺少大智慧，但這一條至理名言還是知道得很清楚的，程家再有錢，也不過是商人，破家縣令，滅門令尹，若靈州縣令想整治程家，有的是辦法。所以他只得認栽。

好在李安然沒有再說什麼，靈州縣令也沒有抓著不放。

大家終於落座，李安然吩咐上了茶水。這次可不是像給程彥博那樣一杯滾燙的茶了事，茶水的溫度都剛剛好，瓜果點心也擺了一桌。

喝了半盞茶，靈州縣令開了口。

「本縣忝為父母，最希望的便是治下百姓安居樂業，商賈們和氣生財。日前程老爺與李姑娘之間發生了一點誤會，原是程老爺有錯在先，不過李姑娘深明大義，並無追究到底之意。今日本縣受李姑娘所請，來此做個見證，希望兩家消除誤會，從此和解。若兩位都認同本縣之意，便請以茶代酒，一笑泯恩仇如何？」

李安然先笑道：「大人是青天父母，但有吩咐，我等自然無不依從。」

靈州縣令滿意地點頭，又看著程彥博。

程彥博冷笑道：「大人的吩咐，在下自然遵從。不過李姑娘的和解之意卻有些牽強，若真心和解，難道還會要求在下親自登門賠禮道歉嗎？」

面對程彥博的不滿，李安然淡淡一笑。

「程老爺對安然的誤會果然深了。當日大人派人傳話於我等，說程老爺有意賠償我一品天香的損失作為和解。安然心想，若公然接受程老爺的賠償，程老爺的聲譽必受影響；倒不如私下請了程老爺過來，面對面將此事說清楚做個了結，如此一來可撫平店內夥計的洶洶群情，二來也保全了程老爺的名聲。」說完，她轉而對靈州縣令問道：「安然如此做法，莫非欠妥？請大人指教。」

這番話連消帶打，字字句句都像是為程彥博著想，為大局著想，聽著讓人覺得合情合理。

靈州縣令哈哈一笑。「李姑娘考慮甚為周詳。」他轉而對程彥博冷臉道：「此次本就是你程家有錯在先，李姑娘肯私下和解，已是本縣斡旋之下的結果，若你還有所不滿，本縣便撒手不管，由你自行了結！」

程彥博正要說話，靈州縣令又幽幽地加了一句。「只是護國侯那邊若對結果不滿意，你就不要再來求本縣。」

一提到護國侯，程彥博再度洩氣。

他算是看出來了，不僅護國侯給李安然撐腰，靈州縣令如今的態度也是偏向李安然的。總之，他今天這個軟是服定了，否則便是同時得罪護國侯和靈州縣令，一個是權貴，一個是官府，有這兩尊大佛壓制，程家還如何能有好日子過。

他只得從袖筒裡取出一張銀票，放在桌面上。「這是賠償李姑娘損失的五百兩銀票，還望李姑娘笑納。」他用兩根手指將銀票按在桌面上推過去。

李安然嘴唇微揚，看了他一眼，然後對旁邊的丫鬟道：「叫人進來。」

丫鬟去了不久，門外便陸續進來七、八個夥計，有男有女，排成一行。

李安然先對靈州縣令解釋。「日前桑九娘砸店，這些都是挨了打受了傷的夥計。」然後，她用手指點了點桌上的銀票，對夥計們道：「日前你等無辜受傷，今日程老爺親自上門，賠償了五百兩銀子，作為對你等的賠禮和彌補，還不快謝過程老爺。」

這些夥計們果然一起衝程彥博道：「謝程老爺。」

他們嘴上雖這麼說，臉上卻都是冷冷的，不見一絲笑容。

程彥博臉上一陣紅一陣白，這不像是對他的道謝，倒像是故意給他的難堪。

不過，他心中也暗暗鬆口氣，看眼下這情勢，銀子都收下了，李安然應該不會非要他當著這些夥計的面，親口說賠禮道歉的話了吧。

果然，李安然沒有再說什麼，只是擺手，讓這些夥計們都退出去了。

此時的氣氛，比起剛才又要融洽了幾分。紀師師便很適時地道：「時近正午，我訂了一桌春風樓上樓的席面，已經送到了，不如我們邊吃邊談。」

「很好。」靈州縣令笑道。

紀師師抬手拍了一下，自有丫鬟夥計們上來撤掉茶水，送上席面。

「師師聽說大人是北方人，春風樓上樓素以京菜拿手，想必還合大人口味吧？」席間，紀師師很自然的負責起了插科打諢、調節氣氛的角色，頻頻地勸酒，她本就長袖善舞，又慣知道官兒們的心態，幾句話下來，便將靈州縣令哄得高高興興滿面紅光。

同時，她也沒有忘記程彥博。

「說起來，師師與程老爺也是有緣人，當初程老爺還曾為師師一擲千金，可惜後來程老爺有了美嬌娘，便將師師拋到腦後去了。」

紀師師面如芙蓉，略帶幽怨之色。

靈州縣令笑道：「這事兒本縣也曾聽聞，當初程老弟可荒唐得很哟！」

本來程彥博對紀師師在場還有點介懷，唯恐自己的陳年舊事被拿出來取笑。不料紀師師竟然換了這樣一個說法，倒顯得是他年少輕狂，辜負了美人。這可比他癩蛤蟆想吃天鵝肉還沒吃成，聽起來要好得多了。

程彥博頓時得意起來，笑道：「年輕男子哪個不風流，只是師師姑娘得遇金主，早已非長柳巷中人，我等俗物就是心嚮往之，也不得其門而入咯。」

他本想順著紀師師的話頭，替自己再挽回更多顏面，沒想到紀師師卻臉色一板，換成了一副冷笑。

「程老爺風流薄倖倒也罷了，只是師師倒要問一句，我這李妹妹，當初也替程家盡心盡力，又替程老爺祖母送終守孝。程老爺另娶美嬌娘，將李妹妹逐出程家，當日刺史夫人曾說，李妹妹與程老爺並無夫妻名分，不過是一場空頭姻緣，散了便也散了。但事後，程家卻三番兩次刁難我李妹妹，這又是什麼道理？」

靈州縣令哦了一聲，好奇道：「還有這種事？」

紀師師怨道：「大人不知，當初我這李妹妹離開程家後，有無知村婦受了程老爺新夫人姚氏的指使，散播謠言，毀壞我李妹妹的名節，幸有知情人士闢謠，這才免去我李妹妹的風波。後來，李妹妹在這琉璃街開了店鋪，那姚氏又上門來鬧事，口口聲聲將我李妹妹貶為棄婦，幸而刺史夫人替李妹妹正名，恢復了清白身分。

「如此兩件，都是姚氏所為，李妹妹念在受過程老夫人十幾年的養育之恩，不願與程家為難，都輕輕放過，不曾與那姚氏對質。沒承想，程老爺居然又指使桑九娘來誣陷砸店。請大人評評理，程家如此三番兩次針對我李妹妹，哪次不是要她身敗名裂？師師與李妹妹互為知己，李妹妹心善，師師卻要打抱不平，今日非要向程老爺問個清楚明白不可！」

她唇舌如刀，一番話說得快而清晰，如珠玉砸落盤中，聲聲震耳，最後還將手中酒杯重重地頓在桌上，酒水四濺，氣氛一時僵硬。

程彥博沒想到前一刻還觥籌交錯，下一刻紀師師便突然發難，將他和姚舒蓉幹的事情都抖落出來，他看靈州縣令的臉色，果然又不善了。

「這、這都是誤會……」他有點口乾舌燥。

李安然幽幽道：「安然也有諸多不解，當初我在程家，蒙受程老夫人恩澤，即便最後離開程家，自問也不曾做過一件對不起程家的事，為何程老爺與程夫人對安然如此仇視，接二連三，恨不得將我除之後快。請問程老爺，我李安然到底哪裡得罪了程家？」

程彥博倒是想一口噴出數百個理由來駁倒對方，但是在紀師師和李安然同時發出的這一連串問話之下，他卻張口結舌，說不出個一二三。

到底是為什麼要跟李安然過不去呢？他突然也發現自己找不到一個很好的理由。

終於想起來一個。

「李姑娘當日開業，為自己正名也就罷了，卻把我程彥博弄成了大笑話，以至於靈州城中人人都取笑我是一個連老婆是誰都搞不清楚的蠢蛋！」

李安然呵地笑了一聲。「程老爺只管去打聽，當日一品天香開業，我並未請尊夫人到場，是尊夫人自己上門，進來便先口口聲聲稱呼我為棄婦。我一再忍讓，她卻得寸進尺，忍無可忍之下我才取出休書。從頭到尾，我不曾貶低過程老爺一句話，程老爺要責怪可責怪不到我頭上，只消回頭去問問尊夫人，到底是誰讓程老爺成為靈州城的大笑話！」

這番話，李安然說得義正言辭，胸腔之中有按捺不住的不平之氣。

程彥博被她一連串的字眼弄得啞口無言，看著李安然的面容，一絲怪異的情緒卻從心底破突發芽，冉冉而生起來。

李安然因激動而染上紅暈的雙頰，因義憤而亮晶晶的眼神，因不平而不住起伏的胸脯，處處細節匯集在一起，使得此時的她顯得既生氣又驕傲，既委屈又凌厲，柔弱和剛強在她身上交織。

程彥博忽然發現，這個女人，似乎也頗有姿色，完全顛覆了他腦海中那個其貌不揚、永遠像個影子一樣跟在程老夫人身後的丫頭片子的印象。

男人都逃不過一個賤字。

當初紀師師對他不屑一顧，他卻甘願像個哈巴狗跟在她屁股後頭；每次姚舒蓉對他橫眉冷眼的時候，他反而覺得她風情無限，總要上去揉搓求歡。

所謂女大十八變，李安然年幼時的確是姿色平平，但如今年紀略長，女人的風情反而全顯現出來了。十六歲的女人是一朵剛剛開放的花，二十歲的女人便是這朵花開得最熱烈的時候。再加上當初她不過是程家一個小丫頭，現在卻是堂堂一品天香的女東家，居移氣養移體，氣質自然大大不同。

有些男人就是喜歡帶刺的玫瑰，女人越是對他冷淡高傲，他便越是想去攀折採擷，程彥博就是這樣的男人。

他突然萌生出了一個荒唐的念頭——當初，是不是不必那麼乾脆地休掉李安然？

第四十九章　男人就是賤

「程老爺啞口無言，莫非是真的無言以對？」

程彥博半晌說不出話，紀師師便調侃了一句。

靈州縣令端著酒杯，笑咪咪道：「本縣今日做的便是和事佬，若是程老弟當真對李姑娘有所誤會，不如趁今天這個機會說個清楚，也好做了結。兩位都是本縣治下的商賈翹楚，總是以和為貴的好。」

李安然也道：「若是安然當真有什麼做得不對的，請程老爺明說，安然自當賠禮。」

所有人都目光炯炯地望著程彥博。

程彥博心念電轉，才發現自己確實沒什麼理由跟李安然過不去，要說誤會恩怨，也只有自己對不起人家，人家卻沒有對不起他。想來想去，無非就是姚舒蓉一直在他跟前挑唆，若不是姚舒蓉，他也不會一直幹這些蠢事。

正好這時候李安然又說道：「安然細想一番，覺得自己並無直接得罪程老爺的地方。想來是從前與程夫人有過幾次衝突，得罪了程夫人，程老爺難道是為夫人出氣嗎？」

靈州縣令挑眉道：「這就是程老弟的不是了，女人之間的事情，都是雞毛蒜皮狗屁倒灶，男人是做大事的，怎麼能糾纏到這些亂七八糟的小事上。怪不得程老弟最近頻出昏招，總是惹人笑話。」

程彥博正不知怎麼才能為自己正名，頓時借坡下驢，用力拍了一下桌子。「唉！怪我耳根子軟，都是家中賤人挑唆。大人說的對，我是昏了頭了，若非大人點撥，還當局者迷呢！」

靈州縣令笑起來，指了指他道：「總算是明白了，本縣早就疑惑，到底你程老弟和李姑娘有什麼仇怨，原來不過是輕信了婦人之言。好了，話說開就好，程老弟今後可不能再跟李姑娘過不去了啊。」

「那是當然，我與李姑娘還算是從小一起長大的，怎麼說都不應該有仇，反而有舊情才是嘛，論年紀，李姑娘還該叫我一聲大哥。」程彥博端著酒杯就朝李安然道：「來來來，從前都是大哥的不是，這杯酒就是做大哥的給妹子賠禮了，妹子若是肯原諒大哥，便飲了這杯。」

李安然和紀師師不無詫異地對視一眼。

這個程彥博，變起臉來，倒是比女人還快，怎麼沒說兩句，就叫起哥哥妹妹來了。不過李安然要的就是息事寧人，不管程彥博是出於什麼原因改變了態度，能夠從此不再跟她作對，她便樂得輕鬆了。

當下，李安然也端起酒杯。「既然程老爺都這麼說了，這杯酒便是和解酒，喝了這一杯，從前種種既往不咎，一笑泯恩仇。」

「好。」靈州縣令讚了一聲。

李安然和程彥博對了一杯，一飲而盡。

紀師師啪啪啪地拍起手，笑道：「好了好了，可算是了了一件心事。」她身體向程彥博的方向歪了歪，斜挑著眼睛。「我說程老爺，今兒可是你自己提這杯和解酒的，別回頭一見了你那千嬌百媚的夫人，兩句枕頭風一吹，又改了主意，再跟我們為難。」

「怎麼會呢！男子漢大丈夫，說出去的話潑出去的水，哪能反覆無常，那不是成了小人了嘛！」

馬尿下肚，所謂酒壯慫人膽，肚子裡熱烘烘的，程彥博的腦子也跟著熱烘烘起來。

李安然正在低頭吃菜，這一杯酒喝得有點急，上了臉，兩邊臉頰紅通通的，嘴唇上也是紅潤欲滴，像是抹了一層光潤的油脂。

她今日穿的衣服，很是正式，淺黃色灑金的襦裙，領口露出淺淺一抹肌膚。

程彥博的角度正好看到她側臉，微紅的耳根如同一顆粉色的珍珠，脖子上的肌膚白皙如玉。

咕咚一聲，他咽了一口口水。

沒想到呢，這個李安然，還真是越看越有味道。姚舒蓉雖然豔麗風情，但管他很嚴，兼之平時又牙尖嘴利，程彥博到底是個男人，有時候也有些厭煩。此時的李安然在他眼裡，便顯得分外可愛起來。

當時真不該休掉的，就是留著做小也不錯嘛——又一杯酒下肚，程彥博越發輕飄飄起來。

這後面的酒喝得就算賓主盡歡了，等到散席的時候，程彥博已經喝多了。李安然和紀師師送靈州縣令和他出去，靈州縣令自然是先走的，坐了縣衙的轎子，皂隸們簇擁著去了。

臨到程彥博的時候，他醉醺醺地一把攥住了李安然的胳膊，笑嘻嘻道：「哎呀我說妹子，從前實在是大哥誤會了妳，讓妳受委屈了。妳放心，回去我就教訓那婆娘，絕不讓她再跟妳為難。哈！妳是做生意的，我也是做生意的，往後我們多親近……」

他滿嘴的酒氣都噴到李安然臉上。

李安然皺著眉，對旁邊夥計使個眼色，夥計便聰明地上來，作勢扶住程彥博，將他從李安然身上拉開。

「程老爺喝多了，趕緊回去吧。」

李安然指著程家的長隨忠慶，讓他扶程彥博上馬車，終於將程家一行人也送走了。

目送著馬車離去的背影，紀師師道：「我只當妳今日勢必要狠狠地羞辱程彥博一番，沒想到妳如此大度，竟然真的只是喝了一頓和解酒。」

「程彥博這人，沒有大智慧，脾氣卻很是不小，若是我當真羞辱了他，這頓和解酒便喝不成了。與程家交惡，對我們並沒有好處，一品天香如今生意越來越興旺，銷量也是與日俱增，我們的原料很多都是從程家的香料行進貨的，若是與程家鬧翻了，他們切斷了供貨，那就得不償失了。」

兩人一邊說，一邊回到了樓上。

紀師師點點頭。「罷了，左右我們沒怎麼吃虧，只要程家從此息事寧人，不再跟我們過不去就好。從此大路朝天各走一邊，他們做他們的首富，我們開我們的店鋪。」

「就是這個意思，我只要不與程家再發生什麼瓜葛，太太平平就最好了。」李安然笑道。

「程彥博也罷了，到底妳跟他並沒什麼利益衝突，今日他當著縣令大人的面喝了和解酒，但那姚舒蓉卻未必肯輕易罷手。我冷眼看著，這個女人的報復心極重，她既然已經視妳為眼中釘，恐怕不會因為程彥博的態度改變就放過妳。」

李安然冷笑道：「姚舒蓉不過是仗著程家的勢力才能作威作福，她若是再敢玩什麼把戲，我也不會再跟她客氣。」

紀師師眼珠子一轉，輕笑道：「是了，妳如今可是有護國侯撐腰的人，怎麼可能還怕了她呢！」

李安然頓時羞惱。「妳又來取笑我！」

她作勢要打紀師師，紀師師左躲右閃，將她雙手抓住，格格笑道：「好妹妹，我不敢了，妳饒了我。」

李安然哼了一聲，這才放了手。

紀師師整理了一下衣裳，想起一事來，問道：「說起來，雲侯那日許了妳正妻之位，怎麼過後便沒動靜了？」

李安然沒好氣道：「他是宗室侯爺，怎麼會輕易娶個平民做正妻。說不定當日空口許諾，過後卻反悔起來了。」

自從那日在後花園被雲臻一親芳澤，李安然的一顆心早已亂了。只是那之後，雲臻卻再也沒有露面，都過好幾日了，這人彷彿突然間消失了，怪不得她患得患失。

這男人，到底是什麼意思？

且不說李安然對雲臻充滿了怨念，這廂程彥博滿身酒氣醉得人事不省，被下人送回家。

姚舒蓉叫住了忠慶問道：「怎麼回事？老爺怎麼喝成這樣？」

忠慶哈著腰道：「老爺去了一品天香，由縣令大人做證，老爺和李姑娘喝了和解酒，後來喝高興了，便喝得有點多。」

「和解酒？」姚舒蓉皺起眉頭。「他跟那賤人喝什麼和解酒……」

忠慶是跟著程彥博的人，是程彥博的心腹，自然不會告訴她酒席上程彥博把所有責任都推到她頭上的事，只是一味地裝傻。

姚舒蓉見問不出什麼，厭惡地擺手道：「算了算了，滾出去。」

忠慶忙退下了。

姚舒蓉進了屋子，春櫻正用濕帕子給程彥博擦臉，程彥博半醉半醒地抓住她的手按在胸口不住揉搓，傻笑道：「光擦有什麼用，熱得很，脫了去才好……」

「哎呀老爺你好壞……」春櫻聲音膩得跟蜜糖一般。

「哼！」姚舒蓉冷冷的一聲哼。

春櫻頓時臉色一變。

姚舒蓉抱著胳膊看著兩人，諷道：「真是閒情逸致，小蹄子乾脆脫了衣裳撲上去，何必還擦擦挨挨地矯情。」

春櫻聽出她話中的殺氣，哪裡還敢再留下，抽回手捂著臉就跑了出去。

程彥博正被揉得慾火上湧，猛然間她抽身走人，頓覺空落落的，仗著酒意竟不怕姚舒蓉，朝外喊道：「妳回來！」

春櫻自然是不敢回來，一跑便沒影了。

姚舒蓉上去一巴掌拍在程彥博胳膊上。「好你個程彥博，當著我的面勾引我身邊的丫頭，你還有沒有把我放在眼裡。」

程彥博滿臉酡紅，嬉笑道：「妳是我的眼珠子，那賤婢怎麼比得上妳。」一面又拖了她的手來按在自己胸腹上亂搓，一面自己的手便去撩她的裙子。

姚舒蓉將他的手胡亂推開，冷聲道：「喝了點馬尿就發騷，我來問你，今日你去跟那賤人見面，到底是個什麼情形？」

「賤人？哪個賤人？」程彥博醉得昏頭昏腦。

姚舒蓉鳳眼一瞪。「你說哪個！」

程彥博慢半拍才想起是李安然，皺眉道：「別一口一個賤人的，說到底人家哪裡得罪妳了，總是不依不饒，莫名其妙。」說話間，他嫌身上燥熱，將胸口的衣裳胡亂扯開，露出白花花的胸脯，兩手還要去解礙事的褲帶，又覺得口渴，吧唧著嘴道：「給我拿水來。」

姚舒蓉張大著眼睛，像是不認識他一樣。「你說什麼?你在為那賤人說話?!」

程彥博口渴得厲害，見她一味地說事，卻不為他拿水，一股煩躁之火從胸腹間升上來，不耐煩地道：「跟妳說了，別再叫她賤人。我今兒已經跟她一笑泯恩仇，人家還叫我一聲大哥，妳再賤人賤人的叫，小心我抽妳啊！」

其實李安然何曾叫過他大哥，一直都是喊他程老爺的，只不過他自我感覺良好，以為今日這頓酒喝完便是人家的大哥了，又因為腦子裡一直盤繞著李安然滿臉生霞低頭垂頸的風情，對於姚舒蓉便有些不耐煩。

姚舒蓉自跟了他，還沒有受過一句重話，此時竟然聽到他維護李安然，還說要抽她，不由又驚又怒。

「你說什麼，抽我？你抽一個試試！」

往日她一橫眉冷眼，程彥博最愛她眼角上挑的凌厲風姿，今日卻是怎麼看怎麼不舒服。

「妳少跟我擺威風，老子才是一家之主，妳這婆娘一天到晚騎在老子頭上，還真當自己是個人物了！」

「你！」姚舒蓉氣得站了起來，指著他的鼻子。「你吃了熊心豹子膽了，敢這麼跟我說話！」

「我有什麼不敢的！」程彥博也怒了，從榻上一滾而起，一把拍開她的手。

姚舒蓉只覺胳膊吃痛，心中的衝擊卻比疼痛更大。

「你敢打我！」

她盛怒之下，張開雙手便朝他臉上摑去，染著鮮紅色蔻丹的十個指甲尖利無比。

程彥博只覺臉上一痛，竟是被她的指甲抓出了幾道血痕，頓時邪火上湧，抬手一巴掌揙了下去。

「啪！」

清脆的一聲，震得兩個人都呆了一呆。

回過神的姚舒蓉，淒厲地尖叫起來，如潑婦一般撲上去。這一刻，什麼風情，什麼媚態，在她身上都消失了。

程彥博也對自己打了姚舒蓉感到十分震驚，但見姚舒蓉不要命地撲上來，嚇得連連後退，被羅漢床的床腿絆了一下，一屁股坐倒在地上。下一刻姚舒蓉的爪子便如雨點一般落在他臉上身上，她又是哭、又是叫恍如發瘋。

「哎呀，好了好了！」

被撓了好幾下的程彥博也發狂起來，抓住她的肩膀狠命往旁邊一摜，姚舒蓉滾到一旁，肩頭撞到羅漢床，發出砰一聲大響。

程彥博跳起來，衣裳也破了，頭髮也散了，臉上胸膛上胳膊上都火辣辣地痛，再看姚舒蓉，髮髻散亂，衣裳不整，滿臉的猙獰，哪還有什麼豔麗風姿可言。

「瘋婆子！」他厭惡地罵了一聲，往地上啐了一口，扭頭就出了屋子。

剛下到院子，忠慶便火燒火燎地跑來，喊著：「老爺不好了！」

「老爺何止不好，老爺要殺人！」程彥博不悅吼道。

忠慶煞住腳步，瞪著眼睛道：「老爺你怎麼了，誰把你弄成這個樣子？」

程彥博煩躁不已。「別提那瘋女人。你怎麼回事？」

忠慶忙道：「家裡幾個大掌櫃都跑來告狀，說是夫人胡亂插手生意，又總在櫃上拿錢，好幾個鋪子都虧了本，掌櫃們都嚷嚷著說不幹了。」

程彥博稍有緩解的怒火，頓時噌一下又升騰起來。

「這個敗家娘兒們，非攪得我雞犬不寧才甘心不成！」

他罵罵咧咧地就往前奔，連衣裳也不去整理。

忠慶剛要跟過去，就聽見身後屋子裡瓷器砸碎在地上的聲音，噼哩啪啦好不熱鬧，又彷彿聽到春櫻在安慰姚舒蓉。

他抬頭看了看天，今兒的太陽難道是打西邊出來的？老爺突然變得這麼爺兒們，居然敢跟夫人幹架，掌櫃們又集體跑來告狀，這家裡是要亂套了啊？

第五十章　手鐲

李安然自然不會想到，因為一場和解酒，竟點燃了程彥博和姚舒蓉之間的矛盾之火。

她此時正在接待裴清。

「自打知道事情真相之後，家母便一直自責。當初她是受了程家的蒙蔽和愚弄，誤會了姑娘，才會說出令姑娘難堪的話。又說萬幸有那貨郎替姑娘正名，否則若姑娘真的閨譽受損，便是家母的罪過了。」

裴清面前放著一杯茶，卻一口也沒喝，只是誠懇地向李安然解釋著。

「在下知道事情原委後，也已勸說了家母。家母原打算親自來登門賠禮，又怕姑娘還埋怨著她，不願見她。在下不忍見家母煩憂，才冒昧地上門，代母賠罪。」

他站起身來，向李安然深施一禮。「還望姑娘原諒家母一時糊塗。」

李安然趕忙站起來，側身避讓。

「先生言重了，既然三叔婆是受了程家的蒙蔽，不知者不罪，安然自不會怨恨三叔婆。況且當日貨郎替安然正名，謠言止於智者，安然並沒有受到太大損害，請先生轉告三叔婆，無須再為此事介懷。」

當初，她的確是對三叔婆有所厭惡的。三叔婆的名聲歷來不好，至於說受了程家蒙蔽，或許也是事實，但若非她本人好散播是非，程家又怎會找上她？只是一來當日借貨郎之口，已經讓三叔婆丟臉出醜；二來事過境遷，沒必要一直記恨著。如今，李墨又在篤行學院讀書，跟三叔婆鬧僵了反而不好。衝著裴清的面子，李安然大度一些，將此事揭過，給人留個好印象，也是大家都有益的事。

裴清見她語言真誠，便感激道：「多謝姑娘。」

李安然抬手示意。「先生請坐。」

裴清坐下來，掏出一方絲帕，裡面包著一樣物件，放到李安然面前的桌上。

「這是家母託我轉交的一點心意，姑娘請權當賠禮收下。」

李安然微感詫異，三叔婆那人最是貪財吝嗇的，怎麼還會送她東西。

她拉開絲帕一角，看清裡面的物件，不由心中一愣，繼而便是一沈。

絲帕中包的，竟然是一只鎏金鐲子。

若是別的，李安然收下也沒什麼，但是這鐲子卻不是隨便可以收的。

在大乾朝，送女子鐲子有這麼幾種情形：長輩所賜，閨友相贈，親人送禮，這三樣都很正常。唯有一樣情形特殊，那就是外家的男子送女子鐲子，這可不是普通的送禮意思。

乾朝婚嫁，聘禮之中必有一對鐲子不可少，富貴些的可用寶石、玉料，尋常些的便是純金，鎏金雖然低價些，卻也使得。

裴清說這鐲子是三叔婆送她的，便很是蹊蹺。一來，三叔婆雖算長輩，與李安然卻不親近，沒必要送禮；二來，就算是賠禮，也不必送鐲子，儘管送別的東西。她聯想到前些日子，那個莫名其妙的媒婆劉蘭嬸，再看眼前，鐲子是裴清的手遞給她的，李安然如何還能不知道，這正是裴清的試探之意。

若她收下了，便代表她對裴家求娶之意是接收的，那麼裴清便大可光明正大地請媒婆再次上門了。

她雖然對裴清觀感不錯，但卻沒有半分的男女之情，當下便將絲帕蓋回去，輕輕地往前推了一點。

「如此重禮，安然不敢收受。心意已領，請先生收回禮物，替我向三叔婆道謝。」

裴清目一閃。「姑娘是還不肯原諒家母？」

「先生切莫誤會，安然從未對三叔婆有所埋怨，先生方才又言辭懇切解釋得清楚明白。安然只想著，這件事不過是小誤會，大家如今都是街坊，話說開便是，不必禮物往來如此隆重。」李安然道。

裴清自然已感覺到她這是委婉的拒絕，卻還不死心。「姑娘既然肯原諒家母，便請收下這禮物，如此在下回去也好向家母交代。」

「的確是不必了。」李安然婉拒。

「莫非姑娘嫌禮物輕薄？」裴清仍不肯放棄。

「絕無此意，正是因為這禮物太過貴重，安然才不敢收下。」

這鎏金鐲子雖比不上純金，但也要費上一點銀子，當然裴清也知道，以李安然的身家，肯定也不會把鎏金的首飾當做貴重物品。她拒絕之意如此明顯，其中的意思，已經表達得很清晰了。

裴清心中失望，沈默了一會兒，終究還是輕聲道：「姑娘冰雪聰明，必已看出在下好逑之意，如此拒絕，可是覺得在下心意不誠？」

李安然嘆了一口氣。

對方都已經把話說到這分上了，她也不好再繼續裝糊塗。「不瞞先生，如今家中義子尚幼，店鋪生意正值擴張，安然俗事纏身，暫不做婚姻之念，先生美意，只有辜負了。」

裴清滿臉都是失望。身為秀才，他有自己的驕傲和矜持，能夠把話說到這種程度，已經是盡了極大的努力，結果卻還遭到拒絕，心中自然有不小的失落。但到底，他也不可能再糾纏下去。

「那麼，在下告辭了。」

裴清將包著鐲子的帕子重新揣入懷中，換了一副淡淡的面孔，站起身來。

李安然也跟著站起。「先生慢走。」

裴清剛邁出正廳的門檻，青柳領著一個青衣小帽的男子進來，那男子手裡捧著一個精巧的檀木盒子。路過裴清之時，青柳匆匆向他行個禮。

「小姐，侯爺打發人送了東西過來。」

小丫頭聲音清脆入耳，裴清聽到「侯爺」二字，立刻就想到是護國侯雲臻，不由放慢了腳步。

李安然微露詫異之色。

那青衣小帽的男子正是護國侯府的下人，他躬身說道：「小人奉侯爺之命，將這件禮物送予小姐。侯爺說，近日事務纏身，不能來看望小姐，還請小姐稍安勿躁，耐心等待一段時日，等事情一了，侯爺便會給小姐一個交代。」

這話聽著有點沒頭尾，但李安然卻明白所謂「交代」的含義。

原本因他遲遲不露面而微有焦躁埋怨的情緒，已隨著這番話有所緩和。李安然接過檀木盒子，打開一看。

青柳呀地叫了一聲，羨慕地道：「好漂亮的鐲子！」

已經走到院子裡的裴清，回過頭來，見正廳之中，李安然正從盒子裡取出一只翡翠鐲子。

常見的翡翠多是綠色，或有藍色、紫色，若水頭好，那也是翡翠中的珍品。而李安然手上這只翡翠鐲子，竟同時擁有黃綠藍紫四個顏色，四色相間相繞、相輔相成，明媚的光線下，那鐲子呈半透明狀態，隨著李安然的手腕翻轉，水汪汪的鐲子彷彿有生命，流光溢彩。

行話稱這樣的翡翠為福祿壽喜，雖說帝王綠是翡翠中的第一等，但福祿壽喜四色極為難得，尤其這只鐲子水頭還如此長，絕對是翡翠中的極品了。

那侯府的下人又道：「這對鐲子是侯爺精心挑選的，手藝出自京城蘊寶齋的當家老師傅，別的倒也罷了，只這福祿壽喜四色齊全的十分難得。」

黃金有價玉無價，這鐲子本身的價值固然十分昂貴，但更令李安然動容的，是雲臻的這片心意。

他送來一對鐲子，其中的深意，不言自明。

李安然將鐲子放回盒中，不經意間臉上已經染上了兩片紅暈。

「替我轉告你家侯爺，就說他的心意，我已經收到了。」

青柳在旁邊捂著嘴笑，小丫頭雖然很多事情還不懂，但男子送女子一對鐲子，這個意思她還是知道的。

她趴在李安然的耳邊促狹地輕聲道：「小姐這回總算放心了吧。」

李安然佯怒地瞥她一眼，用指頭戳了一下她的腦門，眼中的喜意卻怎麼也遮掩不住。

「哼！」裴清冷冷地扭過頭，摸著懷中的鎏金鐲子，手指漸漸用力，心卻不斷地往下沈。

什麼沒有婚姻之念，什麼禮物貴重不敢接受，都是謊言罷了！原來劉蘭嬸說的不錯，她果然早已跟護國侯有了私情。

裴清越想越是氣悶，臉上火辣辣的，羞憤不已。他再也不願在這李宅待著，飛快地衝出大門，頭也不回地跑掉了。

第五十一章　天子

護國侯府，外書房。

做為這座府邸的主人，無論何時何地，雲臻都是絕對的主導者，從來都只有他坐著，別人站著的分兒。然而此時，他卻一改常態，竟沒有坐在主位上，而是坐在下首的第一位。

主位上坐著的，是一個紫黑袍服的中年男子，臉型五官與雲臻略有一點相似，眉目雖不如雲臻英俊，卻更有一股雍容上位的風範，不過是簡簡單單地坐在那裡，便有種雄視天下的磅礴氣勢。只是這男子氣魄雖雄偉，臉上卻有一絲似乎剛經歷過風塵僕僕的疲憊之色。

「臣弟沒想到，陛下竟然真的離京。」雲臻看著這男子，眼中有一絲欽佩。

男子微微一笑。「事關子嗣，豈敢不來。朕已過而立之年，這說不定是朕的長子，事關皇室命脈，天大的事情也只能拋在一旁了。」

他嗓音較雲臻更顯雄渾，說話之時聲音震動如有共鳴，盡顯雄主之態。

雲臻也笑了起來。「陛下輕裝簡行，三日之間遠赴千里，從京城直達靈州，恐怕這會兒京裡都還沒發現吧？」

男子摸了摸鼻子，哂笑道：「朕讓內侍對外稱病，總要病個七、八日才能見人。」

兩人對視一眼，都感到荒唐，哈哈地笑起來。

這個男子，正是雲臻的堂兄，當今的皇帝——雲昊。

雲昊本是先帝長子，先帝崩殂之後，京內黨爭厲害，帝位空懸三年，終於去年臘月塵埃落定。大皇子雲昊坐穩帝位，清洗了一批官員，朝廷勢力也是發生了翻天覆地的變化。這其中，護國侯雲臻也是出了很大的力氣。

「朕能坐上這個皇帝的位置，你出力最多，論功行賞，一個親王總是跑不掉。可惜護國侯府一脈，歷代忠貞，永不封王，你也是急流勇退，朕剛坐上龍位，你便急不可待地跑回靈州。若非這次朕親自來，你恐怕一輩子都不肯再來京城了吧？」

「陛下是知道臣弟的，朝廷政務千頭萬緒，做京官的禮儀束縛又多得很，臣弟不羈慣了，若是留在京都，非得憋死不可，還不如在靈州做個土霸王，逍遙自在。」雲臻道。

皇帝雲昊用手指點了點，笑罵。「你呀，從小到大都是飛揚跳脫的性子，這些年外面看著沈穩了，卻又得了個面黑心冷的評語，怪不得到現在還沒成家。」

雲臻面無表情道：「陛下這次來，難不成是來給臣弟解決終身大事的？」

「我才沒這個閒工夫呢。」

隨著雲昊的自稱從「朕」變成「我」，兩兄弟之間的氣氛也變得越發融洽輕鬆。

雲臻喝了一口茶，悠悠開口道：「我倒是要佩服陛下，如今京中朝政一新，選秀又如火如荼，陛下正該是眼花繚亂抱得美人歸的時候，竟然捨得將朝政和美人都一起扔下，跑到靈州來。」

雲昊苦笑道：「美人哪有兒子重要。再說，我選秀，還不是為了生兒子。你看看我宮裡，那麼多個女人，竟然都是不下蛋的母雞。」

這話粗得跟市井俚語一般，雲臻差點一口茶噴出來。

「陛下，你好歹是皇帝，講點體統成不成？」

雲昊大手一擺。「宮裡講體統，朝堂上講體統，自家兄弟面前，還講個屁體統。」

雲氏一脈骨子裡都流淌著放肆叛逆的血液，在雲臻身上表現為腹黑陰沈，在皇帝雲昊身上卻表現得像個活土匪。

「行了，玩笑話也開過了，朕日夜兼程趕來不能待太久，那個叫李墨的孩子，現在在哪裡？」雲昊終究是把話題繞到了正題上。

雲臻的神色也變得鄭重起來。「陛下，醜話說在前頭。陛下這次帶來了兩位太醫，自然能夠驗明血脈。雖然那孩子我、雲璐和太后已經見過了，都覺得與陛下有八、九分的相似，但終究不是十足的把握，若他當真不是陛下的孩子……」

他沒有再說下去，雲昊的臉色卻已經一下子變得陰沈慘白。

屋中一時氣氛沈重，幾乎令人透不過氣來。

最終，皇帝雲昊長嘆一聲。

「罷了，若那李墨當真不是朕的孩子，朕也不會怪罪於你。」他仰天閉上雙眼。「那是老天判我殺孽太重，要絕我子嗣。」

他的聲音之中充滿了悵然和蕭瑟。

雲臻不由道：「即便不是，陛下也不必灰心，宮中妃嬪眾多，本次選秀多有年輕體健的，總能誕下皇子。」

雲昊卻搖頭道：「當初奪嫡之爭何等凶險，朕幾次死裡逃生，這具身體也是歷經磨難，如今早已虧了元氣，太醫院雖然勉力調理，人終究力有時窮，天若不允我子嗣，又能奈何。奪嫡之爭，難免殺戮，兄弟相殘，終究是我罪孽太重了。」

雲臻也不得不沈默下來。

三年黨爭，他親身經歷，哪朝哪代都沒有出現過帝位空懸這麼久的事情，可見鬥爭之波詭雲譎，不到最後一刻誰也不知道勝利屬於何方。

這樣的鬥爭，不僅僅關係到奪嫡者本身，更是牽扯到他身邊的所有人，包括妻子、兒女。若非如此，雲昊又怎會出現親子失落民間，內宮至今只有兩位公主的局面。

雲臻不願見他沈浸到這樣悲觀的情緒中，便說道：「那李墨如今被一平民女子收養，認作義子。那女子與雲璐頗有淵源，陛下若要鑑定其血脈，臣弟可以雲璐之名，將孩子帶入府中。」

「若能不動聲色，自然最好。」雲昊道。

正說話間，外頭有人叩門，兩人便停下對話。

孟小童進來。「皇上，侯爺，刺史夫人楊常氏來了。」

雲昊先是挑眉，繼而又皺眉。

他此行離京趕赴靈州，行動極其隱秘，今日清晨才進了護國侯府的大門，按理不該有任何人知道他的行蹤，怎麼刺史夫人竟會突然上門，難道是他的行蹤被洩漏了？可也不對，若當真洩漏了，該來拜見的也是楊刺史，怎麼會是刺史夫人？

雲臻自然知道他的疑惑，便問道：「楊夫人可說了來意？」

「楊夫人帶了楊小姐，請求拜見太后。」孟小童回道。

雲昊這才釋然。「原來如此。」

「太后來靈州已將近十日，雖然並未聲張，但少不得也曾在外露面，楊刺史曾做過京官，面過聖也見過太后，大概是知道太后在府內的消息了。只是外臣未奉召，不得拜見內宮，想來這才讓楊夫人先過來拜見。」雲臻道。

雲昊點頭。「如此說來，也算合理。既如此，讓太后接見便是，朕的行蹤不得洩漏。」

雲臻朝孟小童擺擺手，孟小童便去了。

太后正是此前來到護國侯府的那位老夫人。

整件事情還得從清明之前說起。

正月裡雲臻第一次見到李墨，就發現他的相貌與當今皇帝雲昊有幾分相似。當今登基之前奪嫡之爭十分凶險，其中有許多不為人知的內幕，如當初先帝駕崩前，還只是大皇子的雲昊府中曾誕下一子，卻在出生當夜便失蹤，幾乎將整個京城翻過來都沒有找到。失子之痛在登基之後，隨著內宮無子，成為雲昊最大的一樁心病。

雲臻是知道這件事情的，所以在看到李墨的時候才大為震驚，懷疑這就是失蹤了的皇子。尤其在雲璐對李安然旁敲側擊，知道李墨身上有一塊胎記之後，更是增加了幾分猜測。

雲氏一族的男子，每一個身上都有一塊黑斑胎記，雲臻有，皇帝雲昊同樣也有，而李墨身上竟然也有，這讓深知皇子對當今和內宮重要性的雲臻大膽地做出決定，派孟小童入京，向皇帝稟報了這件事情。

果然皇帝和太后都非常重視，只是此事沒有定論，還只是懷疑。

一來今日的內宮不比當初的皇子府，群妃無子造成的是中宮無主的局面，若失蹤的皇子突然找回，必然影響內宮局勢；二來，事關皇家命脈，甚至關係到當初的奪嫡內幕，更加不宜張揚。因此在皇帝不能輕易離京的情況下，才會由太后先到靈州打前哨。

而那日太后與李墨在小巷中相遇，本來就不是巧合。在親眼見過李墨的相貌之後，太后也認為有八、九分的把握，這才又派人回京，告知皇帝雲昊。

連太后都覺得李墨有可能是失蹤了的皇嗣，雲昊越發慎重對待，終於親自帶著太醫秘密出京，務必要驗明李墨的血脈。

至於太后，在護國侯府已經待了將近十日，雖然也是深居簡出，但到底沒有不透風的牆，更所謂勛貴之家無秘密，偌大的護國侯府，總會露出一點蛛絲馬跡。

況且刺史府楊常氏本就因楊燕甯之故，對護國侯府格外留心，如此難免看出一點端倪，猜到恐怕是太后來到了靈州。

只是他們摸不準太后此行的目的，又見護國侯府絲毫沒有聲張，便也猜測恐怕太后是不願人知道的。所以最終只是楊常氏帶著楊燕甯，輕裝簡行地過來，提出拜見。

至於皇帝雲昊的行蹤，至今只有雲臻、雲璐以及幾個親信知道，府中的其餘下人都不知道最近來到府裡的貴氣男子，竟然是當今的皇帝。

當下，太后在內院接見了楊常氏和楊燕甯。

「臣妻楊常氏，攜女楊燕甯，拜見太后千歲。」

楊常氏和楊燕甯一進屋子便跪倒在地，大禮參拜。

她們母女今日來也沒有帶很多人，進屋的時候，更是將所有下人都留在了外面。

「起來吧。」

太后倒是十分慈藹，並沒有讓她們跪太久。

楊常氏和楊燕甯起身之後，也不敢立刻抬頭，只是垂首束手而立。

太后坐在主位上，身邊只有一個嬤嬤。

「刺史夫人好靈通的耳目，哀家此次來靈州，並未聲張招搖，竟然也被妳等知曉了。」

太后的語速不快，但話裡話外卻很有敲打之意。

楊常氏本來就繃著神經，知道這是太后在質疑她的消息來源，忙跪下答道：「太后恕罪，臣婦不敢窺探太后行蹤。只是臣婦外子曾是京官，有幸拜見過太后聖顏，太后曾在靈州街頭出現，外子不意見到，驚疑莫名，並不敢擅自揣測太后身分。只是臣婦想著，若當真是太后來到靈州，我等若不知情便也罷了，可已然知曉卻還不來拜見，便是大大的不敬，所以臣婦才斗膽前來，但請太后明察，臣婦此來，只說是攜女拜訪雲大小姐，除臣婦和小女之外，無一人知道實情。」

在她跪下的同時，楊燕甯也一同跪下。

不過楊常氏答話的時候誠惶誠恐，楊燕甯則貌似敬畏，卻並沒有真的害怕，其間還偷偷地用眼角往上飛快地掠了一眼。

楊常氏一番剖白之後，並未立刻聽到回答，母女兩個也不敢起身，只有繼續跪著。

良久，才聽到頭頂傳來輕輕的一聲嘆息。

「罷了，起來吧。」

母女兩個暗暗鬆一口氣，這才重新站起。

「哀家聽說楊刺史牧守靈州，勤儉愛民，忠於職守，風評很是不錯，想來也是楊夫人輔佐有方，賜座。」

楊常氏和楊燕甯這才在下面的椅子上坐了，立即有丫鬟從角落裡出來，為楊氏母女上了茶水。

楊常氏小心地對太后道：「臣婦貿然拜見，因靈州風土與京中不同，不知太后是否安泰？」

「難為妳記掛，哀家一切都好。」太后看了看楊常氏，又看了看楊燕甯，笑道：「楊小姐生得好相貌。」

楊常氏心中一喜，忙對楊燕甯示意，楊燕甯便離開座位，再次跪倒。

「臣女楊燕甯，得見太后聖顏，不勝榮光欣喜，請太后再受臣女大禮。」說著，大禮參拜下去。

太后笑道：「進退有度，大方端莊，楊夫人養女有方。」她微微抬手。「起來吧。」

楊燕甯這才起身，微微抬眼，看了一下太后，臉上飛起兩朵紅雲，她容貌本就十分美麗，如此神態，更顯得惹人憐愛。

「今日臣婦拜見太后，本不該帶小女前來。只是小女原是要參加今年選秀的，卻因故耽擱了行程，錯失了選秀資格，也錯失了拜見太后的機會。臣婦私心想著，若能讓她見一見太后聖顏，聆聽太后的教誨，是她前世修來的福氣，這才斗膽帶了她過來。」楊常氏道。

「哦？」太后挑眉，微微詫異。「這麼說，我本該在京中見到這孩子的？怎麼沒去成？」

楊常氏便把秀女啟程之日，楊燕甯意外落水，後來臥病在床無法入京，故而上奏取消了資格的事情說給了太后知曉。

太后點點頭，看著楊燕甯道：「可惜了，這孩子容貌實在出眾，觀其神采氣質，腹內必然也是詩書錦繡，不能入我皇家，是皇帝的損失。」

楊常氏和楊燕甯忙起身。「太后讚譽，愧不敢當。」

太后擺擺手，讓她們落座。

楊常氏故做不經意狀道：「說來這孩子也不算無福，那日落水，本來臣婦嚇得三魂六魄都去了一半，幸而護國侯出手相救，否則這孩子如今還不知能不能站在這裡聆聽太后教誨呢。」

「母親……」楊燕甯拉了一下楊常氏的袖子，低聲微嗔，滿臉都是羞澀之意。

太后頓時心中一動。

怎麼說到雲臻，這楊小姐突然害羞起來了，莫非……

第五十二章　機關算盡

今日楊常氏之所以帶著楊燕甯過來，一來自然是打探太后來靈州的目的，二來卻是為了成全楊燕甯的心願。

雖說清明那日在蒼耳山，雲臻對李安然表現出的特別，令楊家上下都很失望不滿，但回府之後，楊燕甯很是不甘。李安然不過是一介平民，即便雲臻一時對她動了心思，以她的身分，也做不得護國侯的正妻，就算雲臻願意接她進府，頂多不過是個妾室罷了，護國侯的正妻，始終得是門當戶對的女子擔當。

只是刺史府與護國侯府一向沒太多交往，她空有一番壯志，卻無處著手，更不知該如何才能與雲臻拉近關係。還是楊常氏替女兒出的主意，婚姻之事，素來都是父母之命，原先是因護國侯府沒有長輩，不便行此套路，如今既然太后來了，從太后著手，討得太后喜歡，若能由太后作主許配給雲侯，必然就是水到渠成了。

如此，才有了楊氏母女今日之行。

楊常氏向太后道了半天的安，又暗暗地試探，太后卻只說是在宮裡待悶了，出來走走，因惦記著姪女雲璐才來靈州，且得小住一段時間。

楊常氏再道：「說來雲大小姐的婚事也是坎坷，老忠靖侯據說至今仍對這樁姻緣有抵觸。」

太后嘆氣。「他們兩家結了兩代的仇怨，忠靖侯心中有怨言，也是人之常情。不過既然哀家來了，自然不會放手不管。」

楊常氏便笑道：「有太后作主，這一對小兒女自然便沒什麼好擔憂的了。」她頓了頓，又像是順便提及。「說來雲侯也年過二十了，怎麼竟還未論及婚嫁？」

太后眼神從她臉上一過，順帶瞥了楊燕甯一眼。

楊常氏和楊燕甯便同時覺得，母女倆的心思，都被這一眼給看得透透的了。

「雲臻啊……」太后拖長了聲音，臉上出現一絲笑意。「說來也是國事所累，他三年前入京，一直忙於政務，婚事便被耽擱了，哀家這次來靈州，也有意替他尋一門好婚姻。」

她側了側身，對楊常氏笑道：「只是哀家常年居於深宮，京中的閨秀們倒是熟知的，卻不知這靈州可有適齡的待嫁閨秀。刺史夫人是個『地頭蛇』，正好替哀家參謀參謀。」

楊常氏只覺心頭怦怦跳，太后這話似乎別有深意，莫非已經看出她們母女此行的用意，有意成全？

她到底還是謹慎，小心地試探著。

「太后說笑了，今年皇上選秀，靈州城中的適齡女子都入了京，便是有落選歸家的，也總要到夏日裡才有結果。如今靈州城中，可少有合適的女孩兒家呢，除了……」她瞥了一眼自己女兒楊燕甯，欲言又止。

這樣的表現，已經是再明顯不過了。

靈州城中，有點身分的女孩兒都入京去了，剩下能夠配得上護國侯的，可不就是只有她女兒楊燕甯一人。太后若真的有意成全，應該看得出她的意思。
孰料太后卻像是沒看見她的眼神，只淡淡道：「所謂高門嫁女，低門娶妻，護國侯的妻子，倒也不一定要出自高門大戶，歷代護國侯夫人，也沒有出身太過顯赫的。小家碧玉，若有賢良淑德之人，也大可婚配。」
楊常氏微微一愣。
楊燕甯也是心中一沈。
太后這是什麼意思？
楊常氏心有不甘，正要再說得明確一些，雲璐卻帶著丫鬟、嬤嬤們過來了。
「楊夫人和楊小姐可是稀客，我來遲了，真是失禮。」雲璐同楊氏母女打完招呼，便坐到了太后身邊，笑道：「太后姑姑方才在說什麼，這樣熱鬧？」
太后笑道：「正說著妳哥哥的婚事呢，老大不小的人了，也不著急。眼看著妳說給了趙家，在府裡也待不了多長時日了，妳一走，家裡連個女主人也沒有，可不像話。」
雲璐笑起來。「姑姑說的對極了，原來是家裡沒有長輩，沒人替哥哥操持，如今有姑姑在，姑姑且趕快尋個合適的女孩子，替哥哥娶進來吧。」
太后便問道：「妳看這靈州城中，可有好的？」
雲璐有意無意地朝楊燕甯臉上瞥了一眼。
楊燕甯面上沒動靜，袖子底下的纖手卻微微一緊。
雲璐輕笑了一聲。「我覺得好的，未必哥哥也覺得好。姑姑也知道，哥哥的主意大，若不是他自己看中的，誰也做不得主。」

「這是大實話。」太后攤開手。「如此說來，非得先問過妳哥哥的意思不可了。」

她們姑姪說話親熱，言語之間毫無隔閡，楊氏母女連話也插不進去。

楊常氏只覺雲璐的話也很有深意，似乎是刻意說給她們母女聽的。

而此時，楊燕甯終於抓住一個空子，趁著太后和雲璐說話的間隙，笑道：「燕寧聽聞，雲大小姐素愛花草，護國侯府的花園子修建佈置得十分精巧美妙，不知燕甯是否有幸可以一觀？」

「難得楊小姐有興致，有何不可，只是我如今的身子不大方便遊園，卻是不能相陪了。」雲璐微笑道。

「日前父親提起，我們府裡的花園子也得修繕了，我自告奮勇領了這差事。只是我年輕識淺，怕做得不好，想起貴府的花園子很是受人讚譽，所以才想著借鑑一番，若勞動大小姐陪伴，必要教大小姐受累，只請大小姐派個人替我領路便可。」楊燕甯道。

母女連心，楊常氏一下子就猜到了楊燕甯的心思，故意嗔怪道：「妳這妮子，哪有這會兒參觀人家花園子的，也太過冒昧了。」

「不妨事。」雲璐微笑，回頭道：「紅歌，妳替我陪著楊小姐。」

「是。」紅歌應了。

楊燕甯便起身，暫且告退。

屋內人又說了幾句閒話後，雲璐便道：「花廳裡無聊，我前日得了幾幅杭繡，聽說是已經失傳的金針雙面繡，正好楊夫人來了，楊夫人見聞廣博，不如替我鑑定一番。」

「金針雙面繡是前朝的貢繡，獨門絕技，從不外傳，但據說傳人死於戰亂中，本朝還未曾出現過。大小姐若真得了這雙面繡，我倒是很想開開眼。」楊常氏喜道。

「那麼姑姑、楊夫人，一同去我的繡樓坐坐吧。」雲璐大方邀道。

「甚好。」太后點頭。

大家便一同起身，往後院繡樓去了。

那繡樓跟花園只有一牆之隔，依著地形而建，地基比府中其他房屋都要高一些，上下兩層的小樓，採光極佳，通透亮堂。

雲璐請楊常氏留在一樓，叫丫鬟們取了繡品過來，讓楊常氏鑑賞；另一面，卻請太后上了二樓，在窗邊設了座位擺了茶，窗戶洞開。

太后坐了下來，往窗外一看，便笑道：「妳這鬼靈精，我就說怎麼無緣無故叫我們到妳這繡樓來。」

原來窗外便是花園子，坐在二樓能夠很清楚地俯瞰整個花園的景色，包括園中的行人也都看得一清二楚。而從花園往樓上看，一來有樹冠遮蔽，二來高低之下，距離較遠，並不會發現樓上有人。

雲璐輕聲道：「那楊小姐對哥哥有意，貿然去了花園，必有用心。姑姑既然要替哥哥張羅婚事，便請姑姑看看這楊小姐，可堪匹配。」

太后輕輕拍了拍她已經明顯隆起的肚皮。「大著個肚子，還操這麼多心，趕緊下樓去，別讓人家看出妳的拙計來。」

雲璐捂嘴一笑，帶著丫鬟下樓，與楊常氏探討起金針雙面繡來。

留在二樓的太后則往窗外觀望，沒多時，果然看到了東北角上沿著石子路緩緩而行的楊燕甯和紅歌。

紅歌正指著花園中的某一處同楊燕甯說話，楊燕甯也煞有介事地點頭評論。

兩人身後還跟著楊燕甯的小丫頭，百無聊賴地四處張望。

楊燕甯回頭對那小丫頭說了句什麼，大約是讓她不必跟著自去玩之類的話，小丫頭便露出喜色，朝她福了一福，歡天喜地地跑走了。

只是太后在樓上看得清楚，那小丫頭跑出去一小段路，從紅歌、楊燕甯的角度看不見了，便立刻放慢了腳步，一面走一面四處張望，很有些鬼祟之意。

她笑了一笑，回頭見桌上晾著茶，便端過來喝了一口，溫溫的正好。

等放下茶碗，再往窗外看去，楊燕甯和紅歌仍舊在慢慢地參觀花園，另一頭，與她們隔著老遠的西邊月亮門裡，卻走進來兩名男子，一般的高度。

正是皇帝雲昊和護國侯雲臻。

太后微微一哂，這楊燕甯倒是好運氣，不用自己去尋，正主兒便自己過來了。

楊家的小丫鬟在園中穿梭張望，沒多久也發現了雲臻二人，她沒露面，只悄悄地退了幾步，然後提起裙襬，一路跑著往楊燕甯的方向迅速移動。

雲臻和雲昊應該是沒發現她，仍舊不疾不徐地往花園中心走，一面走一面交談著。

不多時，那楊家小丫鬟跑回了楊燕甯身邊，在她耳邊悄悄說了句話。

楊燕甯便同紅歌說了什麼，紅歌朝她福了福，離開了。

這些人的一舉一動，都落在太后的眼裡。

她再端起茶杯，喝了口茶，眼中露出了饒有興味之色。這楊燕甯，果然是有心的，她倒要看看，這小女子能做出什麼舉動來。

楊燕甯心頭怦怦跳得厲害。

今日特地與母親一同來拜見太后，但實際得到的效果卻令她失望。太后言辭之中，並沒有要撮合她與雲侯之意。

只是細想也並無意外，今日她才第一次面見太后，固然她對自己的外貌家世都很自信，但太后對她殊無感情，又怎麼會貿然替她指婚？

可是她等不得了，據她所知，雲侯竟然送了李安然一對鐲子，愛慕之意已非常明顯；而方才向太后打探之下，才知原來護國侯府歷代的侯夫人出身竟然都不高貴，萬一雲臻當真看中了李安然，要娶她做正妻，也不無可能。

所以她必須搶在前頭！

「柳芽，妳看清楚了，的確是雲侯？」

小丫頭柳芽認真點頭道：「奴婢看得真真的，真是雲侯，不過……他旁邊還有人同行，也是個男子，奴婢卻不認得。」
楊燕甯眉頭一蹙。
有別的男子同行，可就多有不便了。
只是……她細細一想，實在機會難得，刺史府與護國侯府交集太少，她跟雲臻極難碰面，若不抓緊這次機會，下一次又不知是何時了。罷了，見機行事吧。
打定了主意的楊燕甯，一面提醒柳芽不要露出馬腳，一面沿著石子路緩緩而行。
太后在樓上靜靜看著，兩邊的人，正在慢慢地會合。
皇帝雲昊心情不佳，雲臻陪著他在花園中散心，遣退了旁人，只是走了多時，美景也不能令皇帝開顏一笑。
雲臻忍不住道：「陛下好歹笑一笑，再這麼陰沈下去，這些花兒、草兒都要被你愁死了。」
雲昊回過頭，笑罵道：「想不到面黑心冷的護國侯，竟然也會開玩笑哄人。是了，我聽雲璐說，你似乎是有了意中人，不知是哪家的閨秀？」
雲臻瞥他一眼，沒打算回答。
雲昊卻來了興致。
「讓我猜猜，這靈州城中，能夠被你雲侯看上的女子，必然是國色天香。只是不應該呀，勛貴和官宦之家的女孩兒，這會兒都在京城呢，其他凡花俗子，如何能入你的眼……」
他突然想到什麼，一拍手，啊了一聲。「是了，聽聞靈州有美人，乃是靈州刺史之女，傳聞生得美貌無雙，莫非你的意中人就是她？」

雲臻白他一眼。「看來陛下的心情已然好很多了。」

雲昊擺手道：「別扯開話題，快說快說，你這傢伙一把年紀了還不娶妻，太后都替你著急了，好不容易有個女子能入你的眼，我非得問清楚不可！」

雲臻卻只是不說，任由他猜來猜去。

堂堂的皇帝，此時倒像個好奇寶寶，臉上哪裡還有方才的鬱卒之色。

兩兄弟正胡鬧間，不遠處的花叢後突然傳來「哎喲」一聲。

「誰在那裡？」雲臻立刻問道。

花叢後稍稍安靜，然後便有一個年輕女子的聲音說道：「我們是刺史家的，我家小姐崴了腳。」

雲昊雙眉一挑。「刺史家的小姐，莫非就是那位美人？」

既然說是楊小姐崴了腳，兩兄弟自然不能坐視不理，分花拂柳地穿過去，果然見一個女子坐在假山旁的石頭上，一個小丫鬟蹲在地上，正握著她的腳踝。

「楊小姐？」

楊燕甯早等著這一刻，當下便緩緩抬頭，臉頰上帶著兩朵羞澀的紅雲。

歷來女子低頭一笑的風姿最是動人，羞澀抬頭莞爾的姿態也一樣令人憐愛。楊燕甯本就十分貌美，此時坐姿又刻意窈窕，抬頭之際，眼波如秋水，盈盈一轉。

皇帝雲昊只覺眼前一亮，好一個靈秀的絕代佳人！

楊燕甯抬頭一看是雲臻，忙道：「雲侯……」說話間便要站起，只是剛抬起身子，臉上即現出一絲痛苦之色，又跌坐回去。

雲臻掃了一遍四周，問道：「楊小姐怎麼一人在此？莫非是丫頭們躲懶，怠慢了小姐？」

楊燕甯忙道：「不不，是我同大小姐提出要參觀這花園，原是紅歌姑娘陪著的，只是我想細細地揣摩園子的設計，並臨摹幾幅圖樣，手中不得紙筆，便請紅歌姑娘替我去拿了。」

小丫頭柳芽抬頭對雲臻道：「方才在這石子路上走，小姐不慎滑了腳，腳踝崴了一下，奴婢不懂醫理，煩請侯爺替我家小姐瞧瞧，可是傷了哪裡。」

「胡鬧！雲侯又不是大夫，妳怎好使喚侯爺。」楊燕甯即刻訓斥了柳芽，又不好意思地對雲臻道：「敢問府上是否有大夫？請侯爺傳喚過來替我瞧瞧。」

雲臻微微皺眉。

侯府裡平常並未養著大夫，只是因雲璐懷孕，才請了一個擅長婦科兒科的女大夫在府裡，每日替雲璐診平安脈，調理飲食，做安胎之用。楊燕甯崴腳，屬於跌打損傷，那女大夫也並不擅長，而留於府中的御醫更是不便現身。

楊燕甯似乎看出了他的為難之色，善解人意地道：「其實我自個兒覺得並不嚴重，大約只是一點扭傷。」

她說著，就將手搭在柳芽肩膀上，試圖站起來。只是剛站到一半，身子便一晃，朝雲臻倒了過來——

這時，雲臻旁邊迅速伸過一雙手臂，穩穩地將楊燕甯攬入懷中。

楊燕甯只覺身上一緊，半邊身子都貼在了一個溫熱健壯的胸膛上，她低著頭以為那是雲臻，一張俏臉頓時如火燒雲。

「姑娘小心了。」

這一聲卻讓她心中一頓，這不是雲侯的聲音。

等到再抬起頭，卻見抱住自己的竟是一直站在雲臻身後的陌生男子，而雲臻，此時則毫不相干地站在旁邊，連她的衣角都沒碰到一下。

楊燕甯的臉色，瞬間變了。

雲臻臉上則露出了一絲古怪至極的笑意，在嘴角一閃而過。

繡樓之上的太后，也是輕輕一笑，放下了手中的茶盞。

這才叫機關算盡、陰錯陽差。

第五十三章　女人的結盟

離開護國侯府，楊燕甯的臉色陰沈得能滴出水來。

同坐一輛馬車的楊常氏，很清楚的感受到從她身上散發出的冰冷煞氣。

「怎麼了甯兒？出了什麼事？」

楊常氏在繡樓中欣賞了半天雙面繡，與雲璐東拉西扯說了些不相干的話，直到楊燕甯扶著柳芽的手過來，說要回府。

當時她的臉色便很不好看，只是有太后和雲璐在跟前，楊常氏也不便細問，只得忍著。不過她總覺得，太后和雲璐的神色似乎也有點古怪。

等到上車離開了護國侯府，楊常氏才問起楊燕甯來。

楊燕甯慢慢地抬起頭，臉上一片灰暗，眼中一絲神采也無。

楊常氏頓時嚇了一跳。「甯兒，妳這是怎麼了？可是誰欺負了妳？」

楊燕甯的眼眶忽然紅了，一頭栽進她懷裡，猛地放聲哭起來，哭聲嗚咽，絕望至極。

楊常氏手忙腳亂地抱住她，完全不知所措，只好對柳芽道：「這是怎麼了？出什麼事了，小姐怎麼哭成這個樣子？」

柳芽的神情卻十分奇怪，像是要哭又像是要笑，一張臉僵硬得跟石頭似的。

「小姐……小姐她……哎呀，奴婢也說不清楚。」小丫頭糾結了半天，還是不知道該怎麼說才好。

「廢物！」楊常氏惱火地瞪她一眼，扶著楊燕甯的胳膊問。「甯兒，妳別盡是哭，別嚇娘，快說到底出了什麼事？」

楊燕甯這才抬起淚痕斑駁的臉，原本精緻的妝容都被淚水沖得亂七八糟。

她抽抽搭搭、上氣不接下氣地道：「不成了……娘……不成了……」

「什麼不成了？」楊常氏一頭霧水。

楊燕甯又哭了半晌，好不容易才止住哭聲，用帕子擦著臉，啞著嗓子，黯然道：「娘，妳可知，今日何人在雲侯府上？」

楊常氏見她神色黯淡，像是灰心到了極點，不由問道：「何人？」

楊燕甯看她一眼，豎起一根食指，指了指天。

「皇帝。」

楊常氏以為自己聽錯了，不敢置信地再問一次。「誰？」

「皇、帝！」楊燕甯一字一頓。

楊常氏倒抽一口冷氣。「當真？」

楊燕甯木然地點頭。

楊常氏不由一時失神。

皇帝？皇帝竟然在侯府？

是了，太后都能在侯府，皇帝出現，是不是也沒什麼奇怪了？可是怎麼會？堂堂一國之君，若要出京遠行，總該有個動靜吧？老爺是刺史大人，若是天子駕臨，總要通知他，好接駕呀，可是老爺從來沒提過。

這到底是怎麼一回事？

楊常氏好不容易回過神。「皇帝在侯府，這與妳有什麼關係？」

楊燕甯眼眶仍舊紅紅的，低下頭去。

楊常氏似乎猜到了什麼。「難道妳是陰錯陽差，雲侯沒拿下，倒招惹了皇帝？」

楊燕甯還是沒說話，但這默認的態度已經表明了一切。

楊常氏忽然有點想笑，可是又覺得笑不合適；只是若說要哭，也沒什麼好哭的，她這會兒才理解到，為什麼方才小丫頭柳芽會是那麼個尷尬的表情。

說實話，她此時此刻的心情，並不像楊燕甯那般悲痛。

楊燕甯是女孩兒心態，一顆心都撲在雲臻身上，連選秀也顧不得了；可楊常氏不同，楊常氏原本是一門心思要叫女兒入京選秀的，只是因為出發之時楊燕甯自作主張，耽擱了行程，沒法子去了，她才退而求其次，做了妥協。

如今，竟然又遇到了皇帝本人。

難不成，兜兜轉轉，楊家的女兒到底還是要入宮嗎？

楊常氏一時覺得荒唐，一時又覺得冥冥中自有天意，竟出起神來。

母女兩個一路無話，回到了刺史府。

馬車從角門行駛進去，一直走到二門外頭。

母女倆剛下了車，就有下人喜氣洋洋地跑來高聲叫著。「夫人大喜，小姐大喜，太后懿旨來了！」

楊燕甯像被雷劈了似的渾身一震，楊常氏卻露出了極其古怪的神色。

「你再說一遍，什麼懿旨？」

「太后懿旨，欽點小姐為婕妤，擇日奉詔入宮！」

楊燕甯陰錯陽差，未曾與雲臻達成什麼默契，卻入了皇帝雲昊的眼。

不過皇帝的行蹤需要保密，所以是以太后的名義下的懿旨。頒旨的內侍也吩咐了楊家，不得洩漏皇帝在靈州的消息，楊家自然不敢不遵。

這懿旨一下，楊府可謂人人歡喜。但楊燕甯，卻幾乎要將銀牙咬斷。

都是李安然！

都是因為她！

若非李安然勾搭了雲侯，做出那種種親密舉動，她何必冒險在侯府花園上演那一幕，更不會被皇帝一眼看中，變成如今這個形勢。

都是因為她！

閨房之中，楊燕甯恨得雙目通紅，白玉般的手指將掌中的一方絲帕絞得如麻花。

「小姐……」柳芽輕手輕腳地進來，怯生生地喚了一聲。

楊燕甯扭過頭，冷冷地看著她。

柳芽只覺一股寒氣從脊背升到頭頂，嚇得竟倒退了一步。

楊燕甯的眼中沒有一絲的情緒，就是冷得懾人。
「有位、有位夫人，求見小姐……」柳芽顫聲道。
「什麼人。」
「她、她自稱是香料程家的夫人，姓姚。」
楊燕甯眼睛微微瞇起。
程家，姓姚，那不就是將李安然從程家少夫人寶座上擠下來的那個姚氏？她來做什麼？
楊燕甯與姚舒蓉並無任何交集，最多只是在一品天香開業之時曾照過面。
她低下頭，按捺心中翻湧的情緒。
柳芽見她半天不出聲，怯怯道：「要不，奴婢打發她走……」
「請她進來。」
楊燕甯終於開口，手指鬆開了絲帕，那絲帕飄飄蕩蕩落在地上，有好幾處已經被她的指甲刮得脫了絲。
柳芽忙矮身撿起那絲帕，低著頭退了出去。
楊燕甯長長地舒出一口氣，眼眶周圍的紅色慢慢地褪去。
內院的小花廳，姚舒蓉等候了片刻，便見到了楊燕甯。
「程門姚氏見過楊小姐。」姚舒蓉起身行禮。
「程夫人不必多禮。」楊燕甯淡淡道。
姚舒蓉見她臉色冷淡，眼中還有未曾散開的鬱卒之色，微微一笑。「我還未曾向小姐道喜。聞得小姐剛被太后欽點為婕妤，不日便將奉詔入宮，再向小姐行禮，祝小姐此去步步青雲，早日封妃。」

楊燕甯此時正值敏感之際，凡入宮、妃子之類的字眼都很容易觸動她的神經，姚舒蓉這番恭賀不僅沒有讓她欣喜，反而更添煩躁。

當下她便冷哼一聲。「程夫人好靈通的消息。只是妳程家與我楊家從無瓜葛，我與程夫人也不過一面之緣，程夫人如此急切地登門道賀，教人好生意外。」

這份態度，已是明顯的冷淡質疑。

姚舒蓉卻並不介意，只是笑道：「楊小姐的人品、才貌，乃是萬中無一，我一直遺憾，未能早早結識楊小姐。今日前來，並非全為道賀，而是為楊小姐解憂來的。」

「什麼？」楊燕甯哈地笑了一聲，荒唐道：「夫人要為我解憂？這話我倒聽不懂了。」

姚舒蓉一臉從容。「小姐未曾參選便得封婕妤，比起還在京中輾轉費心思的秀女們，可謂是一步登天。可是我看小姐臉色，卻殊無喜悅，敢問小姐，是何緣故？」

楊燕甯眉目之間頓時一凜。

「大膽！」柳芽當即斥道。「妳怎敢擅自揣測我家小姐心意！」

姚舒蓉不理睬她，只是看著楊燕甯道：「我本以為，以小姐心性，絕不是忍氣吞聲的無能之輩，原來竟是我看錯了，小姐身為刺史千金，鬥不過一介平民商婦，被人從中作梗竟還甘之如飴，哈哈，真是可笑！」

她誇張地拍起手來，滿臉都是嘲諷。

「妳胡說什麼！」柳芽怒睜雙目。

楊燕甯漂亮修長的雙眉擰得緊緊的，一雙鳳目盯住姚舒蓉，惱怒之中夾雜驚疑。

姚舒蓉跟她四目相對，眼神毫不躲避。

身為楊燕甯身邊人，柳芽自然知道自家小姐的心思，陰錯陽差被點為婕妤，小姐心中的惱恨，她也一清二楚，但自己人知道是一回事，這個程姚氏又是什麼東西，竟敢到小姐面前來大放厥詞！

小丫頭憤憤不平，怒視姚舒蓉。

楊燕甯抬手微擺。「柳芽，妳下去。」

柳芽驚訝地張了張嘴，還以為自己聽錯了，但再看楊燕甯臉色，又不是開玩笑。

姚舒蓉微微笑了下，也示意身後的春櫻退下。

柳芽恨恨地瞪了姚舒蓉一眼，這才不甘心地走出花廳。

廳內只剩下楊燕甯和姚舒蓉兩人。

楊燕甯放鬆了身體，微微後仰，淡淡道：「此間已無他人，程夫人有話不妨直說。」

「楊小姐果然是冰雪聰明之人。」姚舒蓉笑道。

楊燕甯嘴角帶著一絲笑意，卻是冷冷的，眼中並無半分的親熱。

姚舒蓉不以為意。「方才我冒昧地說破小姐心事，小姐必然對我心生忌憚，不過敢問小姐一句，難道小姐就真的心甘情願將心愛之人拱手相讓嗎？」

「夫人此話何意？」楊燕甯雙眼微瞇。

姚舒蓉臉上笑意一斂。

「小姐既然不願承認，那麼後面的話就不必說了。我本以為，我與小姐立場相同，都有共同的敵人，現在看來，是我一廂情願了。」她站起身。「既然如此，我不再打擾小姐，這便告辭。」

她轉身走向花廳門口。

「慢著！」

楊燕甯出聲阻止，坐直了身體。

姚舒蓉這才轉過身，微笑不語。

「夫人請回座，本小姐對夫人後面的話，很感興趣。」楊燕甯道。

姚舒蓉慢慢地走回座位，心中卻暗暗冷笑。這些官宦家的千金小姐，就是會矯情作態，明明你知我知的事情，還非要這樣拉扯一番。

等到她重新坐好，楊燕甯才正色道：「夫人今日來，到底是何用意，請明說。」

姚舒蓉心中雖對她此前的矯情有所腹誹，但面上還是一點不露。

「我雖不知楊小姐因何成了皇上的婕妤，但卻知道，楊小姐原本心儀的是護國侯。只是護國侯如今都被那李安然勾走了心思，若非如此，只怕楊小姐早已得償所願了吧？」

楊燕甯眼神帶煞，恨恨地哼了一聲。

姚舒蓉笑道：「其實我與小姐一樣，都吃過那李安然的虧。李安然表面善良，其實最是心機深沈。」

這話楊燕甯倒是相信，程家幾次三番與李安然作對都鬧得滿城風雨，無論是姚舒蓉還是程彥博，全在李安然面前鎩羽而歸，雙方之間必然有仇怨糾葛。

「以小姐的容貌、才情和家世，與護國侯正是天造地設的一對，若非李安然橫刀奪愛，只怕小姐早已與侯爺成就婚約。想來，小姐對李安然，應該也不無怨恨吧？」

「說了這麼多，夫人到底意欲何為？」楊燕甯斜睨著姚舒蓉。

姚舒蓉微微一笑。「我與小姐的心思，是一樣的，李安然奸計屢屢得逞，若任由她逍遙自在，我這口氣無論如何也咽不下。既然小姐也受那李安然所害，妳我何不聯手，報復她一番。」

楊燕甯眼神變了變，卻沒有立刻回答。

姚舒蓉察言觀色，知道她還有所猶豫，便幽幽地加了一句。「我聽說，護國侯對那李安然已經動了真情，有意娶她進府呢。」

楊燕甯頓時眼睛一瞇，想到自己連一句知心話都未曾與雲臻說過，一番心思都未曾表白，如今再也沒有機會實現心願了；而李安然，處處不如她，不知用了什麼手段勾引了雲侯，雲侯竟然送她一對翡翠鐲子，難不成還真要娶她做妻子！

一個平民商婦，憑什麼能得到她得不到的東西！

楊燕甯對李安然的恨意和遷怒，空前地強烈起來。

「夫人預備怎麼做？」她終於鬆了口。

姚舒蓉露出神秘之色。「聽說下月是楊夫人的四十壽辰。」

這話跟此前的對話毫無關係，楊燕甯略一錯愕之後，才道：「不錯。」

姚舒蓉走到她身邊，湊在她耳邊低聲如此如此這般這般地一說。

「程老爺是妳的夫君，妳竟將他也算計在內？」楊燕甯心生懷疑。

姚舒蓉恨恨道：「不過是個負心薄倖的無情之人，他既然巴望著人家，我何不成全了他，省得他埋怨我不能容人。」

楊燕甯冷笑。「真是一對好夫妻。」

不過程彥博和姚舒蓉之間感情如何，跟她可沒什麼關係，她只是覺得，姚舒蓉這個法子十分痛快。既然她得不到雲臻，那麼李安然也休想得到。

第五十四章　李墨來自皇室

天氣一日日熱了起來，人們身上的春衫也日益輕薄，眼看著不需多少日子，便要入夏了。

近些日子，李安然和紀師師又忙碌了起來。因著一品天香的生意越來越紅火，在靈州城的名氣也是與日俱增，如今這城中，但凡算得上殷實人家的夫人、小姐，手中總有一、兩件一品天香的胭脂水粉或香水。

如此一來，一品天香的店鋪每日都是賓客盈門。老李頭已經不止一次提出要擴張作坊，但是這店鋪的後院總共就這麼大，已經利用到了極限。所以，李安然和紀師師商議之後，決定再開一家分店，位址都找好了，就在城西。

昨日兩人一起去看了新店的店鋪裝修情況，敲定了新店原料供貨事宜，又議定了人手招募培訓等等一應瑣事，搞得筋疲力竭，今日早上便睡得有些沈，起得比平時要晚的多。

正由黃鸝、青柳服侍著洗漱，青桐便捏著一封拜帖過來。

「小姐，刺史府過來下了帖子。」

李安然擦了臉，接過那帖子來看，便笑了笑。

黃鸝正替她梳頭，順帶也瞧見了帖子上的內容，她認得字，便說道：「刺史府的楊夫人四十壽辰呀？」

「正是，楊夫人四十壽辰，想必會來不少親朋，屆時雖說壽星收禮，但有些遠來的親戚家小姐，也須得準備些見面禮，楊夫人吩咐我們店裡送些香水和胭脂水粉過去，以供挑選。」李安然道。

「是今日便要送去嗎？」黃鸝問。

李安然搖頭。「不必今日，楊夫人生日是四月初五，帖子上只說那日送去便可。」

「正日子才挑禮物，不會太晚了嗎？」黃鸝不禁感到奇怪。

「許是要讓那些親戚家的小姐自己挑選吧。」李安然將帖子放在一邊，想了想。「楊夫人和楊小姐也是我們店裡的熟客，少不得我親自去一趟，也送一份壽禮。」

隨後黃鸝專心替她插戴起首飾來。

青桐見沒有吩咐，便也退了出去，但沒過多久，她又笑咪咪地回來了。

「小姐，侯爺來了。」

「誰？」李安然一驚。

青桐先捂嘴笑了一下，說道：「能上我們府裡的侯爺還能有誰，自然是雲侯！」

他來了?!

李安然立刻便欲站起，頭髮卻忽然被釵子勾住，扯得她一痛。

黃鸝笑起來。「小姐別急呀，侯爺既然來了，又不會飛走！」

李安然見幾個丫頭都是促狹地笑著，便笑罵了一句。「作死的蹄子們。」

黃鸝手上俐落，迅速將她的釵環戴好，又故意道：「小姐還沒用早飯呢，是不是先用了早飯再去見侯爺？」

李安然橫她一眼。

「好好好，我又多嘴了，小姐先去，早飯我叫廚娘送過來。」黃鸝說著看了看天色。

「侯爺來的真早，也不知用過早飯沒。」

青柳和青桐都竊笑不已。

李安然懶得理她們，一個也不帶，自己孤身出了西跨院，去了正院。

孟小童正在院子裡蹓躂，跟小廝泰生閒聊，大約是說了什麼了不起的見聞，唬得泰生一愣一愣的。

「李姑娘早安。」他抬起胳膊，笑咪咪地衝李安然打聲招呼。

李安然笑著點頭。「你家侯爺呢？」

孟小童指了指正廳。

李安然進去後，果然見雲臻正背著手看廳內的一扇屏風，那屏風是紀師師送的一幅古人遊樂圖。

「今日怎麼得空過來，還來得這樣早？」

李安然見桌上已經上了茶，便倒了一盞給他。

雲臻轉過身來。「不忙吃茶，妳用過早飯沒？」

李安然搖頭。

「那先用早飯。」

李安然略感詫異。「你若有事，直說便是了，早飯晚些用也不打緊。」

雲臻搖頭。「等妳吃過早飯再說。」

李安然見他臉上沒什麼笑意，不由心裡暗暗嘀咕，卻也不多問，叫丫頭送來早飯，不急不忙地用了。

雲臻便在旁邊坐著，耐心地等著，直到撤下碗盤之後，他才道：「找個清靜地方說話。」

李安然想想。「那就去我的書房吧。」

兩人離開正廳，進了李安然慣常看帳用的書房，又屏退了丫頭和下人。

李安然見他如此鄭重，不由越發疑惑。「你今日到底是有什麼事？我瞧著，怎麼有些嚴肅？」

雲臻看著她，說道：「李墨呢？」

突然提到李墨，李安然自然意外。「今兒是上學的日子，他自然在篤行學堂。」

「李墨從小被妳收養，妳養了他四年，可曾想過調查他的身世？」雲臻問。

「你今日怎麼總說墨兒，他怎麼了？」李安然感到奇怪。

雲臻抬手。「妳且先回答我。」

李安然皺著眉，在他臉上看了半晌，到底還是乖乖回答。「當年剛發現墨兒的時候，自然想過要查他的身世來歷，只是當時他被放在程府門外，身上只裹著一個襁褓，裡面並無隻字片語，更沒有任何信物。墨兒身上也不過一個胎記，再無什麼特殊之處，就是想查也無從查起。」

「這麼說，妳對墨兒的身世，一無所知。」雲臻道。

李安然突然警惕起來。「怎麼？難道你知道墨兒的身世？」

雲臻沒有直接回答，而是看著她再問。「若妳知道了墨兒的身世，會如何？」

李安然只覺這話沒頭沒腦。「什麼如何？」

「如果墨兒的父母找上門來，想要回他們的孩子，妳會如何？」

李安然呆了一呆，只覺心臟好像被重錘敲了一記，悶悶的。

「你說什麼？墨兒的父母？」她突然抓住雲臻的胳膊。「你果然知道墨兒的身世？他的父母是誰？」

雲臻微微蹙眉。

李安然的眉頭卻鎖得比他更緊。「不，不對。墨兒被拋棄已經四年，他的父母若想找回孩子，當初為什麼要拋棄他？又為什麼時隔四年才來尋找？這不是太奇怪了嗎……你，你知道些什麼？你認識他的父母？」

「李墨的父母，並非普通人。」雲臻沈聲道。

李安然盯著他的雙眼，眼中全是質疑和探究。

雲臻嘆息了一聲，拉著她將她按到座椅上。

「妳先不要疑神疑鬼，先聽我說一件往事。」

李安然只覺一顆心怦怦地跳，腦中盤旋著一種不祥的預感，雲臻的臉色說不出有什麼情緒，他素來便是喜怒不形於色的，她總覺得他波瀾不興的眼底，藏著一種極為隱秘的因果。

「四年前，先帝即位，登基不久便駕崩，儲位空懸，引發幾位皇子之間極為慘烈的奪嫡之爭……」

雲臻的聲音低沈而神秘，第一句話，便讓李安然的心提了起來。

皇位之爭……他的往事，竟然是從皇位之爭開始，李墨的身世，莫非與皇室有關？

「歷來朝堂的鬥爭，都是生死難料，皇位之爭更是波詭雲譎，其中不知道有多少陰謀詭計、流血犧牲。當時的大皇子，也就是當今皇帝，是呼聲最高的新帝人選，同時也是遭受最多黨爭攻擊的對象。那時大皇子尚未娶妻，府中只有林、陳兩位側室，如今已是宮中的林淑妃和陳賢妃。在先帝即位之前，林妃便已經身懷六甲，永和元年剛剛開春的時候生產，歷經一整日的陣痛，最後終於分娩，穩婆卻稟報是個死胎。

「因當時先帝正值病重垂危，大皇子府生出死胎的消息若散播出去，必被政敵攻擊為不祥之兆，大皇子便吩咐將孩子當即埋葬。但畢竟是父子親情，大皇子臨時又提出要看一眼孩子，不料那孩子卻連同穩婆一起不見了。人們只說那穩婆抱了孩子出去埋葬，卻沒有人能夠說得清是什麼時辰、從哪個門出去的，蓋因當時產房中兵荒馬亂，人人都慌張無措，竟造成如此大的紕漏。」

李安然始終一語不發，雲臻便一逕地往下說。

「事情可疑，大皇子和林妃都懷疑孩子並非死胎，只怕是有人故意設局，要將孩子盜走，但遍查之下竟毫無線索，連那穩婆的來歷也是撲朔迷離。這孩子，從此成了大皇子和林妃的心病，即便當今登基之後，內宮添了許多位妃嬪，卻無一人生下皇子，更令今上對這孩子的去向無法釋懷。」

說到這裡，雲臻停了下來，看著李安然。

李安然像是被這隱秘的皇室內幕給驚呆了，臉上木木的，眼神也是直直的，半天之後，才突然笑了一下，這笑容卻沒有一絲的溫度。

「說了這麼多，難道你想告訴我，李墨是當今皇帝的孩子？」她看了看外面的天色，滿眼都是荒唐。「大白天，怎麼就說起夢話來了。」

她的質疑，早在雲臻的意料之中，任何人聽到這些話，都會覺得不可思議，誰能把自己家裡的一個黃口小兒跟遠在京都的那些朝堂風波連到一起。

「知道妳不會相信，太后如今就在侯府中，她早已見過李墨。」

李安然的笑容僵在臉上。

「這……不可能！墨兒，怎麼會是皇帝的孩子！太荒唐了！就算皇帝的孩子被人偷走，可京城與靈州千里之遠，怎麼就能肯定那孩子是墨兒！更何況，你既然說牽扯到什麼奪嫡之爭，人家偷走了皇帝的孩子，說不定就弄死了，怎麼會大發慈悲留他性命！」李安然搖著頭，不肯相信。

「我曾派孟小童入京，經過皇帝同意，將當年的事情徹查了一遍。雖然還沒有明確的證據，但根據種種線索，當年的穩婆極有可能是受人指使，她偷走孩子之後，幕後之人原想將兩人一起滅口，穩婆及時發現，僥倖脫身，逃到靈州，無力撫養孩子，又狠不下心殺死，最後將他遺棄在程家。」雲臻道。
「這都是你的猜測！」李安然快速地反駁。
「不，這並非只是我的猜測，那穩婆已經被孟小童找到了，這番經歷都是她親口所說。她拋棄墨兒之時，因還在逃命之中，事急從權，並不能清楚記得將他放在了哪家的門口，但據她描述，是個大戶人家，像是剛剛辦完喜事，門口還掛著喜字紅燈籠。」
李安然頹然坐倒在椅子上，她撿到李墨的時候，正是程老夫人安排她和程彥博成親的第二日……
雲臻的話有理有據，時間、地點都吻合，難道墨兒真的是皇帝的孩子？
「我還是不信，就算時間地點相似，也可能只是巧合，天下被遺棄的孩子那麼多，怎麼就偏偏是墨兒？」她質疑地盯著雲臻。
雲臻嘆了口氣，伸手解開了腰帶。
李安然吃了一驚。「你做什麼？」
雲臻將腰帶扔在茶几上，又解開上衣，露出了精壯的上身。
李安然站起來，紅著臉扭過頭。「你、你要幹什麼，快穿上……」
「妳看。」
李安然又羞又怒，這人怎麼回事，莫名其妙地脫衣服，還叫她看，看什麼呀！
她不肯轉過頭，兩手胡亂揮舞推拒。「你快穿上衣裳……」
雲臻不耐地伸手將她的腦袋一扳。「瞎想什麼，我是叫妳看我肩上的胎記。」

胎記？

李安然不明所以地往他肩上看去，此時雲臻轉過身背對著她，他的左肩後面，果然有一個黑斑胎記。

她只看了一眼，便忍不住用手捂住嘴，滿臉都是驚訝。

這個胎記，跟墨兒腿上的胎記也太像了！

墨兒的胎記也是黑斑狀的，形狀像個葫蘆，而雲臻的這個胎記，雖然跟墨兒的並非完全一致，可是形狀、顏色，都驚人的相似。

「我們雲氏一族，天生血脈，凡雲氏男子，身上都會有一個黑斑胎記，所處位置因人而異，但形狀顏色卻都十分相似。妳曾說過，墨兒身上也有一個胎記，與我這個相比如何？」

李安然說不出話來。

雲臻轉過身，見她臉上全是驚愕和茫然，眼中充滿了糾結之色。

「其實妳已經信了。時間、地點倒也罷了，墨兒身上為何會與我有相似的胎記？他如果不是雲氏的男子，又怎麼會有這樣的巧合？」

李安然渾身一顫。「也許就是巧合呢，有胎記的人也很多啊……」

雲臻默默地看著她，她被他能洞察人心的眼神看得說不下去了。

是，就算是巧合，可李墨身上的巧合也未免太多了。

雲臻握住了她的雙肩，柔聲道：「母子連心，妳養育墨兒四年，將他視如己出，猛然聽到這個消息，心中自然震動。我知道妳將信將疑，或者妳只是不願意相信，不願意接受這個事實，但李墨既然出身皇室，他就不可能留在妳的身邊，必定是要回到皇宮裡去的。」

李安然原本低著頭，此時猛地一抬，厲聲道：「不！你說的一切都沒有切實的證據，就算有很多的巧合，那也不能證明李墨就是皇帝的孩子！」

雲臻深邃的眼神注視著她，看穿了她眼底的恐慌。

他嘆了一口氣。

「我已經派人去接墨兒了，這會兒他應該已經在侯府中。」

李安然大驚。「你要做什麼！」

「侯府中有跟隨而來的御醫，他們會用醫理證明李墨到底是不是皇帝的孩子。」

李安然這下是真的害怕了，甩開雲臻便要往外跑。

雲臻只是在她腰間輕輕一抹，她便渾身一軟，不由自主地倒下去，正好落在他懷裡。

他將她橫抱起，放回椅子上，讓她坐好，柔聲道：「別怕，不管是什麼結果，都有我在。只是，妳不能任性。」

李安然死死地瞪著他，眼裡似乎要冒出火來。她知道他武功很好，也不知在她身上做了什麼手腳，她這會兒一點力氣也使不出來。

「我要先回侯府了，有了結果，我會再過來。」

雲臻俯身在她額頭上輕輕吻了一下，不管她噴火的眼神，拿過衣裳穿好，便走出了書房。

李安然癱坐在椅子上，心裡一會兒像是火燒，一會兒像是寒冰，四年來與墨兒相處的點點滴滴像走馬燈一樣在腦海中浮現。

當年收養他的時候，他才那麼一點點大，捧在手裡都怕碰壞。她初為人母，明明自己還是個姑娘家，卻跟裴氏一點一點學著照顧他，從小豆丁到牙牙學語，從只能在床上翻滾到蹣跚學步。到了如今，他長得玉雪可愛，還說要做小小男子漢，保護她。

不知不覺，李安然的眼眶濕潤了。

「呀！小姐！」

黃鸝進來，見李安然癱坐在椅子上，不由慌忙過來扶起她。

李安然這才發現自己已經可以動了。

「小姐怎麼哭了？」黃鸝拿手帕擦著她的眼角。

李安然愣了一會兒，突然抓住她的手道：「侯爺呢？」

「侯爺？侯爺早就走了呀，走了都有半個時辰啦。」

李安然站起來就往外走，連黃鸝叫她也顧不得。她越走越快，最後幾乎是一路跑出了西跨院，一直跑到大門口，卻又戛然而止，像釘子一樣定住了。

黃鸝從後面追上來，氣喘吁吁。

「小姐，妳怎麼了？」她滿臉擔憂。

李安然頹然地擺手。「沒，沒什麼，我們回去吧。」

她轉身朝裡頭走，黃鸝不明所以，一頭霧水地跟回去。

一整個下午，李安然都魂不守舍，店裡也不去，帳目也不看，家裡的事情也都不管，只是每隔兩刻鐘就要丫鬟或下人去大門口看看侯爺來了沒，小少爺回來了沒。

不只是黃鸝，上自裴氏，下到門房黃四，都發覺李安然的不對勁了。

人人都不知道發生了什麼。

夕陽西下，暮色四合。

裴氏過來問是否要用晚飯，李安然還坐在正院的樹下，臉上都是不安。

「侯爺，侯爺來了！」

泰生一路叫著跑進來。

李安然猛地站起，兩隻眼睛突然充滿了神采，她快步地迎出去。

雲臻剛剛進了大門，轉過影壁，差點被她撞一跟頭。

「墨兒呢？」

還沒站穩，她就一把抓住了雲臻的胳膊，第一句話問的就是李墨。

雲臻沒有說話，他的眼神沈靜得讓她害怕。

「福生！」

李安然的吼聲，響徹整個李宅。剛從茅房裡出來的福生，繫著褲帶慌裡慌張地跑出來。

「小姐！」

李安然並沒看他，她的眼睛還是盯著雲臻。「去護國侯府，把少爺接回來！」

福生感覺到這句話的堅決，如果他敢說個不字，相信小姐都能咬死他。

「是！」他立刻往外面走。

雲臻伸出一隻手，在他胸膛一推，他控制不住地倒退幾步，一屁股坐倒在地，疼得他齜牙咧嘴。

然而抬頭再看，侯爺和小姐像鬥雞一樣對視著，沒有一個人搭理他。氣氛很不同尋常。

福生忽然有些明白了，這不是他能插手的事情，他站起來，灰溜溜地縮回宅子裡。

李安然惡狠狠地瞪著雲臻。「墨兒呢？」

雲臻定定看著她。「走了。」

「走？去哪裡？」

「去他該去的地方。」

李安然猛地在他胸口一推，力氣之大，竟然連雲臻都退了一小步，她從他身邊擦過，瘋了一般的往外衝。

雲臻緊跑兩步，從後面將她一把抱住。

「放開我！」李安然猛烈掙扎。「你這個混蛋！你把墨兒還給我！」

她掙扎的力量非常大，雲臻幾乎被她晃倒，他從來不知道她纖細的身體裡竟然蘊含這麼大的能量。

「妳不要發瘋了！御醫已經證實，李墨就是皇家血脈，他不可能留在李家。妳就算現在去侯府也見不到他，這會兒他已經離開靈州了！」

李墨被帶到侯府之後，御醫透過特殊手段，證明他果然是皇帝雲昊的兒子。雲昊自然激動不已，而小孩子也沒有說不的權力，雲昊當場便命人收拾行李，帶著李墨離開靈州，這時候早已在前往京城的船上了，走水路比走陸路要快兩天。

李安然覺得自己的心像是被掏空了一塊，撕心裂肺地難受。

她回過身，拳頭如雨點般打在雲臻身上，淚水如同開閘的洪水傾瀉。

雲臻一把抱住她，將她的腦袋按在自己肩窩裡。

「李墨不屬於這裡，妳留不住他，我也留不住，這是他的命運，就算妳再難受，也得接受這一切！別怕，妳還有我！」

第五十五章　最後的奸計

李墨的離開，非常突然，突然到沒有任何預兆。

他的消失，讓李宅所有人都感到一種突兀的空虛和不安。他的笑聲，還在院子裡回盪；他的衣物用品，都還在原來的屋子裡；每天清晨，他彷彿還會蹦跳著走出大門，去上學堂。

從裴氏，到黃鸝等丫頭，再到福生、泰生，甚至門房黃四，都覺得這座宅子忽然間空了一大塊，心裡空蕩蕩的，有說不出的難受。

而最難受的人，是李安然。

從李墨消失的那天起，她便幾乎沒有說過話，整個人魂不守舍的。

雲臻來瞧過。

紀師師來安慰過。

甚至連大著肚子的雲璐都來看望過。

可是她還是像個木頭人，不說話也不笑，雖然該吃飯的時候也吃，該睡覺的時候也睡，該上店裡盤點照看的時候也會到櫃檯裡站著，可是所有人都能感覺到，她的心不在。

她的心已經飛越千山萬水，去了她平生未曾去過的京都。

李墨還只是個四歲的孩子，皇宮那麼複雜的地方，他能適應嗎？沒有了熟悉的娘和裴媽媽，他能習慣陌生的生活嗎？他能接受高高在上的皇帝，成為他的父親嗎？他見到了素未謀面的親生母親，會有血濃於水的親情嗎？

這些疑問和擔憂，都盤桓在李安然的腦海裡，讓她食不知味睡不安寢。

比起李墨對她的需求，也許她對李墨的需求更加強烈。這四年來，與其說是她撫養了他，不如說是他陪伴了她，給了她最大的心靈慰藉。

「小姐？小姐！」

黃鸝的叫聲驚醒了她。

她晃了晃腦袋，努力將精神集中起來。

「什麼事？」

「程老爺上門拜訪。」黃鸝道。

「誰？」李安然有點茫然。

「程老爺，靈州首富程彥博老爺。」黃鸝見她連程彥博都一下子沒想起來，心裡不由更加擔憂。

李安然這才意識到黃鸝說的是程彥博，同時感到疑惑。「他來做什麼？」

黃鸝搖頭。

李安然微微蹙眉，自從那日在靈州縣令見證下喝了一頓和解酒，她跟程彥博之間算是已經說開了。但即便沒有了仇怨，兩人也談不上有交情，程彥博怎麼會突然上門？

「先請到正廳喝茶吧。」

「是。」

中。

黃鸝吩咐了黃雀去招待。

李安然看了看自己身上，穿著打扮並無不妥之處，這才帶著黃鸝出了西跨院，到了正廳

程彥博已然坐在裡面，丫鬟奉了茶水剛剛退下。

他一見到李安然進門，立刻站起來，大踏步迎上來。「啊呀呀，多日不見，安然妹妹風姿更勝往昔了。」

李安然微微蹙眉，不著痕跡地躲過他伸過來的手，擠出一絲笑容。「程老爺今日大駕光臨，真是蓬蓽生輝了。」

程彥博似乎並不介意她的躲避，仍舊笑道：「怎麼叫程老爺呢，妹妹莫非忘了，當日妳可是稱我為大哥的，難不成是怪我這麼多日沒有來看望妳，跟我生分了嗎？」

程彥博的姿態著實在李安然意料之外，令李安然有些彆扭，總覺得對方表現得也太過熱絡了，她跟他，有熟到哥哥妹妹這麼叫嗎？

不過她怕對方再來歪纏，也只好將就著道：「大哥說的哪裡話，快請坐吧。」

程彥博這才滿意地坐回位子上。

等李安然也落座，他突然便嘆了口氣。

「李墨的事情，我也聽說了，今日看妹妹的氣色，果然很不好。唉，妹妹也別太難過，李墨畢竟不是妳的親生孩子，如今找到了他的父母，妳應該替他高興才是，怎麼反而弄得自己這樣憔悴了呢？」程彥博說著，滿臉都是真誠的擔憂之色。

李安然有點驚愕，怎麼他上門來是為了安慰她嗎？

「程老……程大哥也知道墨兒的事情？」

程彥博立刻精神一振。「那當然了，妳的事情就是我的事情嘛，我聽說李墨走後，妳天天都茶飯不思的，我這大哥心裡真是擔心得不得了。妳看，這是我特意帶來給妳補身的東西。」

他隨手從身邊拽過一疊盒子，一一地展示，不是人參鹿茸，便是靈芝燕窩，果然都是大補藥材。

李安然又是受寵若驚又是哭笑不得，只覺他這番熱情來得太過突然，好生硬的感覺。

「這……這也太過貴重了，大哥不必如此破費，我只是思念墨兒，心情有些不佳罷了，身體倒無礙……」

她的話還沒說完，已經被程彥博打斷。

「噯，妳跟我客氣什麼！這點東西，不值幾個錢，卻是我的一片心意，難道妳要拒絕我的好心嗎？」程彥博裝作生氣的樣子。

李安然心中越發彆扭，這種毫無鋪墊的親熱，弄得她渾身都不自在。

程彥博卻已經站起來，拎著東西大步走過來，李安然一驚，趕忙起身，沒來得及躲閃，他就已經把東西強行往她懷裡一塞。

「反正東西我是帶來了，送出去的東西，我是決計不會再收回來的！」

李安然被他身上的氣息逼迫得往後退了好幾步，但她每退後一步，程彥博便往前逼近一步，兩人的距離竟是越來越近。

「好好好，我收下就是！」李安然實在受不了這過近的距離，想著趕緊答應收下，免得對方乘機更貼上來。

程彥博這才笑嘻嘻道：「這才是我的好妹子嘛！」

他將東西放在她手上，順手在她手背上摸了一下。

彷彿被某種冷血動物舔了一口，李安然只覺全身的汗毛都豎了起來。她再往程彥博臉上看去，對方卻已經退了幾步，笑咪咪地坐回位子上，彷彿剛才的舉動只是巧合，並非刻意為之。

李安然心中雖然不自在，但也說不準對方是否有意，只得忍耐住了，高聲喚起黃鸝的名字來。

「小姐。」黃鸝很快便走了進來。

「給程老爺添茶。」

李安然故意叫黃鸝進來添茶，等她倒完茶，也不吩咐她退下，如此黃鸝自然留在了廳中。

程彥博看了黃鸝一眼。「我們兄妹說話，不必下人伺候，叫丫鬟退下吧。」

李安然心中一動，只覺自己方才的懷疑並非無的放矢，這程彥博果然有些古怪。

「這丫鬟是我的貼身心腹，我的一應事務都是由她打理的，大哥不必介意。」

程彥博撇了撇嘴，只好低頭喝茶。

李安然給了黃鸝一個眼神，黃鸝雖然不知道前面發生了什麼，但也猜到自家小姐不太待見這個程老爺，心中自然更加謹慎。

主僕兩個便都不開口，滿屋子只有程彥博喝茶的輕響。

放下了茶杯，程彥博又往李安然看去，後者低著頭，並不跟他眼神對視，程彥博的眼神便順著她的側臉往下滑動，落在她白膩的脖頸上。李安然因思念擔憂李墨，這兩日吃得少，清減了許多，脖頸上的肌膚白皙近乎透明，底下的青筋都能看得到。

程彥博眼中，那微微露出青筋的脖頸竟像是有種極致的蠱惑，胸腔裡的一顆心都微微發燙了。

他也不知道自己是怎麼了，李安然的樣貌雖說比幾年前大有長進，稱得上清秀佳人了，可是跟姚舒蓉比的話，還是差上一籌的。但，就好像是本來屬於自己的東西，剛開始嫌棄扔掉了，回頭再看，原來竟是蒙塵的明珠，更令人難以罷手。

這個女人，本來就該是屬於他的。

李安然低著頭，自然沒有發現程彥博眼中的邪火，但黃鸝卻有所察覺。她上前裝作替李安然整理髮髻，擋住了程彥博的目光，並暗暗地遞給李安然一個眼神。

李安然有所領會，等黃鸝退下之後，她抬頭看著程彥博。

程彥博咳嗽了一聲掩飾尷尬。

「大哥的禮物我已經收到了，你的心意我也領了，不知大哥還有什麼事嗎？」李安然刻意問道。

這是要下逐客令了。

程彥博心中有點不甘，他還沒怎麼跟她說過知心話呢，今天特意登門，可不真的只是為了看看她而已。

他眼珠一轉，倒是想到了一個話題，微笑道：「我聽說，妹妹這一品天香的鋪子，有好些香料都是從我們程家的香料行進的。」

李安然心中一動。

「哈哈，妹妹可真是瞞得我好苦。既然妳與我們程家的香料行有合作，應該早早告訴我嘛，妳我兄妹，我自然會給妳最優惠的價格，妳說是不是？」

既然說到生意，李安然不得不認真起來。

「多謝大哥的好意。一品天香的香料供應，的確有很大一部分來自程家的香料行，只是從前程夫人與我多有過節，此事若挑明，只怕程夫人有所阻撓，並不是我刻意隱瞞。」

程彥博打手一擺。「這妳不必擔心！程家是我做主，還輪不到那女人，妳有什麼為難，只管跟我說！」

李安然只覺他在吹牛，卻也不戳破，笑道：「香料行的掌櫃與我原是舊識，合作一向順利，倒沒有什麼為難。」

程彥博點點頭。「是我忘記了，妳從前是我們程家的當家夫人，香料行的人，妳當然都認識。」

這話茬，李安然就不好接下去了。

不過程彥博自己卻順著往下說道：「說起來，從前是我胡鬧，虧待了妹妹。妹妹在我們家的時候，實在做得很好，程家上下到現在還很懷念妹妹呢，尤其是老帳房程英，總是唸叨妳。」

李安然不自在地笑了笑，這個話題要她怎麼往下說，難道也要她懷念一下在程家的日子嗎？

程彥博見她不說話，又湊近了一點，低聲道：「其實，我也是很想念妹妹的。」

李安然頓時眉頭一皺。

「你這是什麼意思？」她第一時間板起了臉。

她不過是看在雙方有商業合作的分上，給程彥博面子，好好地招待，這人居然還蹭鼻子上臉了。

程彥博大約真是屬賤人的，他喜歡的女子，若是柔弱討好，他可能很快就厭倦；若是對他橫眉豎眼的，他反而覺得心癢難耐，最愛她眉梢眼角的凌厲風情。

李安然眼神一厲害起來，他越發覺得對方好看，笑咪咪道：「我們原是有夫妻緣分的……」

話音未落，李安然霍然起身。

黃鸝也是怒目而視。

「程老爺，我看在我們是合作夥伴的分上，當著縣太爺的面，喝過和解酒，過往的恩怨一筆勾銷，可你若真把從前的事情當成沒做過，那也未免太可笑了。今日的話，我就當沒有聽見過。黃鸝，送客！」
「是！」
黃鸝大聲應了，走上去拿起茶杯，惱火地瞪著程彥博。
程彥博沒想到她忽然就翻了臉，他不就是說了一句體己話嗎？
「這、這是幹什麼……」
李安然冷冷地別過頭，不願意再跟他待在一個屋簷下，乾脆走了出去。
程彥博待要追，黃鸝橫移一步擋在他身前，拿著茶杯的手腕子一翻，整杯茶潑在他腳下。
「妳！妳這死奴才！」程彥博大怒。
黃鸝昂著頭。「我是奴才，那也是李家的奴才，程老爺還管不著我！」
程彥博一口氣憋在嗓子裡，兩隻眼睛都差點瞪出來。
這時候，本在整理院子的福生、泰生聽到動靜，也奔了過來，就站在門外，虎視眈眈地看著程彥博。
程彥博只覺臉上臊得火辣辣的，再待下去真是沒意思了，只得恨恨地把袖子一甩，快步走了出去。
「慢走不送！」
出了李宅，上了馬車，程彥博猶氣哼哼的。
真是好心當作驢肝肺！他好意親近，這女人居然翻臉不認人，別忘了當初可是老夫人親口把她許配給他做老婆的。不就是他休掉的女人，裝什麼陌路。

不過……細細地品味了一下，李安然生氣的樣子，竟然也很是勾人，連她的丫鬟，瞪眼的時候也教人心癢癢。若是能拿下李安然，那標緻的丫鬟自然也是他的囊中之物。

他神遊起來，陷入自己的臆想之中，臉上竟然露出了邪笑。

回到程府的程彥博，躺在屋子裡什麼也不幹，連下人稟報說幾個商鋪的掌櫃一起來求見，他都不願接見，只打發人跟那掌櫃說他不在。

真是煩死了！這些老東西，總是拿一些雞毛蒜皮的事情來煩他，不就是姚舒蓉從櫃上多拿了一點錢嘛，程家是靈州首富，個個商鋪的生意都興旺發達，拿點錢還能虧死他們嗎？哼！

姚舒蓉進門的時候，看到的就是程彥博這一副慵懶又煩躁的樣子。

她早知道他今日幹了什麼，看他這副臉色就猜了八、九分，故意說道：「怎麼？吃了閉門羹了？」

程彥博也不理她。

姚舒蓉心中暗恨。這男人剛開始對她百依百順，如今卻越來越喜新厭舊，每每在外面花天酒地；還有她身邊的春櫻，也是個不省事的小蹄子，要不是她看得緊，只怕早跟程彥博勾搭上了。

如今程彥博又打起了李安然的主意，更是不把心思放在她身上，從前的溫存纏綿，早已不復存在。

想著想著，姚舒蓉的一顆心便漸漸冷了下來，這樣的男人，還有什麼值得她留戀。她臉上露出一個冷笑，故意譏諷道：「當初你可是天寒地凍把她趕出家門，聽說她差點死在路上；如今你以為送一點人參、鹿茸的，就可以讓人家回心轉意？呵，你別忘了，她可是勾搭上護國侯的人，你跟護國侯比，算個屁呀！」

程彥博轉過頭，煩躁道：「閉上妳的嘴！」

姚舒蓉早對他失望透頂了，被他這樣對待，也不生氣，反而神秘地笑道：「我倒有個法子，可以讓你得償所願，你信不信？」

程彥博立刻精神一振，翻身坐起。「什麼法子？」

姚舒蓉甩了一下手帕，幽怨道：「真是有了新歡就忘了舊愛，我替你勞心勞力地打理生意，你卻想著別的女人……」

程彥博忙換了一副笑臉，抱住了她。「哎呀，妳還不知道我呀！她怎麼能跟妳比，就算我重新娶了她進門，也是她做小、妳做大，妳這正室夫人的位置跑不掉的！」

姚舒蓉裝作哀怨，哼哼唧唧了半天，直吊得程彥博快憋不住了，這才說道：「好了好了，知道你心裡有我，我呢也沒有別的要求，你要娶李安然進門可以，但是這管家大權必須交到我的手上！」

程彥博自然一口答應。

「空口無憑，這樣，你給我寫個字據，將這程家的生意全權交給我照管，凡掌櫃們稟事，都找我要話。」姚舒蓉要求。

程彥博笑道：「我正愁他們煩呢，妳要管，那是最好不過了。妳要什麼字據，我立刻寫給妳！」

他真的就屁顛屁顛拿了文房四寶，按著姚舒蓉說的寫了一張字據，只說程家所有產業都由姚舒蓉管理，程家的掌櫃都聽她號令。

姚舒蓉將這字條收起來，這才附耳過去，將她的法子悄悄告訴了程彥博。

程彥博聽得驚訝無比。

「這、這不太好吧，用強……」

姚舒蓉冷笑道：「若不用這個法子，你以為你真能娶到她。我可聽說，護國侯是真的對她動了心，要娶她進門呢，你若不先下手，她可就是護國侯的人了。」

她見程彥博還有些猶豫，又道：「我知道你擔心什麼，無非是怕吃了羊肉又惹一身騷。放心好了，李安然那人我最清楚，最是要臉面名聲的，只要她破了身子，成了你的人，你還怕她不乖乖就範？況且到時候，護國侯也不可能為了一個失貞的女人出頭。你只要按著我的法子做，別人只會以為你們是郎情妾意兩相情願，絕不會以為是你對她用了強，到時候她就算再不肯也只能認命。」

姚舒蓉百般慫恿，程彥博到底還是信了。

「好！若是事情成了，往後這家裡的一切，我都聽妳的！」

程彥博搓著手，已經開始想像美事，滿臉興奮得通紅。

姚舒蓉摸著袖口裡的字據，心中冷笑不已。她垂下眼瞼，斂下眼底的一片冷酷。

第五十六章　陰謀開始

四月初五，刺史夫人楊常氏壽辰。

在靈州地界上，除了護國侯府，刺史府得算是第一實權階級，刺史夫人楊常氏更是眾多女眷巴結討好的對象，她的壽辰，自然辦得非常隆重。靈州城中眾多勛貴和官宦之家的女眷，都早早就準備好了壽禮，揣著刺史府的請柬，往刺史府去賀壽。

就是護國侯府，雲璐的肚子大了不方便出門，也差人送了壽禮過去。

還有兩刻鐘到巳時，一品天香後門處，李安然已經打點好了香水、胭脂水粉等物，黃鸝是照例要隨身的，另外因要一個熟悉這些貨品的人，便又帶了店鋪裡的元香。元香如今已經是領頭的女夥計了，一張巧嘴總是能把顧客說得心花怒放，繼而慷慨購物。

上了車，趕車的是泰生。

刺史府說好是巳時過去，此時出門時間正好，一行人便從琉璃街出發，往城西而去。

刺史府門外披紅掛綠，雖然不是刺史本人過壽，但夫人壽辰也是不容輕忽的，門口迎來送往，都是各府的夫人小姐。

李安然一行人並非來賀壽，自然不從正門進，停在角門處，也早有人候著。如今一品天香也是靈州城最高檔的化妝品商號，各家的夫人小姐都認得李安然，刺史府的下人也對她很客氣，叫人來幫著抬箱子，恭敬地將她請進去。

一路進了二門，穿過幾重院落，即便隔著院牆，也能聽見今日府中十分熱鬧，隨時就能碰見一撥一撥的客人。

到了大約是刺史夫人居住的院子，下人引著李安然等人到了正房廊下，請她們稍候，掀了簾子進去稟報。

因快要到初夏了，蟲蟻有點多起來，尤其晚間掌燈的時候，所以正院門口掛起了湘妃簾，防飛蟲的。

泰生並未跟進來，李安然只帶著黃鸝和元香站在廊下，隔著窗子能隱約聽見裡頭說話的聲音。

屋裡似乎很熱鬧，鶯鶯燕燕的應該都是年輕女眷，說的話題也不外是家常。

李安然正安心等著，忽聽裡面有道聲音比別人都高一些，說道：「聽說燕寧表姊已經接了懿旨，不日就要跟隨太后進京入宮啦，小妹在這裡先恭喜姊姊。」

李安然心中一動。

楊燕甯要入宮的事，她也有所耳聞。不過她知道，楊燕甯原本是對雲臻有意的，當初她未能按時入京參選也很可能是為了雲臻的緣故，但兜兜轉轉之下，竟然還是奉召入宮了，不知她如今有何感想。

果然，就聽見楊燕甯的聲音回道：「一入宮門深似海，我倒是羨慕表妹，可以侍奉雙親膝下，將來姑父姑母必定也會為表妹尋一位如意郎君。」

屋子裡便有些年輕女子順勢調戲起那表妹來。

李安然聽楊燕甯的聲音冷冷的，似乎並沒有喜意，心中便是微微一嘆。

這時候，屋子裡稍微安靜了一下，然後有人挑了簾子出來，喚道：「李小姐，夫人有請。」

李安然帶著元香和黃鸝進去，楊府的兩個下人抬著她帶來的箱子。

屋內人非常多，正中坐著刺史夫人楊常氏，旁邊就挨著楊燕甯。在她們母女左右兩側以及對面擺了一圈的椅子和春凳，高高低低坐了好些個太太和年輕姑娘，姑娘們年紀有大有小，都是未嫁女子的打扮，這些人身後，又站著不少的丫鬟、僕婦，使得屋子裡熙熙攘攘，很是擁擠。

李安然先向楊常氏行禮。

楊常氏便道：「妳們不認得，這是我們靈州鼎鼎有名的一品天香的女東家李安然姑娘。」

底下大家都露出驚訝之色。

「早聽過一品天香的名號，我那裡還有燕寧表姊送的一瓶子香水，正是一品天香的，好用得不得了，原來竟是個女東家，真是了不起。」

這些人並非靈州人士，竟然也都知道一品天香，紛紛議論之下，對李安然露出了好奇之色。

「在座都是親戚家的小姐，有好些個是第一次見面。妳們大老遠的替我來賀壽，我總要送見面禮，否則豈不是叫妳們笑話我這個做姑母嬸嬸的小氣。」楊常氏笑說著。

大家便都笑起來。

她又道：「只是妳們人多，又不是缺金少銀的，還是燕寧提醒我，說是與其送我們訂好的禮物，倒不如讓妳們自己挑。一品天香的東西都是頂頂好的，護國侯府的大小姐也用她們家的胭脂水粉，今日我請了李姑娘來，妳們自己挑，一定要自己中意才好。」

楊常氏說完之後，年輕的姑娘們都露出喜色。她們家裡，自然都是非富即貴，但一品天香只在靈州城內有店鋪，實在不易購買，今日能夠自己挑選，機會難得。

於是，李安然便吩咐元香打開箱子。

她環視了一下眾人，笑咪咪道：「沒想到今日有這麼多夫人、小姐在場，我們帶來的只是樣品，請小姐們試用、挑選，若有中意的，即刻便可送過來。」

元香和黃鸝將箱子裡的香水、胭脂、妝粉、胰子、眉黛、髮油等一一拿出來展示，夫人小姐們各自取了感興趣的觀看試用。元香和黃鸝負責解答她們的問題，李安然則只是在旁邊策應總管。

有位夫人看著李安然道：「這位李姑娘大方得體，不像是尋常女子。」

李安然正要謙虛一下，坐在上頭的楊燕甯開口道：「小姑母看的不錯，李姑娘可是巾幗不讓鬚眉，她一手創辦這一品天香的商號，與靈州城內眾多勛貴之家都有交情，而且還是護國侯府的座上賓，與雲大小姐更是友情匪淺。」

楊燕甯這雖然是誇讚的話，但李安然聽著總覺得話語背後有一絲古怪的幽怨。

她順勢說道：「安然還未恭喜楊小姐，楊小姐不日進宮，陪在君王側，安然祝楊小姐步步青雲。」

「承李姑娘吉言。」楊燕甯微笑道，可眼底飛快地劃過一絲怨恨，快到沒有人注意到。

「李姑娘特意過來，我這些姊姊妹妹們一時也未必能夠挑選完。」楊燕甯叫了一聲丫鬟。「給李姑娘搬個座椅，再把剛沏好的茉莉香片端一盞過來。」

便有丫鬟端了一張春凳過來，李安然道了謝，在角落裡坐了。

然後又有丫鬟端了一盞白瓷鵲銜櫻桃的茶碗過來，裡面黃澄澄的茶水，飄著茉莉花瓣，嚇煞人的香。

「好香！」李安然讚道。

旁邊便有個小姑娘道：「燕寧表姊親自調配的茉莉香片，總是比外頭買來的茶葉要香得多，就是我父親得了皇上賞賜的貢茶，也沒有這麼香的。」

楊燕甯笑了笑，並不說話。

李安然聞了聞茶香，只覺這茶實在香得嚇人，小小地啜了一口，入口溫柔，一股茉莉香在舌尖爆開，瞬間瀰漫整個口腔，直達頭頂。

她讚了一聲好茶，又喝了兩口。

等那香氣散盡，才覺得舌根處有一絲輕微的痲痲的，似乎還有一點點苦味。

她只當是這茶的特點，沒有在意，只是想著這茶雖然香得很，卻沒什麼回甘之味，算不得頂好，那小姑娘說連貢茶都不如此茶，未免有討好楊燕甯之嫌。

楊燕甯一直看著那些姑娘們挑選胭脂水粉，只是暗暗地留意了一下李安然，見她將那碗茶喝了一半，心裡泛出一絲冷笑，放在膝蓋上的手微微捏起，指甲扣進手掌的肉裡。她得不到的，也不會讓別人得到。

約莫兩刻鐘的樣子，這些姑娘小姐們都挑好了中意的東西，李安然讓元香一一記了，然後便向楊常氏告退，說下午即會將東西送過來。

楊常氏吩咐人好生將她們送出來。

快到巳時中，大約是壽宴要開了，因都是女眷，宴席擺在後宅，李安然一行人出來之時，已經在空氣裡聞到了美酒佳餚的香味。

出了角門，馬車早已等候著了，元香先上了車，李安然扶著黃鸝的手，剛抬腿往車上邁，只覺腿腳有點發軟，竟沒抬夠高度，差點一腳踩空。

黃鸝忙扶了一把。「小姐沒事吧？」

李安然搖搖頭，只當自己不小心，黃鸝用力地抬了一把，將她扶上了車。

泰生駕車離開楊府。

城西這裡住的人非富即貴，坊間的街道也不似城東那般人來人往，相對是比較僻靜的。

車內，李安然不斷地調整坐姿，只覺怎麼坐都不舒服，腰背發軟，心口跳得有點快，身上也發熱，慌慌的沒個著落。

「小姐，妳怎麼了？」

黃鸝看李安然的臉色有點不正常的潮紅，不由問道。

元香也看了過來。

李安然皺著眉，靠在車廂壁上輕輕地喘氣。

「不知怎麼的，有點心慌……」她按住自己的心口。

黃鸝和元香忙坐過來，摸她的臉，只覺比平時熱一些，別的卻也看不出什麼了。

黃鸝擔心地道：「要不先找個醫館瞧……」

話音未落，馬車忽然猛地一顛，整個車廂都傾斜起來，三人不由自主地往旁邊倒去，重重地撞到車廂壁上。

駕車的泰生也是大驚失色，這拐角處來的時候也是走過的，很平整，怎麼突然間冒出這麼大一塊石頭來，拐彎時又被牆角擋住，車輪正好壓上去，失去了平衡。

而那駕車的馬兒也似突然受了驚，高聲地嘶鳴，踹起了前蹄。

泰生驚嚇不已，用力地拽著韁繩，努力地控制馬車。

馬兒橫衝直撞，馬車顛簸不斷，車內三女都是驚叫不已，直到砰一聲，左邊的車輪撞在了牆壁上，車軸歪掉，車廂轟然一聲掉落。

泰生費了吃奶的勁控制住了馬，只見馬兒兩眼都是通紅的，不住地喘氣。

「小姐，小姐沒事吧！」

泰生顧不得看馬，先回頭問車裡。

車廂內李安然和黃鸝、元香都摔得七葷八素，身上也不知撞青了幾處，好不容易緩過來。

「怎麼回事？好好的怎麼馬兒會受了驚？」黃鸝有些生氣。

「這馬一向溫順的，方才不知道看到什麼，似乎是嚇到了，才會這樣。」泰生委屈道。

「好了好了，你先看看車子能不能走。」黃鸝指示道。

泰生跳下車看了看，倒抽了一口冷氣。

左邊的車輪已經歪掉了，車軸也是勉強掛在車輪上，整個車廂都是歪著的，一邊高一邊低，顯然是沒法走了。

但比起車子的慘狀，黃鸝和元香卻更擔心李安然。

此時李安然的臉色更加紅了，脖子上的肌膚燙得嚇人，神志也似乎有點糊塗起來。

李安然感覺自己在發熱，身上的衣裳似乎變成了束縛，她好想撕開衣襟；兩條長腿也是忍不住地廝磨，腿間又癢又熱；身體很軟，軟到她根本就坐不住，只想往冰涼舒適的地方躺。

「小姐？小姐？」

黃鸝和元香都被她嚇到了，不住地叫她。

李安然擰著眉，直覺到自己的身體很不對勁。

「快，快送我去看大夫……」她勉力維持著清醒，說出這句話來。

可是眼下這種情形，要怎麼走呢，黃鸝和元香一時都有些慌亂。

正在這時，巷口行駛過來一輛馬車，看到他們的情形停了下來，車上下來一個男人，問道：「怎麼了？」

泰生驚訝叫道：「程老爺！」

來的人正是程彥博。

李安然突然不舒服，馬車忽然出事，程彥博這麼巧出現，事情總透出一股怪異。

但此時，黃鸝和元香來不及去細細剖析這巧合背後的因果。

李安然已經神志不清了。

程彥博見了這馬車的情況，又見李安然的樣子，立刻道：「妳家小姐怎麼？生病了嗎？」

黃鸝還有點猶豫，元香卻已說道：「我家小姐忽然不適，得趕快看大夫。」

「馬車都這個樣子了哪裡還能走，這樣，趕快把你們小姐抬到我車上去，我送你們去醫館！」程彥博馬上提議。

元香立刻眼睛一亮，這是個辦法。

黃鸝卻總覺得有點怪怪的，她不敢做決定，只推著李安然。「小姐？小姐？」

李安然閉著雙眼，鼻間氣息粗重，臉色紅得不像話。

程彥博喝道：「還愣著做什麼，妳家小姐這樣子顯然不對勁嘛！」他回頭高叫道：「來人，快來人！」

他的馬車上跳下來兩個孔武有力的漢子，奔過來。

程彥博指揮著他們把李安然抱下車。

黃鸝急道：「等等！」

程彥博一把甩開她。「等什麼，妳家小姐得趕快看大夫。」

他指揮著那兩個漢子將李安然強行抱到了自己的馬車上。

黃鸝和元香趕緊從車上跳下來，要追過去。

黃鸝覺得有種不祥的預感，她心中猛然跳過一個念頭，一把拉住了元香。

「哎喲！」元香吃痛地叫了一聲。

第五十七章　雲臻的怒火

程彥博的出現已經令人十分意外，他強行將李安然抱走的舉動，更讓黃鸝心存懷疑。聯想起當日在李宅，程彥博對自家小姐的奇怪舉止，黃鸝敏銳地感覺到，今天的事情很不對勁。

她拉住了元香，低聲快速道：「事情不對。」

話音未落，程彥博等人已經上了車，竟然也不等她們，徑自啟動了車子。

黃鸝、元香還有泰生頓時大驚失色，忙奔過去攔車。

「程老爺，你要把小姐帶去哪裡！」

程彥博掀開車簾，喝道：「幹什麼？妳家小姐要看大夫！」

黃鸝正色道：「那請讓我們也上車，小姐身邊不能沒有人。」

程彥博臉色微變。「有我在，還怕沒人照顧你們小姐？」

「程老爺是男人，我家小姐是女子，多有不便。」黃鸝道。

程彥博似乎沒想到她會這麼說，煩躁地擰起了眉毛，不太願意答應她的樣子，但很快，他又想到了什麼，眼珠子一轉，應了。「好，你們快上車，三個人都上來！」

元香和泰生都面露喜色，正要過去，黃鸝卻一把拉住了泰生，低聲道：「你別跟著，快去找雲侯。」

泰生微微一驚。

黃鸝上前一步，擋住了程彥博的視線，快速道：「事情不對，來不及多說，你聽我的，馬上去找侯爺，一刻也不要耽誤。」

泰生雖然不太明白，但也感覺到黃鸝的鄭重其事，忙點頭。

黃鸝立刻抬頭對程彥博道：「我家的馬車壞了，不能沒人照看，泰生留下，我和元香跟程老爺去。」

程彥博不疑有他，只煩躁道：「快點上來。」

黃鸝便拉了元香上車。

泰生讓到一邊，看著馬車從他眼前駛過後，也不管自家壞掉的馬車，拔腿便朝左邊的巷子跑去。

護國侯府也在城西，離這裡並不太遠。

泰生雖不如黃鸝機靈，但這時候回想，也已經感覺到事情很不對勁，他加快速度，腳下生風，轉過幾個巷口，護國侯府的大門就在眼前。

門口照常有人把守，泰生風風火火地衝上去，卻被門衛一把攔住。

「什麼人！」

「我找侯爺！」泰生急切地道。

門衛瞪著眼斥道：「侯爺豈是隨便能見的，你是什麼人？」

「我家小姐是一品天香的東家李姑娘，我是李家的僕人叫泰生，麻煩這位大哥通報一聲，我有要緊事找侯爺。」

一品天香？那不就是個賣胭脂水粉的鋪子。這門衛平日不過是看守大門的，並非雲臻身邊人，等閒得不到跟雲臻說話的機會，哪裡能夠知道雲臻的交友情況，只當這什麼李小姐不過是尋常路人一枚，根本不放在心上。

「侯爺日理萬機，就是你家小姐，不過一個小小店掌櫃，要見侯爺還不太可能，何況你一個下人，休在這裡吵鬧，快走開！」

泰生頓時著急起來。「我家小姐是侯爺的好朋友！」

門衛好笑道：「你當我三歲孩子好騙吶！」

一個店掌櫃也敢說是我們侯爺的好朋友，真是貽笑大方。

泰生見這門衛不信他，不讓他進去也不肯替他通報，不由心急如焚。他現在越想越覺得不對，小姐那邊也不知道怎麼樣了。

這時候，正好兩個年輕女子從裡面走出來，泰生眼尖地看見其中一個正是大小姐雲璐身邊的丫鬟紅歌，立刻驚喜地高叫：「紅歌姐姐！紅歌姐姐！」

門衛嚇了一跳，大怒道：「快閉嘴！敢在這裡大呼小叫！」

紅歌姑娘可是大小姐身邊最親近的人，他一個小小的門衛可得罪不起。

紅歌原是奉了雲璐之命出門替她買蜜餞，因雲璐懷著身子，特別愛吃酸的，又極為挑嘴，非得吃新鮮做的，可等閒丫鬟買的總不得她心意，總要紅歌親自採買才好。這會兒聽見有人高叫她的名字，便抬頭看過去。

「泰生？」她認得泰生，忙走過來。「你怎麼在這裡？」

泰生喜道：「紅歌姐姐在就好了，我有急事找侯爺！」

那門衛見他竟然真的認識紅歌，驚訝不已。

紅歌見泰生滿頭大汗，臉色急切，一副出了大事的樣子，不由也認真起來。「怎麼？你有什麼事找侯爺？」

「是我家小姐……哎這……」泰生急切之間也不知道該怎麼說才好。

紅歌一聽是李安然的事，心頭一跳。「你別急，先跟我進來，侯爺正在府中，我這就領你去見他。」

泰生忙道謝。

紅歌便叫旁邊的丫頭先出去替雲璐採買，自己則領著泰生進府。

也幸虧運氣好，雲臻此時正在府中，很快接見了泰生。

泰生比手劃腳地將事情一說。

雲臻立時皺眉。「你是說，你家小姐忽然發病，程彥博正好路過，將你家小姐劫走了？」

「是，我家馬車壞了，程老爺說用他的馬車送我家小姐去醫館。可是黃鸝姐姐覺得事情太過巧合，恐怕有古怪，那程老爺的態度也很是強橫，彷彿非帶走我家小姐不可，若非黃鸝姐姐機智，只怕我們三人都要被那程老爺扔下。如今我家小姐已被程老爺強行帶走了，黃鸝和元香跟著，叫我來找侯爺。」

雲臻眉頭蹙得很深。

事情並不複雜，李安然從刺史府出來便突然發病，她素來身體康健，並無什麼隱患，怎麼會突然發病？又說病得古怪，一下子便失去意識了，這是什麼病？而那麼巧，程彥博正好出現，以就醫之名強行將她帶走？

雖然表面上看，邏輯說得通，可是正如黃鸝擔心的一樣，他也覺得這事情太過蹊蹺，有種若有似無的危機感在心頭縈繞。

程彥博——他沒來由地有點反感，對於這個男人，他的印象實在談不上好。

「孟小童，叫上劉高、李虎，即刻跟我出門！」

雲臻當機立斷，召集了孟小童、劉高、李虎三人便出門，早有人快速地準備了馬匹，連帶著給泰生也準備了一匹小馬。泰生倒也會一點騎術，四人認鐙上馬，即刻出發。

泰生在前面帶路，很快就到了出事的地點。

果然李家歪掉的馬車還倒在路邊，拉車的馬兒雖然無人照看，卻還乖乖待在原地。

「他們去了哪裡？」雲臻問。

「小人也不知，只曉得是往那個方向去的！」泰生手臂一抬，指了指東邊的方向。

雲臻又是一皺眉，竟然連個目的地都沒有。

此時孟小童說道：「既然程老爺是帶李姑娘去就醫的，這個方向過去，醫館多集中在昌平街和興榮街，其餘坊間散落的小藥店不成氣候，我們可以先去那兩條街看看。」

雲臻一兜馬頭。「那還等什麼，走。」

四人便調轉方向，往昌平街和興榮街而去。

昌平街和興榮街屬於繁華街道，商鋪林立，但因在城西的緣故，商鋪檔次高，人流倒不像城東那般密集。

四人先到了昌平街，一連去了三家醫館，卻都沒有找到人，醫館聲稱根本就沒接待過這樣的患者。

雲臻心裡便起了疑雲，只覺這次找人未必能夠這麼順利。

果然到了興榮街，問了幾家醫館之後，同樣是沒有任何消息。

泰生再度著急起來。「這是怎麼回事，程老爺難道沒有帶我家小姐去醫館嗎？」

雲臻眉頭深蹙，程彥博到底帶李安然去了哪裡？

「程老爺若真的帶李姑娘就醫，按常理推斷，總該是就近尋找醫館，昌平街和興榮街是最便利的，若這兩處都沒有，難道是去找了散落在坊間的醫坊藥坊嗎？」劉高插了句話。

但孟小童立刻反駁。「程彥博既然是靈州首富，怎麼會去那種名不見經傳的藥坊。那些大夫不過是沽名釣譽，醫個頭疼腦熱還行，正經看病一個都不可靠。」

四人一時都沈默了。

雲臻略一思索，命令道：「程家既是首富，馬車必然好認，你們四個，兵分四路沿途打聽，看是否有人見過程家馬車。不管有沒有消息，半個時辰後在此地會合。」

「是！」

劉高等四人奉命，分東南西北四個方向散開。

雲臻在原地稍稍躊躇一會兒，也騎著馬再往四周醫館搜尋。

靈州城雖然富庶，並不算太大，他騎著馬，比常人走路要快得多，兩刻鐘的工夫，便已將城西可以找人的地方轉了個七七八八，卻一絲人影也沒看見。

莫非並不在城西？

雲臻心中有些焦急起來。

這件事情，越想越可疑，他煩躁地抖了一下韁繩，再度沿著街道搜索起來。

街邊的行人來去如常，每家商鋪都像往常營業著，一切都普通得跟靈州的每一個日子一模一樣。

但是這平靜的表象下，讓他感覺到一絲危機。

又轉過一個街口，離約定好的時間並不遠了，雲臻決定回到昌平街和興榮街的十字路口去。

他兜轉馬頭，挑了一條僻靜人少的巷子，準備抄近路。

誰知剛一進巷子，一個飛快奔跑的人影撲面而來，差點鑽入他坐騎之下。

「啊！」

那人尖叫一聲，被高大的馬頭嚇得花容失色，而等到看清馬上的人時，驚恐之色卻立刻轉為驚喜。

「侯爺！」

雲臻眼神一凝，這個女孩子不就是李安然店中的女夥計——元香。

元香一認出雲臻，當真是大喜過望，仰頭拽住馬頭的轡繩，急切道：「侯爺快救救我家小姐！」

元香的出現，讓雲臻十分驚喜；而她的求救，也讓雲臻十分震怒。

隨著元香將事情的來龍去脈迅速告知，他的怒火也越來越熾。

原來當時黃鸝察覺到事情很不對勁後，一面以留下照看馬車為由讓泰生去護國侯府求救，一面則跟元香一起上了程家馬車，護著李安然。

而在車上，李安然的症狀越發不堪。

元香畢竟未經人事，不曾見識過這樣的病症，完全不知所措。但黃鸝卻曾經在別的大戶人家做過婢女，見識過不少大宅內的骯髒手段，看李安然的樣子，似乎是中了某種媚藥。

當時李安然已經神志不清，完全被藥物所主導，若非黃鸝極力地控制著她的身體，只怕她真要做出什麼不堪的舉動來。

小姐必定是著了誰的道了！

黃鸝暗暗回想，卻也一時不能辨別李安然到底是什麼時候遭了暗算。

但只消稍稍聯想，小姐中了這種陰毒的藥物，剛剛發作，程彥博便這麼巧出現，其中若沒有蹊蹺，她是怎麼都不會信的。

只是黃鸝心思細密，當著程彥博的面，她不能露出懷疑，只是裝作焦急地道：「程老爺，我們去哪家醫館？」

程彥博坐在車廂靠近門的一側，眼珠子一直沒離開過李安然的身體。

因中了藥物的緣故，李安然的肌膚呈現出一種誘人的粉紅色，雖然有黃鸝和元香護著她，替她遮擋程彥博的視線，但還是時不時被程彥博的視線所侵犯。程彥博只覺她隨便一個扭動，便充滿了誘惑，暗地裡早不知咽了多少下口水，只是當著兩個丫鬟的面，不好表現出來罷了。

「妳家小姐的樣子不大對，若去醫館，讓外人看了，只怕有損名聲。我新買的一座宅子就在這附近，先送妳家小姐過去，再叫大夫來診治，如此更加妥當。」

程彥博假惺惺地說著為李安然著想的話，殊不知黃鸝心中已警鈴大作。

小姐的樣子如果去醫館，當然是不好的，這副模樣被外人瞧見了，指不定鬧出什麼誤會和流言。但若去程彥博所謂的宅子，卻也未必安全，怎麼就這麼巧，程彥博剛好在這附近買了新宅子？

她知道，這程彥博並非善類，尤其對小姐一直在打壞主意。

只是縱然心中擔憂，她和元香不過兩名弱女子，眼前除程彥博之外，還有兩個強有力的僕人，再加上駕車的車夫，總共四個大男人，若是真動起手，她們必定是不敵的。

就在黃鸝的不安中，馬車進入一條僻靜的巷子，兩邊都是院牆深深的住宅。

外頭的車夫說了聲到了，車子便停了下來。

在程彥博的授意之下，黃鸝和元香扶著李安然下車，只是昏迷中的李安然身體格外沈重，程彥博一個眼色過去，那兩個強壯的僕人便伸手從黃鸝和元香手中將李安然搶了過去，動作十分粗魯。

黃鸝被他們擋在身後，趁著程彥博不注意，偷偷給元香使了個眼色。

元香也是機靈的，領會到黃鸝的意思，腳下悄悄地往後退，見沒人注意到她，轉身便跑。

「她幹什麼去！」

程彥博第一個發現不對，大叫起來。

黃鸝忙道：「我叫她回家替小姐取更換的衣裳，小姐的衣裳都弄髒了……」

程彥博又不是傻子，哪裡信她的鬼話，只叫道：「快把人給我抓回來！」

一個壯僕聞聲便追了出去。

元香不敢回頭，拚命地跑。她身子輕盈，腳下也不慢，加上這一帶巷子四通八達，她故意左拐右繞，那壯僕一時竟追不上她。

後來，她又刻意在一些隱蔽的地方躲藏，引得那僕人追錯路，才終於甩掉了他，跑到大街上來。

能夠這麼巧地碰到雲臻，她也是喜出望外。

「侯爺快去救救我家小姐吧，不知程老爺把她怎麼了，還有黃鸝姐姐！」

雲臻聽了元香的描述，早已又驚又怒，當下便道：「妳可還認得路？」

元香立刻點頭。「認得，奴婢記得很清楚！」

雲臻也不多話，一伸手抓住她的臂膀，用勁一提，竟將她整個人提上馬背。元香此時顧不得體會跟侯爺共乘一騎的榮幸，用手一指方位，雲臻旋即縱馬而去。

不消片刻，果然到了一處僻靜深幽的巷子裡，元香一指左邊一道黑色的院門。

雲臻拍了一下胯下馬兒白蹄烏。

白蹄烏與他心意相通，知道主人此時震怒的心情，退後兩步，一個衝刺衝上院門前的臺階，兩隻前蹄一踹，竟將兩扇木門直接踹開了。

轟然一聲大響，門洞大開。

院中的人顯然沒料到會有這番大變故，頓時衝了出來。

元香看得清楚，衝出來的兩個人正是車夫和其中一個僕人。

「就是他們！」

那車夫和僕人不認得雲臻，卻認得元香，登時鼓噪著衝上來。

雲臻不下馬，只用馬鞭子啪啪抽了兩下，那僕人和車夫便慘叫著倒翻出去，摔在地上。

這時，一個衣衫不整的男人罵罵咧咧地從屋子裡跑出來。

「哪個不長眼的狗東西……」

然而等他看到馬上坐的是雲臻時，頓時魂飛魄散，兩手一抖，還沒繫好的褲帶一鬆，褲子徑直滑落，露出了他兩條白花花的大腿，又長又黑的腿毛清晰可見。

元香頓時羞臊不已，呸了一聲。

雲臻跳下馬來，大步上前，抬腳踹在他心窩。

程彥博啊地慘叫一聲，倒飛出去砸在廊柱上，撲通一聲坐倒在地。沒等他回過神，胸口便被雲臻一腳踩住。

「安然呢！」

心膽俱顫的程彥博哪裡還說得出話來，加上心口被踹了一腳，劇痛難當，一張臉早慘白得跟死人一樣。此時再被雲臻鋒利如刀的雙眼一瞪，他顫了兩下，胯下竟然一濕。

一股腥臊的氣味散開，雲臻鄙夷地瞥了一眼。

這軟骨頭，竟然嚇尿了。

他哼了一聲，抬開腳，徑直衝入屋中，外室無人，便直接進入內室，果然在床上發現了李安然。

而這一看之下，他只恨方才沒有一腳將程彥博踹死。

李安然已經被扒得只剩下褻衣褻褲，堪堪遮住要害，光裸的臂膀、脊背和修長的雙腿，都暴露在空氣中。

在媚藥的作用下，神志不清的她渾身都泛著誘人的粉紅色。

「安然。」

雲臻上前將她抱入懷中，拍著她的臉頰叫她名字。

李安然神志模糊，遵從身體本能的反應，下意識地用雙手摟住了他的脖子，破碎的呻吟就在他耳邊逸開。

女性獨有的芳香氣息在鼻端瀰漫，媚藥作用下的她，顯得分外嬌媚可口。

該死！

雲臻只覺胸口一股邪火，他隨手脫下外袍，將她的身體罩住，然後將她攬入懷中，打橫抱起。

李安然渾身癱軟如泥，任由他施為，但被他抱起之後，卻像是恢復了一絲神志，雙眼微微睜開一絲縫隙。

「是你……」她像是鬆了一口氣，緊接著便是臉色一變。「我……我是不是被……」

「別說話，有我在，妳不會有事的。」

雲臻將她的腦袋按在自己肩窩上。

李安然神志再次陷入模糊之中。

雲臻抱著她從屋中走出，程彥博和兩個僕人都還躺在地上呻吟，他方才的鞭子和窩心腳都是雷霆一擊，若非他有意控制，這三個人只怕這會兒都已經氣絕身亡了。

三人見到他抱著李安然出來，都知道大事不好。

就在這時，孟小童等人從破掉的大門外衝了進來。

「侯爺果然在這裡！」

他們驚喜地撲上來，而一看到他懷裡的李安然，立刻轉為憤怒。

「你們怎麼過來的？」雲臻道。

孟小童飛快地解釋了一番。原來他們四人在原定地點會合後，沒有見到雲臻，便猜測他可能已發現了李安然的蹤跡。正好那個追趕元香的僕人，追丟了目標，卻好死不死地跑到了孟小童等人跟前，泰生一眼將他認出，孟小童等人便抓住了那僕人，從他口中問出程彥博宅子所在，立刻趕了過來。

「侯爺，李姑娘沒事吧？」孟小童小心地問道。

「沒事。」雲臻簡短地說了兩個字，冷冷道：「我帶她回府，這裡的事，交給你們處理。」

「是！」

雲臻不再理會程彥博等人，抱著李安然上了馬背。他用外袍將李安然兜頭罩住，外人根本就看不出裡面的是誰。

策馬出了這宅子，他片刻不停歇地往護國侯府方向奔去。

該死的程彥博，竟敢動李安然！居然還用了媚藥這麼下作的手段！

他絕不會放過這個畜生。

不過當務之急，是先解決李安然的問題。媚藥雖不比其他毒藥，但若是處理不當，很容易損害身體根基。

隨著護國侯府越來越近，雲臻心中卻越來越焦急。

終於到了侯府，他直接從角門進去，二門外下馬，對上來迎接的下人視而不見，抱著李安然直接進入內宅。

下人們見自家侯爺臉色鐵青，難看得像是死人，懷中還抱著一個人，雖然看不到面目，不過從那袍子顯露的曲線來看，必定是個女子。

這是出大事了?!

第五十八章 落幕

進了自己居住的宅院，雲臻抱著李安然徑直進入寢室，穿過內室的小門，來到了與寢室相連的浴室之中。

他的浴室修建得頗為寬敞，地上砌著浴池，池底鋪滿圓潤細膩的鵝卵石，橢圓形的浴池兩頭各有一個仙鶴形狀的進水口，一個口是進冷水的，一個口是進熱水的，進水口有機關，只消扳動，便會有水注入浴池。

平時若要沐浴，會有下人提前燒好熱水，通過設計好的銅管，從熱水進水口灌入浴池；而冷水的進水口，則是與外面水源連通，隨時可以注水。

至於浴池底部則有比較隱蔽的出水口，也用機關控制著。

雲臻將李安然放在浴池邊上，扳動機關，任由冷水注入。

媚藥多半是江湖上的旁門左道，中了此藥，尋常大夫是沒什麼快速有效的醫治方法，而作為習武之人，能比普通人接觸到更多江湖上的門路，所以雲臻心中有數。

他所知道的解救法子有兩種，一種自然便是陰陽交合，但他深知李安然的性情，若是在這種情況下失去清白，醒後必定痛苦萬分，他也不願意這樣不清不楚地奪走她的處子之身。

另一種便是經由外界刺激，壓制李安然體內的媚藥藥力，媚藥畢竟有時效，時間一長，藥力減弱，也能安全度過。冷水便是一種可取的刺激方法。

當下雲臻脫掉披在李安然身上的外袍，只留下褻衣褻褲。

若是在正常情形下，他自然能夠好好欣賞心愛女子嬌美的胴體，但眼下李安然正承受慾火折磨，他哪裡有心情。

浴池中已經注入了足夠的冷水，他關閉進水口機關，脫去自己的衣裳，只穿一條褻褲，抱著李安然緩緩沈入水中。

「恩……」受冷水一激，李安然渾身打了個冷顫，慢慢睜開了眼睛。「雲臻……」

雲臻堅毅英俊的面孔近在咫尺，呼吸相聞。她回了神，才看清自己身處的環境。

「啊！」

當發現自己跟對方近乎裸裎相對時，她驚呼一聲，猛地往後一縮，但藥力作用下，她四肢綿軟，根本沒有多大力氣，差點滑入水中。

幸而雲臻早有準備，及時伸手攬住她的腰肢，才免去她滑倒嗆水。

可是這樣一來，兩人的身體越發靠近，挨挨擦擦，在媚藥的作用下，李安然幾乎酥軟在他懷裡，真是又羞又臊。

「妳中了媚藥，若非如此，不能解除藥效。」

雲臻在她耳邊輕聲解釋，熱熱的氣息就噴在她小巧的耳朵上。

李安然的頭垂得很深，一句話也說不出來，只是握著他臂膀的兩隻手不停地顫抖。

雲臻用手抬起她的下巴，凝視著她。「怎麼了？」

「若不是你，今日我是不是就被程彥博……」李安然怕極了。

當時她雖然神志不清，但並非完全失去意識，模模糊糊之間也知道自己被程彥博挾持了，還曾聽見黃鸝的叫罵，似乎是被程彥博關押了起來。

如果不是雲臻救她，她的清白真的就要毀在程彥博的手上。

一個女子若失去了清白，便等於整個人生都被毀滅，不必說婚姻之事，就是日常生活，都會在不名譽的情況下變得異常艱難。

程彥博——她沒想到他竟然會對她做出這麼陰險惡毒的事情！

雲臻用手輕輕地安撫著她顫抖的身軀。

「別怕，都過去了，有我在，妳絕不會有事。」

李安然疲憊地點點頭，她能感覺到藥力在自己身體裡作用，雲臻每一個輕微的碰觸都騷動著她脆弱的神經。

她的身體太敏感了，本能地想要靠近他，接受他的溫柔，甚至……也接受他的堅硬。

「不，不行……」她猛地搖了搖頭。

雲臻凝視著她，眼眸深幽。

他不是沒有感覺的。

作為血氣方剛的男子，懷抱著自己心愛的女人，更別說她還中了媚藥，又本就是郎有情妾有意，若是真的克制不住，順水推舟，並不是不可以。

「呼……」他長長地吐出一口氣，放開李安然，退後兩步，抬腿出了浴池。

「你去哪裡……」李安然有些慌亂。

雲臻回過頭，水珠在他健美的身軀上滑行，李安然竟忍不住咽了一下口水，喉嚨裡不由自主地發出一絲嬌吟，像是某種召喚。

雲臻眸底一黯，忽然跳入浴池。

巨大的水花讓李安然發出一聲驚叫，下一刻便落入一個火熱的懷抱中，充滿侵略氣息的吻將她的雙唇霸道地封住。

「唔……」

雲臻早已忍耐多時，那根名為克制的神經一旦繃斷，便一發不可收拾。

四臂交纏，男性堅硬結實的軀體，讓飽受媚藥折磨的李安然猶如久旱逢甘霖，神智告訴她不可以這樣，但身體卻早已做出背叛。

她軟倒在雲臻的懷裡。

唇齒糾纏，交換著彼此最濃烈的渴望，男人的手撫上飽滿的豐盈，將柔軟又充滿彈性的一對玉兔揉搓成各種形狀。

女人修長的雙腿不受控制地磨蹭著他結實的長腿，越是摩擦，卻越是空虛。

「不，不行……」李安然終於找回了理智，用手抵住他的胸膛，艱難地將他推開。

唇瓣分離，雲臻用額頭抵著她的，胸口劇烈地起伏，喘息粗重如牛，雙眸像充血一般紅得嚇人。

「我出去了，妳一個人可以嗎？」他聲音不穩，亮得嚇人的雙眸中，像是在克制自己，又像是在做更猛烈進攻前的準備。

「我、我可以……」李安然的聲音也很顫抖。她渾身都在顫抖，她不知道方才那狂風暴雨一般的親熱，是媚藥的作用，還是自己真的如此不矜持。

雲臻將克制力用到了極限，才艱難地放開她的身體，走出浴池。

李安然靠在池邊，渾身癱軟地坐了下去，浴池並不深，即使坐著，水也沒不過她的肩膀。

方才凶猛又纏綿的親吻，稍稍緩解了她因媚藥而無處宣洩的渴望。環抱身體的冷水，不斷壓制著她體內的藥力。

似乎已經沒有那麼難受了。

仰頭閉著雙眼，一顆心真正的放鬆了下來。

幸好，幸好雲臻救了她！幸好是他！

重新穿戴整齊的雲臻走出屋子，正好見到了回來覆命的孟小童。

雲臻和李安然走後，他們便將程彥博等人抓起來，並且救出了被關在廂房裡的黃鸝。

原來當時元香逃走之後，程彥博知道事情敗露便也不再偽裝，命人將黃鸝堵嘴捆綁起來，又強行將李安然扛進屋內，若非雲臻及時趕到，程彥博真要霸王硬上弓，將李安然給侮辱了。

「侯爺，怎麼處置程彥博這個畜生？」孟小童也是憤怒不已，誰都知道李姑娘是自家侯爺的人，這程彥博當真是吃了熊心豹子膽，竟敢做出這麼卑劣陰毒的惡行。

雲臻微微瞇起眼睛，眸底冰冷一片。

「單憑程彥博一人，做不了這整件事情，必定有人同謀，你去審問清楚，再來回話。」

「是。」孟小童領命而去。

他前腳剛走，雲璐便帶著人趕了過來，她是聽到下人稟報，說侯爺抱了一個女子回府，便猜測可能是李安然，特意過來看看情況。

雲臻屏退左右，將事情簡單地告訴她，雲璐也是幾乎氣炸了肺。

不過既然有女眷過來，李安然的身體情況自然好處理了。只是為了她的名譽考慮，雲璐並沒有驚動別人，只叫自己的貼身丫鬟紅歌進入浴室。

有紅歌服侍，加上藥力也開始減退，李安然有驚無險，安然度過。

當日她便住宿在侯府之中。

其間太后也曾遣人過來詢問，雲臻對外只說是李安然乘坐的馬車毀壞，受了點皮外傷，並不讓人真的探視。

侯府中人，除雲臻、雲璐、紅歌和孟小童幾人之外，都不知道實情，但侯爺抱著李姑娘進府是所有人都知道的事了，這下子，大家都相信，傳言全是真的，李姑娘怕是當真要嫁給自家侯爺了。

安頓好了李安然，在雲臻的授意之下，孟小童等人連夜將程彥博審問了清楚。

程彥博是個軟骨頭，早已嚇破了膽，孟小童沒費什麼功夫，便將事情一五一十地招了出來。

這樁姚舒蓉策劃、楊燕甯協助的惡行，很快便水落石出了。李安然所中的媚藥，果然就在刺史府楊燕甯給的那一盞茶裡。

這下子，雲臻自然是雷霆震怒。

然而孟小童等人趕到程家捉拿姚舒蓉的時候，卻發現姚舒蓉竟然捲走了程家所有店鋪的流動資金，攜款潛逃了。

後知後覺的程彥博，這才知道，一切都是姚舒蓉的陰謀。

姚舒蓉所謂的成全他心願，就是故意策劃這一場行動，將程彥博給套進去。她知道，程彥博動了李安然，就算李安然為了名譽委曲求全，護國侯雲臻也不會放過他。

程彥博色慾薰心，又被姚舒蓉蠱惑，哪裡還想得到後果。

而姚舒蓉，在策劃這場行動之前，已經不打算留在程家了，她拿著程彥博親筆寫下的授權，暗中將程家所有店鋪的現銀席捲一空，安置在外面，事先做好了各種安排。

程彥博不管店鋪產業，這麼大的行動，當然一點都沒有察覺到。

今日早上程彥博一出門，姚舒蓉便撇開所有人，到了外面，捲了銀款潛逃出靈州。

她連春櫻都沒有帶。

春櫻早跟程彥博眉來眼去暗中通了款曲，姚舒蓉心有嫉恨，已不把她當做心腹。

這個女人心夠狠、手夠黑，她只想著，只要有錢，天下之大何處不可去，以她的美貌、心計和財富，何必委屈地待在程彥博這種白眼狼身邊。

可嘆程彥博糊裡糊塗，被她玩弄於股掌之上，這下子，不僅失去泰半家財，還要承受護國侯府的報復，靈州首富程家算是敗在他手上了。

但為了李安然的名譽，雲臻不願意暴露程彥博算計李安然的事情。不過，護國侯府要整倒一個人，又豈會沒有辦法。

程彥博本來就不是善類，一條不孝便是十惡大罪之一。

當年程老夫人病逝，他留戀京都繁華，未曾回來送終，是李安然安排了程老夫人的後事。本來程家富貴，又有程老夫人遺留的人脈關係在，況且這種事情都是民不舉、官不究的，也就一直沒人追究。

但現在護國侯府要整垮程彥博，這就是極好的罪狀。

都不用護國侯親自出面，在孟小童的授意之下，靈州縣衙搜羅了程彥博的各種罪狀，這樣的紈袴子弟，平日裡做的欺壓良善之事自然不少，又因為程老夫人生病就是被程彥博氣的，靈州縣令便判了惡逆、不孝兩項重罪，另外加上林林總總其他罪名，程彥博被判了個流放三千里。

古時流放，條件艱苦，十個有九個要死在路上，程彥博被拘，姚舒蓉潛逃，程家連個主事的人都沒有，再加上他的案件是護國侯府親自關照的，自然沒人能夠打點。

判決下來之後，程彥博便被押解上路，他是否會死在半路上，已經沒人關心了。

至於姚舒蓉，她以為攜款潛逃，便可以優哉游哉，卻不想想，她一個弱質女流，身懷鉅款，就是護國侯府不追究，到了外頭也有的是人盯上。

果然事發半個月之後，與靈州相鄰的象州地界上便出了一樁驚天劫案，山匪劫了一家鏢局的護鏢，搶走鉅款百萬，擄掠女子三人，鏢局趟子手死亡四人，受傷一人。

錢財數量如此龐大、傷亡數目如此之多的搶劫案，自然讓象州府震動，象州刺史發了狠，協同象州軍衛所，雷霆出擊，剿滅了這窟山匪。事後追查起來，才發現被擄劫的三個女子，其中之一正是靈州發了海捕文書的姚舒蓉，那百萬鉅款便是她捲走的程家家財。

雖然山匪被剿滅，姚舒蓉卻並不走運，在官兵出動之前，她因被山匪姦污，反抗之時被山匪所殺了。

至此，程彥博和姚舒蓉，一死一流放，雖然導火索是他們合謀陷害李安然，但真正將他們送上不歸路的，卻是他們自己犯下的惡行。

不是不報，時候未到，天理迴圈，真正是報應不爽。

第五十九章　抱得美人歸

春生夏長，秋收冬藏。

程家落敗已經是去年的事情了。

堂堂靈州首富，竟然在一夜之間敗落，家主流放三千里，主母攜款潛逃客死他鄉，程家名下店鋪更因為大面積虧空，加上無人主事打理，關的關、賣的賣。冰凍三尺非一日之寒，當年程彥博若沒有休掉李安然，沒有讓姚舒蓉當家，恐怕程家的產業也不會虧得如此之快。

如今的程家，除了一個大宅子，早已是空殼子了。

不過程家衰敗的事實早已不是靈州的新聞，討論了大半年，隨著年關一過，這麼驚人的事情也成了陳年舊事。

春生萬物，過了春分，天氣已經變得暖和起來了。

如今靈州城人人樂道的，是當朝貴妃省親祭祖的事情。

貴妃省親與靈州城有什麼關係？那關係可大了！因為這位貴妃不是別人，正是忠靖侯府的大小姐趙慕然。

去年趙慕然入京選秀，有護國侯府做後盾，果然雀屏中選扶搖直上，不消一年的時間便冊封了貴妃，在中宮無主的情況下，居於六宮之首。

而皇恩浩蕩，欽賜趙貴妃於今春回鄉省親並清明祭祖，於是乎，這便成了靈州城人人熱議的大事。

此時，城東琉璃街十字路口的茶館，樓上樓下都坐滿了人，人人不停地往街口張望，彷彿都在期盼什麼。

「哎，你們說，護國侯府今天還會來人嗎？」

「我看是一定的，去年夏天開始就是啊，六月初一、九月初一、臘月初一，反正每過三個月護國侯府都要來一趟的，今天是三月初一，肯定還會再來！」

「可是這都三回了，還能再來嗎？護國侯府的面子未免也太不值錢了！」

「這說來也奇怪，去年護國侯府頭一回去李家提親，這靈州城裡人人都道那李家小姐是麻雀變鳳凰，竟然入了護國侯的眼。堂堂侯爺要娶一個平民商女做正妻，還是個曾婚配過的，真是天下奇聞！」

「哈哈，接下來的事情才叫奇聞，若是換了旁的女子，還不歡天喜地地嫁進侯府，可這李家小姐倒也傲氣得很，竟然將那提親之人拒之門外！」

「嘖嘖，人家有傲氣的本錢啊，護國侯就是看上了李小姐，一回不行就兩回，兩回不行就三回，這毅力，嘖嘖嘖……」

茶館中討論得熱火朝天，街對面的一品天香店鋪中，賓客盈門，但每個客人都是心不在焉，不停地往街口眺望，顯然跟茶館中的人一樣，都是來看三月一次的熱鬧的。

去年六月初一，護國侯府上李家提親，護國侯雲臻要迎娶一品天香的女東家李安然為正妻，不知驚掉多少人的下巴。人人都道這李安然用了什麼本事，竟然攀上了護國侯府的高枝。

當時，所有人都是用嫉妒、不甘的心態看待李安然的，在他們眼中，李安然無非就是一個攀龍附鳳的女人。

可是沒想到，李家竟然拒絕了侯府的提親。

這一來，所有人又都是冷嘲熱諷，只說這李安然是被驢踢了腦袋了，原先對她既羨慕又嫉妒的大姑娘、小媳婦們，更是什麼難聽的話都有。

接著到了九月初一，護國侯府再次提親，李家再次拒絕；臘月初一，護國侯府三次提親，李家三次拒絕。

這下子，所有人的眼神都變了。

原來不是李家小姐攀龍附鳳，竟是護國侯鬼迷心竅，非卿不娶啦！

大姑娘、小媳婦們這會兒也不再是羨慕嫉妒恨，而是把李安然當做了偶像。哪個女子能夠拒絕護國侯這樣一個完美的夫婿啊！論相貌、人才、家世、地位，雲侯這樣的男人乃是世間極品，別說做正妻，就是做妾、做婢，也有的是女人上杆子往上爬。李安然居然一連拒絕三次，這是多麼了不起的成就！

事情演變到這一步，每隔三個月的提親，便成了靈州城人人期待的一景。

到了這時，大家也都不再是酸葡萄心理了，所有人都看出，這李小姐跟護國侯絕對是郎情妾意的一對，只是不知道李小姐為什麼要連番拒絕雲侯的求親。他們就等著看，到底侯府第幾次提親的時候才能成功，護國侯到底什麼時候才能抱得美人歸。

「來了來了來了！」

一聲吆喝，原本還算平靜的街口就像進了一滴水的滾油，一下子沸騰起來，路口瞬間就湧出來許多人，茶館上的客人們佔據地利，視野更是一清二楚。

打著護國侯府標記的華麗馬車果然出現了。

那個騎著馬走在最前頭的，不正是侯府的孟侍衛孟小童嗎？

所有人都雙眼放光，緊緊地盯著孟小童和他身後的馬車，猜測這次到底是否能夠成功。

孟小童騎在馬上也騷情得很，頻頻向旁邊的圍觀人群點頭致意，還笑咪咪地打招呼。

便有人大膽地叫道：「孟侍衛，這次可一定要替你們家侯爺抱得美人歸啊！」

孟小童哈哈大笑。「借您吉言！」

圍觀人眾都樂呵呵起鬨，給他加油打氣。

孟小童領著馬車到了一品天香店鋪門口，早有人跑到後面去請李安然，黃鸝、黃雀、元香等人簇擁著李安然，強行將她推到店門口。

就連裴氏也在青柳的攙扶下一起跟過來，嘴裡還嘟嘟囔囔著。「小姐就是矯情，侯爺那麼好的人，還有什麼好考慮的……」

李安然只當沒聽見，黑著臉站在店門口。

四周圍滿了看熱鬧的群眾，人人都眼巴巴地看著她，真是讓她哭笑不得。

她無奈地揉了揉眉心，對孟小童道：「我已經說得很清楚了，一日見不到墨兒，一日不答應你家侯爺的提親。」

「侯爺說了，既然小姐堅持，那就依小姐的意思，今日，我也不是來提親的。」孟小童嘻嘻笑著。

「啊……」

李安然還沒說什麼，周圍的人群卻異口同聲地發出了遺憾的嘆息。

怎麼這樣呢？侯爺怎麼能這麼沒有毅力，大家都等了三個月，就為了看今天這一齣，侯爺怎麼可以打退堂鼓呢。真是那句葷話，洞房都入了，褲子都脫了，就給我看這個啊！

李安然倒是有點意外。「那你今日來做什麼？」

「趙貴妃回靈州省親，今日就到靈州，我們護國侯府和忠靖侯府都要去城外碼頭迎接，侯爺叫我來請小姐。」孟小童回道。

「趙貴妃省親，怎麼你家侯爺也要去迎接？」

孟小童笑道：「原也用不著我家侯爺去，只是護送趙貴妃回來的，不是別人，正是趙二公子。」

「什麼？」李安然驚訝不已。「趙二公子？他回來了？」

孟小童滿臉喜色道：「正是，趙二公子在邊關殺敵有功，聖上召他入京，欽封了壽昌縣男，護送趙貴妃回靈州。」

李安然當真是驚喜了，當初趙二公子趙焉與護國侯雲臻約定，三年之內若能夠建立功勛，獲得爵位，雲臻便會將雲璐風風光光嫁入趙家大門。沒想到趙焉竟然真的實現了他的諾言，獲封了男爵，衣錦還鄉了。

這下，雲璐必定能得償夙願了。

如此大喜，做為雲璐最好的朋友，她自然要去恭賀的。

況且，雖然她一而再再而三地拒絕雲臻的提親，並不是真的不願意嫁給他，不過是因為當初是他作梗，才讓李墨離她而去，她只是以此為藉口，想見李墨而已。如今在靈州城人眼中，早將她視作護國侯府未來的女主人，她也早將自己當做了雲臻的女人。

趙焉回歸，趙家和雲家的親事必是要成了，雲趙兩家既然是姻親，一同去迎接趙貴妃也是理所應當，就是單以她和雲臻、雲璐的情分，參與這樣的盛事也沒有任何不合適。

當下，李安然便帶了丫鬟黃鸝上了侯府的馬車，由孟小童領路，徑直向城外碼頭而去。

至於圍觀人群，聽說貴妃今日就會到靈州，自然也不肯錯過這樣的盛況，有空的都攜兒帶女地去城外觀看。

到了城外碼頭，果然是人山人海，彩旗招展。

貴妃省親是何等大事，靈州城的官員從上到下都不敢缺席，以楊刺史為首排列在碼頭前，仰首期盼。

不過與其他官員的激動不同，楊刺史臉上可只有苦澀。

同樣是入宮，忠靖侯的大小姐成了貴妃，楊家的女兒卻只是個婕妤，硬生生比人低一級。

當初程彥博謀算李安然的事跡敗露，卻沒有證據證實是楊燕甯對李安然下了藥；與楊燕甯聯繫的並不是程彥博，而是姚舒蓉，可後來姚舒蓉客死異鄉，也就沒了人證。

但並不是說，楊燕甯就此躲過了責任。

這件事情到底是被雲璐告訴了太后，楊燕甯如此人品，太后怎能看重，只是皇家臉面要緊，既然已經以她的名義下過懿旨，也唯有帶她回京入宮。但那時趙慕然正是深受皇恩之時，而楊燕甯人品不佳，皇帝對她也就冷淡起來，以至於入宮將近一年，楊燕甯仍是婕妤，稍微資格老一點的宮女都敢訓斥於她。

雖然楊燕甯的出身不低，但到底她做了對不起李安然的事情，護國侯府記著這麼一樁，楊刺史和楊常氏也不敢替她打點，只能期盼時過境遷之後，再求護國侯府寬恕了。

有鑑於此，跟今日風光回鄉省親的趙貴妃相比，楊刺史的心情如何能夠高興起來。

李安然到了碼頭之後，下了馬車，由孟小童帶領著穿過人群，來到了最前頭。

忠靖侯府和護國侯府的人正站在一起。

老忠靖侯是長輩，即便以趙貴妃之尊，也當不起他親迎，照例是不須來的，在場的便是趙承、嚴秀貞、雲臻以及雲璐。

雲璐早已不是大腹便便的樣子，去年夏秋之交，她生了一個大胖小子，小名秋哥，大名本要等趙焉回來取，但後來老忠靖侯派人過來，說取了個名字叫趙容。大家便知道，這是老忠靖侯終於認可這門婚事，接受了雲璐這個媳婦的意思了，自然無不應承。

今日雲璐自然也帶了小趙容過來，裹得嚴嚴實實的，被奶娘抱著待在她身後。

李安然到來之後，便被雲臻拉到身邊。

要說雲家兄妹的婚事，沒有一個正常的，一個是未婚生子，一個是三次求親被拒絕。不過反正已經是人盡皆知的事了，靈州城中也早已沒有風言風語，大家乾脆都堂而皇之起來，不再避諱。

恢宏高大的樓船緩緩靠岸，船上搭起跳板，無數人湧上船頭，打起羅傘、華蓋、臥瓜、立瓜、彩幡等物，衣裳華麗的宮女們手挽手組成一條通道。

雅樂奏起，碼頭上的所有人都一臉恭敬，遠處看熱鬧的圍觀群眾們伸長了脖子，踮起了腳尖。

兩排護衛先從跳板上小跑下來，組成一個保護圈，然後便有一位年輕的將軍，腰挎寶劍，英姿勃發地走下樓船。

「二弟！」趙承大笑著迎上去，雙手抓住了他的肩膀。

「大哥。」趙焉的面容英挺依舊，比當年卻又多了一分軍人的堅毅和鐵血。

「真是好樣的，不到二十歲就做了男爵，放眼整個大乾，哪裡找得出這麼年輕的爵爺。」說著，趙承又靠近一點，低聲道：「父親雖然不說，心裡其實也很驕傲呢，知道你封了男爵那天，還一個人偷偷地喝醉了，嘿嘿……」

趙焉臉上綻開一抹笑容。「真的嗎？」

「那是當然！」

兄弟兩個互訴別後之情，周圍的人看得又羨慕又感慨。誰能想到當初被老忠靖侯拿鞭子抽的趙二公子，去了邊關不到兩年，居然真的賺了個爵位回來。

嚴秀貞走上去，柔聲笑道：「你們兄弟回家有的是時間說話，二弟，雲侯和雲大小姐也來了，快去見見吧。」

趙焉叫了聲大嫂，便被兄長推了一把，走到了雲臻和雲璐跟前。

「雲侯，趙焉幸不辱命。」

趙焉直視雲臻，今時今日，他可有資格跟對方平等對話了。

雲臻毫不在意地哼了一聲，不過眼神卻不再冷酷。

李安然輕笑一聲。「二公子別理他，他一向都是這副死人樣的。」

趙焉還不知道她跟雲臻之間的關係，納罕地看了她一眼，一道輕柔的嗓音便將他的注意力都拉了過去。

「焉哥，這是我未來的嫂嫂。」雲璐微笑著介紹李安然的身分。

「小璐！」趙焉深深望著她。

雲璐感受到他眼中的炙熱，微微一笑，側頭示意奶娘上前。

「這是……」趙焉驚喜地看著奶娘懷抱中的嬰孩。

「這是我們的孩子，老侯爺起的名字，叫趙容。」

趙焉渾身一震。「我父親取的名字？」

雲璐點點頭，眼眸中已是點點淚光。

趙焉伸出一隻手，小心地放在嬰孩的臉頰旁邊，小趙容正在熟睡，嫩嫩的小嘴巴微微嘟起，可愛得不得了。

「小璐……」趙焉心中都是感動。

父親肯為小趙容取名，這就代表著他和雲璐的婚事，已經得到了許可和承認。他這一年多來的努力，雲璐一年多來的等待，終於修成正果了。

趙承和嚴秀貞走了過來，笑咪咪道：「稍後請大小姐與我們一起，回府拜見父親吧。」

雲璐咬著嘴唇，輕輕地點了下頭，他們總算是要成為一家人了。

這時，樂聲再起，兩排宮女領路，眾人簇擁著一位華貴美麗的宮裝女子出現在船頭。

碼頭上的官員立刻推金山倒玉柱，跪拜下去，山呼道：「拜見貴妃娘娘！」

趙慕然立在船頭，雛鳳清聲。「眾父老請起！」

碼頭四周的圍觀人群一下子熱鬧起來。

「那就是貴妃娘娘啊……」

「真像仙女一樣……」

趙慕然先接受了官員們的朝拜，然後便請忠靖侯府和護國侯府眾人上前相見。

趙家人團圓，自然有很多話要說，趙慕然能夠順風順水地坐上貴妃之位，少不了雲家的支持，自然也十分感激。

不過看到李安然站在雲臻身邊，趙慕然倒是微微一笑，對雲臻稍稍點頭，臉上露出神秘之色。「看來，本宮很快便能喝上雲侯的喜酒了。」

雲臻難得臉上有一絲笑容。「承貴妃吉言。」

說話之間，宮人來稟報，請貴妃移駕前往忠靖侯府。

趙慕然擺手道：「不急。」

李安然站在雲臻身後，眼看著貴妃的儀仗慢慢地移動，將碼頭讓出一小片空地，不由有些疑惑，輕聲地問雲臻。「怎麼？還有人要下船嗎？」

就在這時，樓船之上又排開了一副儀仗，聲勢竟不小於貴妃趙慕然。

碼頭之上頓時人人側目，不知又有什麼貴人駕臨。

儀仗移動，宮人簇擁著一位小少年從船上走了下來。

李安然一張嘴越張越大，雙眸中全是驚喜。

「大皇子駕到——」

隨著那少年身邊的宦官一句高聲唱喏，碼頭上的官員們從驚呆到驚喜，回過神之後忙不迭地又再次拜倒在地。

去年中秋，當今昭告天下，流落民間多年的皇子雲墨回歸皇室，經宗室和太醫院勘驗之後，血脈身分無誤，記入族譜宗牒，正式確認為大皇子。

沒想到，這次貴妃省親，大皇子雲墨竟然也一起來了！

李安然扭頭看著雲臻。「你早就知道了？」

雲臻低下頭，在她耳邊輕聲道：「妳自己說的，一日見不到墨兒，便一日不答應婚事，我這可都是按妳說的辦了。」

李安然心中真是又驚又喜，又好笑又好氣，心中五味雜陳，但滿滿的興奮激動之情幾乎要從胸腔中滿溢出來。

「娘——」

被人群簇擁著的雲墨，這時候看見了李安然，歡呼一聲便要衝過來。

「殿下！」他旁邊的老宦官眼疾手快，一把將他撈住。

雲墨暗暗地撇嘴，作出一副老成樣子道：「知道了。」卻又趁那老宦官不注意，偷偷地朝李安然做了個鬼臉。

李安然忍俊不禁，輕笑了一聲。

那老宦官從旁邊宮人端著的錦盒裡取出一管聖旨，面無表情地唱喏道：「聖旨下，李氏安然接旨。」

李安然一愣，雲臻卻已經按了一下她的肩膀，她不由自主地跪了下去。

老宦官這才滿意地展開聖旨宣讀起來。

「……今有靈州縣良家女李氏安然，救皇子墨於襁褓，撫育四載，終歸皇家……賜封李氏為賢德縣主。欽此——」

李安然低著頭，忍不住張大了嘴。

人群中更是發出了不小的喧譁。

皇上封李安然為賢德縣主！大皇子雲墨竟然是李安然撫養長大的！天哪，什麼貴妃省親、皇子駕臨，這才是今天最大的新聞哪！皇恩浩蕩啊！

接了聖旨的李安然，終於能跟雲墨相見了。

鑑於老宦官在一旁站著，雲墨不敢直呼李安然「娘」，只能悄悄道：「這道聖旨，可是雲侯叔叔請父皇頒布的哦，不然孩兒可沒有機會做這個宣旨使者，回來跟娘親重聚呢。」

李安然震驚地扭頭，看著雲臻。「原來是你！」

雲臻燦然一笑。「若非如此，妳怎麼肯嫁給我！」

李安然被他這個燦爛到極點的笑容晃了一下。

下一刻，雲臻一把攬住她，將她扛上了肩頭。天旋地轉之間，她只聽到這男人洪亮高亢的聲音。

「三日之後，護國侯府大擺喜宴，本侯要迎娶正室夫人，今日諸位，盡為賓客！」

李安然昏頭昏腦，根本說不出反對的話來。

雲墨第一個跳起來拍手歡呼。「好哦好哦，娘終於要嫁給雲侯叔叔啦！」

貴妃趙慕然、趙承、嚴秀貞、趙焉、雲璐等人也盡皆鼓掌歡笑起來，連聲祝賀恭喜。

整個碼頭上的人群，在慢半拍之後，終於也反應過來，頓時爆發出巨大的歡呼聲，比方才見到貴妃、皇子之時更加熱烈百倍，聲震長空，久久不散。

桃之夭夭，灼灼其華，之子于歸，宜其室家。春日正是桃花盛開的時節，滿靈州城的爛漫桃花，都是今日盛景的見證——那英明神武、屢敗屢戰的護國侯，終於抱得美人歸啦！

——全書完

繁體版獨家番外

清晨的空氣濕潤馥郁，風中還飄著未曾散盡的硝煙味。

李安然微微顫動睫毛，睜開了眼睛，入目是銀紅灑金的紗帳。她恍了恍神，才想起，今天是正月初一了。

輕輕地側頭，看了一眼身邊還在熟睡的男人，高挺的鼻梁，薄薄的唇，濃黑的眉毛即使在睡夢中也顯得氣勢十足。

她忽然想去摸一下他的睫毛。

然而只是微微一動，渾身上下的疲痛便一下子都復甦過來，胳膊軟軟的，連抬手指頭的力氣都沒有。

都怪他！

她羞澀地在心裡抱怨。

明明成親已經快一年了，每每兩人獨處時，他卻總像第一次那樣凶猛。昨夜說好一起守歲，他卻仗著幾分酒意，半哄半抱的，便將她推到了床上，整整折騰了一夜。

真不知他哪裡來這麼旺盛的精力。

回想這一年的生活，她又生出了一絲不真實的感覺。

誰能想到，她這樣一介民女，曾經還被靈州首富掃地出門的「棄婦」，竟然真的成為了護國侯府的女主人，一躍成為人人羨慕的貴族。

她還記得大婚的那日，護國侯府的流水宴，整整鋪了一條街。滿府滿街的紅燈籠，映紅了整個夜空。

她在所有人的祝福下，走下花轎，踏入大門，成為堂堂正正的護國侯夫人。

一切都像是在作夢。

「在想什麼？」

沙啞的嗓音在耳邊響起，輕淺的呼吸撩著她耳上細細的茸毛。

她轉過頭，才發現雲臻不知何時已經醒了。

借著說話的勁頭，他摟著她的胳膊又緊了緊，彷彿要將她揉入身體。赤裸溫熱的肌膚，在絲滑的錦被下互相摩擦，李安然忍不住又紅了臉頰。

雲臻看得心頭意動，忽然探過頭來，在她嘴唇上狠狠地啄了一口。

都成婚一年了，她卻還是嬌嫩羞澀得像第一次。

李安然似羞似惱地在他肩頭捶了一下。「別胡鬧，今天可是正月初一，還不趕快起來，下人們都等著給我們拜年呢。」

雲臻的手卻在被子底下摸索起來。「急什麼，還早著呢。」

李安然被他摸得渾身發癢，強忍著笑在他懷裡打了兩下滾，掙扎著坐起來，嗔道：「昨夜還不夠嗎？大清早又來……」

卻不知她此時烏髮凌亂，眼神朦朧，紅唇欲滴的樣子，更讓雲臻心頭火熱，他胳膊一伸便要將她撈回懷裡。

李安然卻機靈地一翻身，滾到他腳邊，越過他跳下床。

沒等雲臻欣賞她渾身赤裸的美妙景象，她便已經扯過架子上的絲綢睡衣，將自己裹得嚴嚴實實。

「唉！」雲臻重重地倒回床上，頹然地嘆了口氣，兩手兩腳張成一個大字。

李安然抿嘴一笑，才不理他，揚聲叫黃雀、黃鸝進來服侍。

丫鬟們早在外面候著了，應聲而入，端著各種洗漱用品，伺候李安然梳洗。

雲臻這才徹底放棄，也只好起了床。

乾朝的風俗，正月初一頭一件事，便是祭祖掃墓。靈州是龍興之地，歷代皇帝的陵寢也在靈州城西二十里外的龍首山上。按雲氏宗室的規矩，即便是已出嫁的女兒，正月初一這日也是要到場的。

用過早飯之後，雲臻便帶著李安然出了門，在西城門與趙焉雲璐夫婦會合，隨行帶著紙馬香燭、果品牲畜等祭掃之物，浩浩蕩蕩地往龍首山而去。

趙焉已經分府別居，倒不是真的分家，而是因為他如今已有了自己的爵位——英武男爵，不適合再住在忠靖侯府。雲璐做為府中唯一的女主人，又是管家慣了的，自然是生活得如魚得水，沒有半分不足。

小趙容如今一歲多，將將到兩歲的樣子，最近已經開始學說話，剛會叫爹娘，正是最好玩的時候，趙焉和雲璐每日都要逗弄好久，就是老忠靖侯，也隔三差五便要孫子過去親近。

就如今日小夫妻兩個要跟隨雲臻去祭祖，老忠靖侯一大清早就派人把小趙容給接走了。

祭祖掃墓，說來莊重，其實也早有慣例，兩對夫婦共同拜祭完祖先，獻上供品，燒了紙馬香燭，便打道回府。

到了西城門，兩家就得分開走了，李安然隔著車窗對雲璐道：「明日幾時來？」

「巳時吧。」雲璐笑道。

李安然點頭，加了一句。「一定記得帶上容兒。」

雲璐應了。

初二日是出嫁女兒回娘家拜年的日子，南北皆如此。姑嫂兩個約定好時辰，便不再多話，分路而走。

回到護國侯府，剛進門，衣裳還沒換下，黃鸝便領著一個管事過來。

「侯爺、夫人，京裡來人了。」

雲臻和李安然都有些意外，忙接見。

那管事上前，雙膝跪倒，大禮拜見。「奴才東宮管事夏河，給侯爺夫人拜年，祝侯爺夫人新春大吉萬事如意。」

雲墨自前年入宮，便深受皇帝喜愛，兩年來表現出的聰敏好學、謙和大方，更是廣獲朝堂上下好評。正因如此，皇帝對李安然教養雲墨的功勞十分感念，去年封她為縣主時，朝堂上下也無人反對。私底下，皇帝甚至允許雲墨繼續稱呼李安然為娘親。

雲墨剛入宮時，只是奉為大皇子，但這兩年來，太醫院多番會診，終於確定皇帝的身體的確是虧損難反，子嗣上必定將是越來越艱難，雲墨這個唯一的皇子，正統性毋庸置疑，眾望所歸，去年臘月終於賜居東宮，昭告天下，成為大乾朝的太子殿下。

等夏河站起來後，雲臻問道：「是太子派你來的？」

夏河弓著身子，畢恭畢敬道：「是，太子早早就準備了年禮，命奴才務必在正月初一送到靈州。奴才過完小年就出京了，幸而這些日子天氣好，未曾耽誤行程，總算沒有誤了差事。」

「那你豈不是在路上過的年。」李安然驚訝道。

「正是。」夏河笑道。

李安然心中感動，謝道：「辛苦你了，你們太子也真是的，哪有大過年叫人出遠門的理兒。」

「這自然是太子對夫人的孝心，就連皇上也是讚許有加的。能夠領到這份差事，是奴才的榮幸和體面。」夏河道。

李安然笑著點頭，叫黃鸝取了一個大紅包來，賞給夏河。

夏河在東宮辦事，自然有經驗，一上手就知道賞金不菲，心中高興，面上自然越發恭敬。

「你們太子還有什麼話？」雲臻問。

「太子年前向皇上討了恩典，正月十五元宵日，來靈州與侯爺夫人同賀。」

不等夏河話音落下，李安然已經驚喜地叫了起來。「這是真的？」

待確認是真的之後，她的心跳都加快了，皇帝居然肯讓墨兒來靈州跟他們一起過元宵，這實在是天大的恩惠啊。讓她想想，她該怎麼招待墨兒呢，快一年沒見了，他是不是又長高了，聽說身為太子，要學習的東西也非常多，皇宮裡更是規矩森嚴，也不知這孩子有沒有吃苦。

李安然全心地沈浸到對雲墨的思念中，連夏河何時退出都不曉得。

雲臻在旁邊卻很是鬱卒，李安然和雲墨的感情他自然十分理解，只是一聽到雲墨要來，她竟完全把他這個丈夫忘記的行為，讓他大大地不爽。

他揮退了所有下人，一把從身後將李安然抱住，沒給她反應的時間，便張嘴咬住了她的耳垂。

「這麼喜歡小孩子？不如我們也生一個。」

李安然被他弄得好癢，只當他是開玩笑，還猶自掙扎，等到雲臻真的咬了她的耳朵一下，回過頭來，才發現這男人是真的吃醋了，不由哭笑不得，伸指在他額頭上戳了一下。

「有你這樣的嗎？跟小孩子吃醋，虧你還是堂堂侯爺！」

雲臻哼哼著還要糾纏，外頭黃鸝卻又殺風景地來敲門，說是莊子裡送來了正月裡要用的年貨食材，請夫人驗收。

雲臻不由頹然地嘆一口氣。「大過年的不讓消停。」

李安然整理著衣裳，好笑道：「還不是你自己要當甩手掌櫃，把這些事都扔給了我，正月裡頭哪有輕省的，迎來送往，日日都有事情做。」

雲臻揉了揉額頭，挑眉不語。他倒不是真的煩惱，眼見李安然忙忙碌碌，完全是侯府女主人的架勢，他其實挺高興。

當初他們大婚之時，少不了有人質疑李安然的出身。誠然，歷代護國侯夫人的出身都沒有太過高貴，可李安然身為平民商賈還是讓人頗有微詞。不過如今，李安然這個侯爺夫人做得有模有樣，家裡家外都操持得妥妥當當，那些等著看笑話的人，自然也就不見了蹤影。

一整個正月，李安然都很忙碌。

正月初一，並沒有人上門拜年，這是乾朝過年的風俗。只有侯府內的下人們給雲臻和李安然拜年，每人按照等級都獲得了不菲的紅包，對李安然這個女主人自然也更加感激。李安然也將早就打點好的年禮安排上車，命一個妥當的管事帶隊，進京去給京中的太后、皇帝、太子雲墨以及其他宗室親長們拜年。

正月初二，雲璐攜夫婿趙焉、兒子趙容回娘家拜年，李安然用家宴招待，熱鬧了一天，小趙容的活潑可愛，更是讓所有人愛不釋手。

正月初三，雲臻攜李安然到忠靖侯府，給忠靖侯這個親家老爺拜年，趙焉雲璐夫婦自然也來了，濟濟一堂，也是歡騰了一整天。

正月初四開始，各家各戶都上侯府拜年，以刺史府為首的各級衙門、靈州衛所的官軍們、其他交好的好友家、李安然的好姐妹紀師師、一品天香的掌櫃和有業務來往的各個商家等等等等，不需贅言，總之是日日都有賓客登門。

這樣一直鬧騰到正月初十，才算是有些消停了。

然後李安然便一心忙碌起招待雲墨的事情來，據夏河的消息，皇帝這次的恩典很大，允許雲墨在靈州一直住到正月二十五才回京。

到了元宵這天，靈州城中家家戶戶已掛上花燈，城東和城北更是有兩個大型的花燈會，白天的時候，各家的花燈都陸續地運送到燈會現場，有些需要紮燈山的，自是忙碌不已。

護國侯府一早就灑掃除塵，大開中門。

午時剛過，派去碼頭等候的下人便回府稟報，說是太子的座船已經快到碼頭了，太子有吩咐，他是小輩，請侯爺夫人不必去碼頭迎接，他下船之後自會來拜見。

李安然盼子心切，但雲臻卻絲毫不覺得這樣有什麼失禮，他這個護國侯爺本來就是十分超然的，見皇帝都不必下跪，何況區區太子。

這樣，在李安然焦急的等待中，又過了三刻鐘，太子的儀仗才浩浩蕩蕩地到了侯府門外。

雲臻和李安然在大門口接了雲墨，圍觀的人眾裡三層外三層，都對太子的儀仗驚嘆不已，更是對護國侯府蒙受的天恩羨慕至極。

至於李安然這個撫養過太子的賢德縣主，也已經潛移默化地成為靈州人民心目中的傳奇女子。

入夜之後，華燈初上，若從空中俯瞰靈州城，當真是處處火樹銀花，寶馬雕車，人流簇簇，整個城市彷彿都成了燈火與歡樂的海洋。

雲臻、李安然和雲墨一行人，也簡裝便服混跡在熙熙攘攘的看燈人群中。

「京城裡也年年有花燈會，我去年看過，卻沒有靈州城的這般熱鬧。」雲墨牽著李安然的手，仰頭看著光彩斑斕的燈山，小臉上滿是興奮。

李安然笑咪咪地看著他，體貼地擦去他額頭沁出來的細小汗珠。

雲臻落後李安然半步，一隻手始終護在她身後，用自己的身體替她阻擋人潮的擁擠。雲墨那邊，他也安排了足夠的侍衛，都喬裝改扮地在周圍保護著。

幾人正興致勃勃地看燈山上的那些燈謎，福生、泰生懷裡捧著滿滿的小吃，從人群中擠了過來。

「公子要的糖葫蘆、炸元宵、水晶包兒、桂花糖藕我們都買來了，公子快看看，先吃哪個！」

兩人都將自己懷裡的吃食推到雲墨跟前，雲墨歡呼一聲，奪了一串糖葫蘆，惡狠狠地咬下一顆，吃得腮幫子鼓鼓的。「太好了，宮裡都不讓吃這些，今天我非得吃個過癮。」

李安然和雲臻都笑了起來，雲臻從福生手裡取了一個精細纖小的蟹肉包子，遞給李安然。「這家的蟹肉包子很是出名，妳也嚐嚐。」

李安然正要接過，聞到那蟹肉包子上的味道，突然胸中一股煩惡湧上來，竟欲作嘔。

雲臻嚇了一跳，忙扶住她。「怎麼了？」

李安然滿臉紅暈。

旁邊的丫頭黃鸝卻神秘地笑個不停。

雲臻腦中忽然閃過一道靈光，壓著那一絲期盼，低聲道：「妳是不是……」

李安然垂著頭，羞澀地點了一下。

「真的?!」

雲臻胸中一股狂喜頓時炸開，想到李安然即將誕育屬於他的孩子，連手心都有些顫抖了，而下一刻，狂喜又立刻變成了惱怒。

「妳既然有孕在身，怎麼還敢到這種地方來！來人，馬上護送夫人回府！」

「別！」李安然一把抓住他的胳膊。「墨兒好不容易來一次，今日的燈會這樣熱鬧，我也捨不得，我們再多看一會兒嘛！」

「不行！」雲臻板著臉。

李安然噘起嘴，可憐兮兮地眨巴著眼睛，像隻討要主人憐憫的小狗。

雲墨人小鬼大，在旁邊聽著便已經聽出個原委了。「是娘親要生小寶寶了嗎？雲侯叔叔，讓小寶寶跟娘親一起看花燈，不是很好嘛！」

李安然忙不迭地點頭。其實她內心倒未必捨不得花燈會，只是想著雲墨，像今天這樣能夠跟她一起看元宵燈會的機會，不可能年年都有。雲墨既然成了太子，一舉一動都要受到朝堂上下的矚目，不可能每年都讓他長途跋涉到靈州來。

而雲墨卻以為李安然想要看燈會，也是一心為了娘親著想。

雲臻見他們母子二人都堅持，終於妥協，只是要這樣在人群中擠來擠去卻不可能再同意，到底還是讓人去找了一家地勢好的酒樓，訂了樓上的一個雅間。

這樣的日子，酒樓的雅間也早已訂完，不過既然是護國侯府要，怎麼著也能有，做生意的哪有不抓住這個抱大腿機會的。

等雲臻一行人好不容易到了酒樓，剛進了雅間，就聽見外頭砰一聲，底下人群都山呼起來，原來是放煙花了。

大家趕忙推開窗戶，仰頭看去，果然見漫天都是煙花，一聲響後炸成滿天閃爍的光點，墜落下來當真是如星雨一般。

雲臻正抬頭看間，胳膊上一緊，是李安然靠了過來。她一手輕撫小腹，仰頭看著他，目光之中滿是柔情。

雲臻探臂將她摟在懷裡，夫妻兩個一同欣賞頭頂這萬千花火的華美景象。

未來的生活，也會如這元宵佳夜，燦爛繁榮吧。

——全篇完

文創風 242-243

誘嫁小田妻

農村居，大不易，現代女的小農求生記！

田園靜好，良緣如歌／花開常在

人道是魂穿、身穿、胎穿，凡穿越女角皆身懷金手指，
出外總有發家致富的兩把刷子，還不忘攜手如意郎君……
可穿越成七歲農村娃的田箏卻趕不上這等際遇，
眼看日子只能得過且過，數著米粒下鍋圖個溫飽，
沒想到，後世風行的手工皂，竟成了她在古代的開源良機！
好不容易以香皂生意熬過苦日子，孰不知這財富竟引來禍事；
幸好她和青梅竹馬魏琅急中生智，方逃出人口販子的毒手，
而這一路共患難的經歷，讓兩小無猜的喜歡似乎也有不同了……
時光荏苒，當年舉家遷京的魏琅再次返村，
如今搖身一變成了高富帥！
且不說這「士別三日，刮目相看」的男大十八變，
前程似錦的他會對她這鄉下姑娘情有獨鍾就已不尋常，
更讓人詫異的是，自己的心還不受控制，
對這昔日以欺她為樂的鄰家男孩動了情……

國家圖書館出版品預行編目資料

閨香 / 陶蘇著. --
初版. -- 臺北市 : 狗屋, 民103.11
冊 ; 公分. --（文創風）
ISBN 978-986-328-382-9（下冊：平裝）. --

857.7 103020024

著作者 陶蘇
編輯 黃湘茹
校對 林俐君 周貝桂
發行所 狗屋出版社有限公司
地址 台北市104中山區龍江路71巷15號1樓
電話 02-2776-5889～0
發行字號 局版台業字845號
法律顧問 蕭雄淋律師
總經銷 知遠文化事業有限公司
電話 02-2664-8800
初版 103年11月
國際書碼 ISBN-13 978-986-328-382-9
原著書名 **《红袖闺香》**

定價250元
狗屋劃撥帳號：19001626
網址：love.doghouse.com.tw E-mail：love@doghouse.com.tw